CB048918

CAPA, ILUSTRAÇÃO E PROJETO GRÁFICO FREDE TIZZOT

TRADUÇÃO IARA TIZZOT

REVISÃO FERNANDA CRISTINA LOPES

ENCADERNAÇÃO LABORATÓRIO GRÁFICO ARTE E LETRA

ESTE LIVRO FOI PRODUZIDO NO LABORATÓRIO GRÁFICO ARTE & LETRA, COM IMPRESSÃO EM RISOGRAFIA E ENCADERNAÇÃO MANUAL.

J 37
JARAMILLO KLINKERT, SARA
ONDE CANTAM AS BALEIAS / SARA JARAMILLO KLINKERT ; TRADUÇÃO DE IARA TIZZOT. – CURITIBA : ARTE & LETRA, 2024.

220 P.

ISBN 978-65-87603-66-7

1. FICÇÃO COLOMBIANA I. TIZZOT, IARA II. TÍTULO

CDD CO863

ÍNDICE PARA CATÁLOGO SISTEMÁTICO:
1. FICÇÃO : LITERATURA COLOMBIANA
CATALOGAÇÃO NA FONTE
BIBLIOTECÁRIA RESPONSÁVEL: ANA LÚCIA MEREGE - CRB-7 4667 CO863

ARTE & LETRA EDITORA
Curitiba - PR - Brasil / CEP: 80420-180
Fone: (41) 3223-5302
www.arteeletra.com.br | contato@arteeletra.com.br | @arteeletra

SARA JARAMILLO KLINKERT

ONDE CANTAM AS BALEIAS

trad. Iara Tizzot

exemplar nº
129

curitiba-pr
2024

A Robis, por ter me procurado

Assombrado fiquei ouvindo assim falar a estranha ave,
apesar de sua árida resposta não expressar pouco ou muito;
pois é preciso convenhamos que nunca houve criatura
que pudesse contemplar ave alguma
na moldura de sua porta trepada,
ave ou bruto repousar
sobre a efígie no umbral de sua porta cinzelada,
com tais palavras: Nunca mais.

Mas o corvo fixo, imóvel, naquela grave efígie,
só disse essas palavras, como se sua alma estivesse nela,
nem uma pena sacudia, nem um acento
voltou a pronunciar...
Disse então de repente: Antes outros se foram,
e a aurora ao despontar,
ele também se irá voando qual meus sonhos voaram.
Disse o corvo: Nunca mais!

O corvo, Edgar Alan Poe

O pó estava quieto ao longo do caminho. Quietos os pés de Candelaria como girinos confinados na estreiteza do aquário. Quietas as baleias que cuidavam da casa e que nunca haveriam de cantar. Quieta a água do tanque onde tantas coisas iriam acontecer. Não é que fosse verão e o vento não soprasse, o que estava acontecendo era que há muito tempo ninguém percorria o caminho até Parruca. Mas não era uma quietude das que indicam calma, e sim das que anunciam que algo está prestes a acontecer. E estava. Como a quietude que antecede o temporal que transbordará o leito do riacho ou a dos coelhos um instante antes de serem atacados pelas raposas.

Candelaria vigiava do telhado com um livro nas mãos e o olhar nesse lugar impreciso onde se perdem os olhares. Antes havia ouvido o barulho de um carro, mas não pôde identificá-lo porque vinha envolto em uma nuvem de terra ressecada. Ou talvez porque não se deu ao trabalho de fazê-lo. Tinha tendência a se sentar para esperar coisas sem saber que, às vezes, o importante é o que acontece no próprio ato de esperá-las.

Muito havia mudado desde que seu pai foi embora e ela se sentiu tão só e entediada a ponto de encher seu aquário com girinos e esperar três luas cheias antes que eles se convertessem em sapos. Primeiro saíram as patas, depois a boca se alargou e a pele se tornou enrugada. Por fim, apareceram os olhos. Quando os abriram, eram redondos e brilhantes como bolas de vidro. Seu olhar era uma mistura de frieza e indiferença.

Ao final do terceiro plenilúnio, viu-os tão espremidos que decidiu libertá-los no tanque. Depois subiu no telhado para avistar a estrada e foi então que viu a nuvem de pó em movimento lhe indicando que alguém estava prestes a chegar. Não era a pessoa que ela esperava, mas disso ainda não sabia. Jogou o livro no chão, cruzou os corredores e desceu a escada gritando:

— Voltou, voltou!

Tobias saiu de seu quarto e se juntou à correria de sua meia-irmã. O piso de madeira rangeu sob os passos apressados. Saltaram com habilidade as raízes visíveis entre as fendas das lajotas e desviaram os galhos cada vez mais frondosos da mangueira que crescia, vaidosa, no meio da sala. Ambos ouviram a batida da porta do quarto da mãe quando ela a fechou com violência. Não puderam ver que havia se esgueirado para debaixo do cobertor, sem deixar descoberto nem um só buraco para poder respirar. Estava nesses dias em que queria deixar de fazê-lo para sempre. As pedras redondas se amontoavam pelo seu quarto observando-a sem pestanejar, com esses olhos imutáveis e fixos, esses olhos que olhavam sem olhar. Se estivesse bem-disposta teria ficado de pé para virá-las para a parede, como se fosse de castigo, mas há dias que o bom humor não estava a seu lado.

Ao chegar ao portal, Candelaria se deteve. Tinha a respiração agitada, não tanto pela correria, mas pela emoção de ver seu pai. Não demorou em se dar conta de seu equívoco. Virou a cabeça em busca do olhar de Tobias e em seus olhos não encontrou mais que desencanto. Em vez do pai, uma mulher que não conheciam se esforçava para abrir a porta do carro. Candelaria reparou na lataria desse Jeep desmantelado porque tinha mais amassados que os maracujás esquecidos na praça do mercado quando os camponeses não conseguiam vendê-los. Estava enferrujada devido às fezes das aves e ao excesso de sol e chuva. Pelo estado dos pneus de trás, calculou que haviam estourado há muitos quilômetros, não sobrara nada da forma original da roda. Ao ver salpicados pelos e sangue no para-choque, imaginou uma porção de animais atropelados no caminho e, então, pensou que essa mulher, como seus pais, também não era uma boa motorista.

Quando ela conseguiu abrir a porta, Candelaria viu como se enfiava no chão um salto vermelho seguido de outro e estes, por sua vez, seguidos de umas pernas cobertas pelo pó da estrada, se é que se pode chamar assim o corte disforme na vegetação feito pelas pessoas da montanha na tentativa de atravessá-la. A mulher sacudiu vigorosamente o vestido branco e justo que vestia, já não tão branco nem tão justo. Arrumou o cabelo escuro atrás das orelhas e removeu o cascalho do chão com a parte dianteira do sapato. Candelaria se perguntou como ela conseguia manter o equilíbrio e a compostura sobre um terreno tão instável, e isso que ainda não a havia visto caminhar. Quando a visse, teria se dado conta de que as coisas nem sempre são o que parecem. Depois reparou no Jeep desmantelado e pareceu-lhe que era impróprio para uma mulher como ela.

— Aqui se alugam quartos? — perguntou.

— Não — disse Tobias.

— Sim — disse Candelaria quase ao mesmo tempo.

— Preciso de um — disse olhando para Candelaria, porque as mulheres como ela sempre sabem para onde mais lhes convém fazê-lo. — E você — disse dirigindo-se a Tobias — pegue uma pá, abra um buraco bem, mas bem grande e enterre essa droga de Jeep o quanto antes.

A mulher jogou para o ar as chaves do carro, mas Tobias não conseguiu pegá-las e caíram no chão. Em seguida, colocou-lhe a mão no traseiro e isso fez com que Candelaria abrisse os olhos mais da conta, como se ao fazê-lo pudesse abranger uma maior extensão com o olhar. Depois Tobias pôs a mão no bolso de sua calça e percebeu que havia um maço de dinheiro nele.

Ouviu-se um barulho de guizo que inundou o ar. Um barulho delicado, etéreo como a neblina da manhã. Candelaria notou que a mulher ficou imóvel, com esses olhos quietos que não se atrevem a piscar para não distrair a concentração. Chegou a se alegrar de que alguém pudesse ouvir a mesma melodia e, por isso, quando a viu tomar impulso para falar, ansiou por algum comentário sobre esse som de que ela tanto gostava. A culpa foi de seu cabelo vermelho. Não demorou a se dar conta de que não foi o barulho de guizo, mas a cor de seu cabelo, o que havia chamado a atenção da recém-chegada.

— Você é como eu, querida.

— E como a senhora é?

— Decidida. Nós ruivas somos decididas. Embora agora esteja preto para passar despercebida. Às vezes, é melhor assim.

Então a mulher caminhou até a parte de trás do carro. Candelaria reparou no cabelo e custou-lhe imaginar como um cabelo tão preto pudesse ter sido vermelho um dia. Ainda não se acostumava às mudanças drásticas nem de cabelo nem de nada. Depois viu-a tirar um cesto em cujo interior repousava uma serpente amarela de anéis pardos. Enroscou-a no pescoço com delicadeza, quase com ternura, enquanto falava com ela em um idioma incompreensível. Candelaria conhecia o suficiente de serpentes para saber que aquela não era venenosa.

Mas não foi sempre assim. Na vez que seu pai, a título de brincadeira, deixou uma dúzia de sapos revirando-se dentro do box do chuveiro de seu quarto, passou uma semana inteira sem tomar banho ali. Ou quando foi supervisionar o ninho dos melros recém-nascidos e encontrou uma cobra fazendo um banquete com os filhotes, tentou matá-la a pedradas, com uma péssima pontaria, claro. Seu pai, então, disse-lhe que a vida era assim. Tinha que haver melros para que houvesse cobras e cobras para que controlassem as ratazanas. Isso a deixava com um dilema moral de proteger uns e desprezar outros baseando-se exclusivamente em seus gostos pessoais e em suas necessidades. Mal começava a se dar conta de que crescer não é outra coisa senão tomar decisões. Quando achou que havia se decidido contrária aos anfíbios e répteis, seu pai a levou ao pântano para obrigá-la a interagir com eles. Aplicou-se com tanto fervor no ensino que, por fim, Candelaria perdeu o medo por completo e até terminou por se interessar por esses seres úmidos, enrugados e, para a maioria das pessoas, repulsivos. Foi quando concluiu que tomar decisões é o que nos faz adultos, mas arrepender-se delas é o que nos faz humanos. Daí veio a mania de coletar girinos e esperar três luas cheias até que se convertessem em sapos. Por isso também não se assustou ao ver a serpente da recém-chegada. Pareceu-lhe inofensiva, tímida e até, talvez, assustada. Sem dúvida, era uma serpente incapaz de caçar seu próprio alimento. Soube disso só de olhar para ela.

— Leve-me ao meu quarto — pediu a Candelaria. — Vamos, querida, abra bem os olhos! Ou vai ficar aí pasmada como seu irmão?

— É meu meio-irmão — explicou enquanto abria os olhos até o limite que suas pálpebras lhe permitiam. —Não trouxe mais nenhuma bagagem?

— Não tive tempo de fazer as malas. Ah, sim, digamos que me chamo Gabi de Rochester-Vergara e esta é Anastácia Godoy-Pinto — disse acariciando a serpente que agora cochilava ao redor de seu pescoço.

— Vamos — disse Candelaria a Tobias, que continuava imóvel, observando a cena. Nem sequer havia juntado as chaves do chão nem contado as notas do maço que Gabi havia depositado em sua calça.

— Não se preocupe com o bobo do seu irmão, querida. Os homens nessa idade costumam ser tolos. E a maioria piora com os anos, o que é uma sorte para mulheres como nós.

— É meu meio-irmão — explicou pela segunda vez com a intenção de marcar distância.

Não era algo que fizesse com frequência, de fato, nunca o fazia, gostava de referir-se a Tobias como seu irmão, mas a presença da mulher, de uma maneira ou de outra, obrigava-lhe a tomar distância. Intuiu que, se não queria ser tachada de tola, teria que se diferenciar dele. O tilintar continuava, não porque ventasse mais que o de costume, pois nesse caso, além dos guizos, também soavam os bambus como flautas e é possível que até tivessem cantado as aracuãs anunciando uma chuva passageira dessas que chegam quando ninguém as espera e se vão da mesma forma. O que estava acontecendo era que os coelhos brincavam perto da casa porque a colheita de goiabas estava para acontecer. Havia tantas frutas que os pássaros se davam ao luxo de bicar todas e depois jogá-las no chão, e justo essas eram as que os coelhos beliscavam enquanto sacudiam os guizos que lhes rodeavam o pescoço gerando um som hipnótico, impossível de ignorar. Candelaria se alegrou ao notar que a recém-chegada, por fim, havia ouvido a canção dos coelhos. Percebeu ao vê-la apertar os lábios e buscar nos arredores com o olhar cheio de curiosidade. Assim que detectou os coelhos, Gabi ficou olhando para eles completamente imersa no som que produziam enquanto brincavam sobre as goiabas maduras, cujo aroma adocicado o vento transportava até seu nariz.

O vestido branco chamou a atenção de Candelaria, que ignorava que a recém-chegada sempre vestia essa cor para ressaltar seu bronzeado e, além disso, porque combinava muito bem com seus sapatos vermelhos. Não pôde conter o sorriso quando voltou a reparar neles com mais atenção e até fez cálculos sobre quanto tempo ia aguentar sem se livrar do incômodo que, certamente, lhe causavam. Acontece que Candelaria havia declarado guerra a todo tipo de sapato e ainda não sabia que uma mulher como Gabi de Rochester-Vergara tiraria mais facilmente a roupa do que os saltos altos. Mesmo assim, mancava um pouco ao andar, talvez devido à instabilidade do terreno, afinal de contas parecia uma mulher acostumada a andar no asfalto, não na grama, no cascalho e na terra solta.

Candelaria supunha muitas coisas, as evidentes, as óbvias, mas sentia que deixava escapar aquelas verdadeiramente importantes. Era fácil deduzir que dentes tão perfeitos tinham sido alinhados à custa de ortodontia e clareados com algum desses tratamentos que os deixam com aquele tom impreciso onde termina o branco e começa o azul. O difícil, então, era saber por que uma mulher que pôde custear esse sorriso andava em um Jeep cujo para-choque estava cheio de sangue e pelos; pelos menos, se seu irmão fizesse bem o trabalho, muito em breve o carro descansaria sob a terra e isso, junto com a dose de silêncio adequada, era quase o mesmo que não haver existido. Também não era fácil saber por que sua bagagem não era mais do que uma bolsa de couro cheia de maços de dinheiro empacotados de última hora e, como companhia, uma serpente preguiçosa que neste momento trazia enroscada ao redor do pescoço. Ocorreu-lhe que, talvez, estivesse fugindo.

Seu pai uma vez lhe havia dito que as pessoas que fogem nunca têm tempo de fazer as malas direito. Também não usam seus nomes verdadeiros nem carros próprios, para evitar que os rastreiem. Muito menos contratam motoristas, a não ser que estejam dispostos a se desfazerem deles para impedir que a informação sobre o paradeiro final fique na ponta da língua. Mas seu pai era um bom contador de histórias, embora fosse verdade que, às vezes, parecia um mentiroso profissional e havia uma grande diferença entre um e outro.

Pensou nos girinos. Era um bom dia para encher o aquário com novos exemplares. Ter inquilinos representava um acontecimento cuja duração era importante registrar. Depois pensou em Tobias e desejou que seus braços magrelos já estivessem cavando um buraco suficientemente grande para enterrar o Jeep. Esperava que a cumplicidade da terra pudesse dissolvê-lo ou, ao menos, ocultá-lo da vista e fazer com que eles acreditassem que nunca havia existido, mas ao se virar percebeu que seu irmão continuava imóvel. Moviam-se apenas alguns fios de cabelo, e a razão era que, finalmente, havia um pouco de vento. Tobias, como muitas coisas em Parruca, também tendia à quietude: como o pó ao longo do caminho, como os girinos do aquário ou como as baleias que se posicionavam como guardiãs perto da casa, ainda que isso as impedisse de cantar.

Acompanhou Gabi até a casa, um pouco insegura, um pouco curiosa para conhecer a reação da mulher diante de um lugar estranho como Parruca. Enquanto caminhavam viu-a tirar da bolsa um frasco de vidro com dois camundongos dentro. Achou que entre estranhos poderiam chegar a se entender e, portanto, tê-la como hóspede em Parruca não podia ser uma ideia tão ruim. Por um lado, necessitavam do dinheiro para sustentar a propriedade e, por outro, talvez pudesse convencê-la a acompanhá-la na busca de seu pai. Já estava cansada de continuar acumulando perguntas sobre sua partida. Justo quando esse pensamento passava pela sua cabeça, ouviu o guincho de um dos camundongos, então se virou e viu Anastácia Godoy-Pinto cravando nele seus caninos para abatê-lo e engoli-lo de uma vez sem sequer mastigá-lo.

Quando estavam na frente da casa, Gabi parou um momento no piso de pedra e ficou observando-a sem dizer uma só palavra, certamente procurava encontrar lógica em um lugar que carecia dela. Na sua boca ainda se desenhava esse risinho salpicado de inquietude com o qual havia chegado. Candelaria olhou para a casa e depois olhou para a inquilina na tentativa de decifrar seus pensamentos. Deu-se conta de como a percepção que tinha das coisas mudou agora que as observava através dos olhos de outro. Deveria ter podado um pouco as trepadeiras que se derramavam pela fachada como se fossem cascatas verdes. Ou retirado as cabeleiras cinza que pendiam do loureiro. Também deveria ter limpado o musgo ao redor das baleias e raspado os líquens das colunas de madeira. Depois que passaram os coelhos interpretando a que sempre foi sua melodia favorita, pensou se, por acaso, esses guizos tilintantes eram incômodos para quem não estivesse acostumado a eles.

Começou a se sentir mal por haver permitido que a vegetação tomasse conta da casa e as árvores tivessem decidido por si próprias onde iam se plantar. Curiosamente se sentiu envergonhada daquilo que seu pai a fizera sentir orgulho: as plantas, os coelhos, o caos da natureza, os sons de todas as coisas. Olhou para Gabi para tentar explicar que a casa estava em manutenção, que melhoraria, que estava tudo sob controle, mas de repente lhe pareceu que esse risinho indecifrável que esteve tentando conter na beira da boca era quase de euforia. Seus olhos, as bochechas e os dentes branco-azulados brilhavam.

— Espero que meu quarto esteja assim, um emaranhado, querida. Adoro plantas. Em especial as que afastam os pesadelos e os problemas. Sobretudo essas. As que afastam os problemas... Espero encontrar algumas por aqui.

— Aqui tudo está tão emaranhado que a gente não pode ficar parado muito tempo — disse Candelaria. —Faz pouco tempo meu irmão se sentou para meditar e uma melra quase fez um ninho em seu cabelo.

— Por isso não se pode ficar com os olhos fechados muito tempo, querida. A gente corre o risco de acreditar nos próprios sonhos.

Uma vez dentro, ficou evidente que o silêncio era mais próprio de um lugar sagrado do que de uma moradia. Candelaria reparou na quietude do corpo de Gabi em contraste com os olhos que saltavam curiosos de um lado para o outro, tratando de assimilar se a casa estava no meio da vegetação ou se a vegetação estava no meio da casa. Nenhuma pronunciou uma só palavra e por isso era possível ouvir até mesmo o bater das asas das borboletas chocando-se contra as vidraças e o eterno arranhar dos tatus fazendo túneis debaixo da terra. Havia mais vidraças que paredes: imensas, transparentes, testemunhas silenciosas do barulho das ervas daninhas. Supunha-se que sua função era marcar a linha entre estar dentro ou fora da casa, mas há certo tempo parecia que tanto os humanos como as plantas haviam deixado de distinguir um do outro. Quando sentiu confiança, Gabi começou a caminhar com a cautela de quem acaba de descobrir o mundo. O barulho de seus saltos lembrou Candelaria do constante martelar que seu pai fazia no chão para impedir que as raízes aparecessem entre as fissuras.

Mas essa guerra sempre esteve perdida desde muito antes de que ele partisse e, por isso, considerou apropriado alertá-la de possíveis tropeços. Gabi olhou para o chão e viu raízes aparentes por todas as partes aproveitando qualquer descuido para continuar reclamando terreno. Alargavam-se com uma fertilidade descontrolada. Cada broto se ramificava em outro e este, por sua vez, em mais um. Dava a sensação de que se alguém se sentasse para observá-los fixamente por um tempo, poderia vê-los crescerem e se retorcerem como minhocas em terra fértil.

Gabi fez uma careta quando viu uma mangueira crescendo no meio da sala. Estava cheia de flores brancas. Em breve teríamos colheita. Candelaria não soube se a careta era de assombro ou incredulidade, ou pelas duas coisas. Uma batida de porta no andar de cima obrigou-a a levantar a vista, e ao fazê-lo notou que os chanfros da luminária estavam cheios de insetos mortos e de teias de aranha balançando como serpentinas transparentes. Desejou que Gabi não tivesse notado. Seu pai era obsessivo com as teias, jamais teria permitido que chegassem a se acumular dessa maneira. Acima na cúpula do teto zumbiam algumas abelhas. Tinham todas as cores porque os vitrais tingiam os raios de sol que se filtravam por eles.

À batida da porta seguiram uns passinhos delicados baixando pela escada. Candelaria sentiu um pouco de vergonha ao perceber que sua mãe havia decidido sair do quarto e agora descia até elas. Tinha o corpo envolto numa toalha que deixava à mostra sua extrema brancura, suas veias protuberantes e os pontos vermelhos que as sanguessugas lhe deixavam no corpo. Estava descalça, como de costume. Candelaria viu o olhar de assombro que Gabi fez ao vê-la e teve certeza de que sua mãe continuava sendo um espectro. O mesmo em que havia se transformado desde que o pai foi embora há três luas cheias, quando os sapos grandes e brilhantes que agora nadavam no tanque eram apenas diminutos girinos que cabiam na palma de sua mão.

— E quem é esta? — perguntou a mãe.

— A primeira hóspede que chega a Parruca — respondeu Candelaria.

— E a serpente?

— É o animal de estimação da primeira hóspede que chega a Parruca.

— Aposto que não tem dinheiro — disse a mãe.

— O que não tenho é em que gastar — disse Gabi.

— Então bem-vinda. Eu me chamo Teresa. Acomode-a em um dos quartos de baixo — ordenou. — Onde está seu irmão?

— Enterrando o Jeep em que Gabi veio.

— Que tenha cuidado com as tocas dos tatus. Se derrubar alguma, aí sim esta casa termina de cair — disse antes de dirigir-se ao tanque.

A mãe atravessou a sala principal evitando as raízes e as lajotas levantadas, mais por costume do que por perícia. Candelaria reparou nos nós do cabelo dela e se perguntou se estava muito comprido para que o pente os desatasse ou se havia muito tempo que não se penteava. O branco do cabelo havia superado a cor original e isso fez com que ela fantasiasse sobre como ficaria com um cabelo escuro como o de Gabi. Assim que saiu, examinou a forasteira para tentar decifrar a impressão que a mãe havia deixado nela. Mas, pelo visto, as preocupações de Gabi eram de outra índole e não tinham nada a ver com cabelos brancos alheios, nós de cabelo, raízes rebeldes, teias e árvores crescendo no meio da sala.

— Não estou disposta a ficar sem sapatos! — comentou Gabi depois de um tempo.

Candelaria olhou para ela com estranheza, tentando entender aonde queria chegar com esse anúncio.

— Não sei se todos nesta casa andam descalços porque é um hábito familiar, uma estratégia para não tropeçar ou uma regra absurda própria de um lugar absurdo como este, mas, seja o que for, não penso ficar descalça — disse. E depois, como para deixar ainda mais claro, acrescentou: — Nem morta.

— Aqui, como você deve ter se dado conta, todo mundo faz o que quer. E isso inclui ficar descalça ou de sapatos — disse Candelaria olhando para a sola suja de seus pés.

Lembrou de quando seu pai a fazia ficar de pé sobre as lajotas quentes para que criasse calos e resistisse às inclemências do terreno. No meio da tarde, quando estavam mais quentes, a colocava de pé e contabilizava o tempo que aguentava sem emitir nem uma queixa e sem colocar os pés na piscina para aliviar as queimaduras. Na primeira vez aguentou cinco segundos, depois vinte, trinta e assim cada vez mais. No final desse verão havia suportado dois minutos, até que chegou o dia em que a sola do pé estava grossa e nunca mais precisou de sapatos. Era algo de que costumava sentir-se orgulhosa, mas agora, diante da relutância da recém-chegada em tirar os sapatos, não soube se andar descalça era motivo de orgulho ou vergonha. Notou que Gabi ficou mais tranquila ao saber que podia, se assim o quisesse, dormir ou andar usando seus sapatos de salto. Soube disso pela desenvoltura com que a viu caminhar ao redor da mangueira e roçar a madeira do tronco com os dedos como se quisesse ter certeza de que era real. Depois pôs uma folha de manjericão na boca e mastigou-a bem devagar enquanto seus pensamentos percorriam sabe-se lá quais caminhos confusos da mente. Pisou as sombras coloridas dos vitrais, às vezes vermelhas ou azuis ou verdes conforme o reflexo que as filtrasse.

Em seguida, reparou nas imensas vidraças que iam do teto ao chão e, ao ver seu reflexo nelas, não pôde evitar a tentação de olhar-se de cima a baixo. Arrumou o penteado, tirou o resto de pó e alisou as rugas do vestido. Gastou alguns segundos acomodando o busto de maneira que parecessem mais voluptuosos e depois passou a mão pelo abdômen, como se quisesse comprovar que estava plano. Pela amplitude do sorriso era possível dizer que Gabi estava satisfeita com seu aspecto físico. O que Candelaria ignorava era que esse sorriso advinha do fato de haver encontrado um lugar adequado para camuflar-se, como fazem os animais entre a folhagem quando não querem que os encontrem. Embora fosse verdade que também se sentia confortável com a forma que ostentava, e cada vez que olhava para seu reflexo nos vidros era mais por prazer do que necessidade de comprovação. Gabi era bonita. E isso era algo que certas mulheres têm que ter claro, ainda mais quando sua subsistência depende inteiramente disso. Mas assuntos como esses ainda estavam distantes da compreensão de Candelaria, porque havia conseguido chegar aos doze anos sem perguntar-se se era bonita ou não. Nem sequer tinha um espelho e tampouco, com exceção de sua mãe, uma referência feminina com que se comparar, pelo menos até agora que via outra mulher regozijando-se com o reflexo de sua própria beleza.

Outra coisa que ignorava eram as razões pelas quais Gabi teve que roubar o Jeep e dirigir sem cansaço por caminhos esquecidos. Ou aceitar os convites do acaso e parar somente quando acabasse a gasolina ou os pneus explodissem de tanto rodar. Não parou para socorrer os animais que atropelou nem se deu ao trabalho de pôr no acostamento seus corpos sem vida. Quando a ouviu suspirar, adivinhou que era um suspiro de alívio, de delírio, pode até que de paixão, porque havia ouvido uma infinidade de vezes os suspiros de sua mãe e nenhum soou tão prazeroso como soam os daquela mulher. O mais provável é que dormisse bem em seu novo quarto, pois, tal como havia pedido, era todo um emaranhado de trepadeiras e plantas. Candelaria desejou que fossem as que espantam os sonhos ruins, mas outra coisa que ignorava era o tipo de pesadelos que atormentavam Gabi Rochester-Vergara todas as noites desde tempos imemoráveis.

Parruca é um bom lugar para se esconder. Vivem poucas pessoas, é difícil de chegar e as montanhas não falam. Ninguém delata ninguém. Assim se comporta quem tem assuntos para ocultar. Às vezes é melhor assim: eu não falo, você não fala, as montanhas não falam. Isso é o que acontece com as pessoas que estão fugindo, nunca podem ter certeza de onde vão parar nem do que lhes espera aonde quer que cheguem. Antes de ser um bom lugar para se esconder, Parruca não era sequer um lugar, mas uma canção, porque o pai era um artista empenhado em criar baleias que não cantavam e em ouvir canções onde não havia nenhuma. E Candelaria, por sua vez, era uma menina que, de verdade, chegou a acreditar nas palavras de seu pai. Se fechava os olhos e punha um pouco de empenho ainda era capaz de perceber os sons que ele lhe havia ensinado a escutar.

Soavam os guizos ao redor do pescoço dos coelhos e o canto das corujas empoleiradas nos galhos dos loureiros. Retumbavam as goteiras ao cair no teto em sua irrefreável descida até as poças do chão. Rangiam os passos da mãe ao longo dos corredores e as marteladas do pai em sua eterna luta para manter unidas as lajotas para que ninguém tropeçasse. Zuniam as abelhas e também se queixavam as colunas de madeira e as vigas do teto de tanto beber a umidade do amanhecer.

A mãe também contribuía com melodias, mas acima de tudo com florescência. Estava convencida de que a música tinha mais efeito sobre as plantas do que o adubo. Fez experiências com vários gêneros musicais e, por fim, chegou à conclusão de que a ópera era o que elas mais gostavam. Mas nem todas as obras funcionavam da mesma maneira. Segundo ela, as plantas também eram sensíveis às melodias tristes. Com certas peças reagiam de imediato à melancolia e era aí que as repreendia: "Vocês deveriam ter vergonha dessa folhagem toda caída e das flores olhando para o chão. Tendo tanto céu e vocês só olham para baixo", dizia a elas, porque a mãe, além de pôr música para suas plantas, também falava com elas. Um dia no café da manhã anunciou: "*La gazza ladra*. Essa é a mais efetiva. Façam o favor de sair e ver o que está a ponto de acontecer", disse enquanto subia o volume da ópera de Rossini.

Mas não aconteceu nada. Ou pelo menos essa foi a impressão de Candelaria. As árvores ondulavam ao vai e vem do vento e sussurravam entre a folhagem como sempre. As aves cantavam em pleno voo e as flores se abriam para atrair as abelhas, como sempre. Não conseguiu entender o que era aquilo que sua mãe via e a deixava tão contente, mas o simples fato de vê-la assim sorrindo enchia-a de otimismo, porque ver sua mãe sorrindo era algo que não acontecia todo dia. Os coelhos passaram batendo os guizos que pendiam do pescoço, como sempre. Cantaram as aracuãs e os alcaravões; cantaram os grilos e as cigarras, como sempre. E a arara se manifestou dando alaridos e começou a bater suas asas, porque isso era o que fazia quando estava alegre. Chamavam-no de Dom Perpétuo, como se ao dar-lhe esse nome pudessem eternizar sua existência, o que parecia apropriado, pois era uma *Ara ambiguus* que estava a ponto de ser extinta.

Depois, ao analisar os acontecimentos dessa manhã, Candelaria começou a entender que todos esses sons faziam sua mãe sorrir não de felicidade, mas de nostalgia, e que havia uma grande diferença entre uma e outra. Sorria porque lhe lembravam de uma época feliz que não voltaria jamais. Sorria porque por fim havia compreendido que cada um é responsável por compor uma trilha sonora de sua vida e que havia vivido com um homem que lhe impediu de iniciar sua própria composição. Um homem que jamais regressaria, mas que, por outro lado, deixou uma marca sonora o suficientemente forte para que sua família pudesse ouvi-la o dia todo, todos os dias. Sorria porque, com a ópera, ela havia sido capaz de acrescentar seu selo próprio a essa marca sonora e isso fazia com que se sentisse como se estivesse superando as coisas, virando a página, compondo, por fim, sua própria melodia não necessariamente boa ou ruim, mas sua, afinal de contas.

Candelaria entendeu por que seu pai sempre dizia que Parruca não era um lugar, mas uma canção que vai sendo composta por si mesma a cada instante. Uma canção tão irrepetível que não se poderia ouvi-la duas vezes e desejar que soasse da mesma maneira. Uma canção única. Uma canção infinita. Recordou-a e pareceu-lhe que essa ideia que ele manifestava com tanta insistência escondia uma enorme verdade: Parruca era um lugar no qual tudo soava.

Tudo menos as baleias.

O pai havia esculpido dezenas delas com granito e cimento, mas nunca pôde fazê-las cantar. Um dia disse a Candelaria que era porque estavam muito longe do mar, e ela se empenhou em jogar-lhes baldes de água com sal todos os dias. Mas as baleias permaneciam em silêncio ao redor da propriedade: imóveis, expectantes, como guardiãs que não sabem muito bem o que guardar.

Antes de Gabi chegar e a propriedade terminasse convertida em uma casa de hóspedes, antes, muito antes, quando tudo era som em Parruca e o lugar não era um lugar, mas uma canção, a família inteira costumava participar de uma brincadeira que sempre começava da mesma maneira: o pai pegava o tambor e tocava com a destreza dos xamãs durante suas cerimônias. Pum, pum, pum. Soava como o coração de uma casa quando está cheia de vida. Pum, pum, pum. E seus assobios, como esquecer seus assobios, capazes de pôr para dançar até as folhas das árvores, de competir contra quase todos os pássaros. Sempre sustentou que foram os nativos que lhe ensinaram a assobiar dessa maneira porque eles, por sua vez, haviam aprendido o segredo dos rouxinóis, e esse tipo de segredo não se concede a qualquer um.

Tobias tinha pensamento rápido e improvisava as letras das canções no decorrer da música enquanto Candelaria tocava a marimba que seu pai ajudou a construir com garrafas de aguardente que ele havia tomado. E a mãe sempre costumava se unir à brincadeira exibindo esse vestido vermelho que punha somente quando estava contente, esse que encantava a todos porque fazia jogo com seus lábios e sua felicidade.

Tudo era som quando o pai ainda estava, mas depois de sua partida a casa ficou em silêncio. Foi embora sem dizer para onde, sem dizer por quê. Deixou alguns de seus pertences: as botas pantaneiras, as jaquetas, as capas de chuva, coisas que não são necessárias quando alguém vai para o mar, pensou Candelaria, que aos doze anos já era boa em fazer deduções. Deixou sua mãe, deixou Tobias, deixou-a. Rossini não foi mais ouvido e as flores perderam o costume de florescer. Candelaria demorou para determinar se foram as coisas que ficaram em silêncio ou se foi o silêncio que ficou nas coisas. Talvez tudo se resumisse em que ela havia deixado de ouvi-las. Parruca já não era uma canção, nem sequer um lugar, era tão somente um pedaço de silêncio. Nada mais.

Não se despediu quando foi embora, mas todos lembram que estava chovendo. Grossas gotas caíam sobre as lâminas de alumínio que ele havia instalado no telhado para dar voz à chuva. Nessa tarde houve tempestade e estava ventando, e por isso o telhado soava como um piano desafinado. Candelaria ouviu-o do final do corredor e intuiu que essa era uma canção de despedida. Antes havia ouvido batidas no quarto de seus pais e, por um momento, pensou em ir buscar sua marimba, porque achou que a brincadeira estava para começar. Mas as batidas não eram do tambor, e sim de punhos contra as paredes. Sua mãe estava gritando e não estava com o vestido vermelho nem tinha os lábios pintados dessa mesma cor.

Quando o pai atravessou os corredores, as tábuas do chão rangeram acompanhando seus passos e os vidros retumbaram pela vibração das portas fechadas com mais força que o necessário. Antes de sair viu-o exibir nas costas uma bagagem minúscula, mais apropriada para um viajante de curta temporada do que para um homem prestes a abandonar sua família. A princípio pensou que saía tão apressado que não conseguiu sequer fazer as malas direito. O correto teria sido pensar que uma bagagem insuficiente corresponde a quem não vai voltar nunca mais porque seu desejo não é outro senão começar do zero uma nova vida em um novo lugar. Seu pai gostava de andar leve, porque já estava nessa idade que as coisas imprescindíveis da vida não são coisas. Ainda assim, em sua diminuta mala couberam todas as canções, e por isso, depois de sua partida, Parruca afundou-se em um longo silêncio. Às vezes era interrompido pelo som de vômitos secos, porque sua mãe era uma especialista em provocá-los pondo os dedos garganta abaixo para induzi-los. Sua mãe era especialista em coisas muito estranhas, mas Candelaria ainda não tinha uma percepção clara de que comportamentos uma família normal deveria mostrar. De fato, tampouco sabia o que significava ter uma família normal, pela simples razão de que a sua nunca o fora.

Frequentemente eram tachados de pouco convencionais e excêntricos. Família de esquisitos e malucos; de ermitões e selvagens, mas desunidos, isso jamais, pensou, porque ainda não sabia que às vezes basta tão somente um instante para separar o inseparável. Procurou seu irmão com a intenção de ouvir uma voz sensata que lhe dissesse como agir ante uma situação tão pouco cotidiana, mas quando o encontrou, Tobias já havia ingerido a beberagem amarga que sempre tomava para escapar sem ter que dar um só passo. Encontrou-o sentado ao pé do loureiro nessa estranha quietude em que se mantinha ultimamente. Tinha os olhos fechados e nenhuma intenção de se mover, embora estivesse encharcado pela chuva. Ao longe se ouviam lamentos atormentadores e repetitivos que expressavam justamente o que Candelaria estava pensando:

— Ai! Que vida tão dura. Ai! Que vida tão dura.

Candelaria tratou de localizar essa voz queixosa que se parecia tanto à de sua mãe. Porém, sabia que não era ela que se queixava. Não desta vez. Continuou procurando até que achou Dom Perpétuo se balançando na copa da araucária com as asas abertas e as penas eriçadas, porque para uma arara não há nada mais emocionante do que se banhar ao som da chuva. Sentiu uma grande inveja da ave tão desentendida e alheia aos dramas humanos, tão capaz de pensar somente em si mesma. Levava a vida procurando frutas maduras, cochilar camuflado entre a folhagem e esperar que chovesse para tomar um banho. Podia passar uma tarde inteira limpando as suas penas sem se sentir mal por isso.

Deitou-se na rede e continuou observando-o. Continuava com as asas abertas e emitia uns gritos que ressoavam selva adentro fazendo coro aos sons próprios da casa: o pranto da mãe, o rangido das dobradiças e a canção desafinada da chuva no telhado de lata. Candelaria estava com a boca apertada e os olhos muito abertos. Não gostava de chorar. Seu pai tinha lhe dito que quando tivesse vontade de fazê-lo, deveria tentar contar até trinta. O problema era que chegar até esse número não era fácil. Nunca havia conseguido, muito menos agora que as lágrimas já estavam aparecendo. Se chegasse até dez se conformaria: um, dois, três, quatro, cinco... Contou até cinco porque foi isso que aguentou sem pestanejar. Quando não teve mais remédio que fechar os olhos, sentiu a descida das lágrimas passando pelas bochechas.

Os gemidos de Candelaria acompanharam a canção triste desse dia. Foi uma canção longa, de verdade, esperava não ter razões para voltar a interpretá-la, embora isso parecesse impossível para ela, que era chorona por natureza. Quando foi buscar os girinos para colocar em seu aquário, continuava chorando. Desejou que seu pai regressasse antes que se transformassem em sapos. Mas nesse momento ainda não sabia que aos doze anos se desejam muitas coisas e quase nenhuma se torna realidade.

Entre a partida do pai e a chegada de Gabi Rochester-Vergara só houve silêncio. Espreitou ao longo dos corredores. Meteu-se entre as grades de ferro forjado e pelas janelas entreabertas. Paciente, pousou sobre as baleias de granito com a quietude das aves carniceiras quando pousam para esperar suas presas. Candelaria enfrentou sozinha todo esse silêncio. Suas formas a assustaram porque não podia defini-las nem demarcar suas fronteiras. Tentou tocá-lo e era gélido. Queria morder seus dedos. De cor indecifrável. De uma consistência parecida à que têm as sombras alongadas. Sentia o cheiro da umidade do musgo e do telhado que sempre estava cheio de goteiras impacientes por unir-se às lajotas. Talvez porque foi uma dessas temporadas em que não parou de chover. Talvez porque ninguém nunca soube consertar as telhas para que não passasse água. O silêncio estava em todos os lugares: no ar, onde morre o voo das aves; na profundeza da terra, ao pé do ninho dos tatus, na opacidade que começava a se apoderar da água da piscina, nos chanfros das luminárias que andavam cheias de teias de aranha e insetos mortos porque ninguém mais as limpava.

Sentiu medo com tanto silêncio nas costas como se sente medo diante das coisas que escapam do cotidiano. Estava assustada de verdade. Pela primeira vez em sua vida se deu conta de que não tinha ninguém a quem recorrer. Assim aprendeu que recorrer a alguém é um encontro e que o contrário é uma fuga. Percebeu o medo nos poros e nesse arrepio que corria ao longo de suas costas, diminuindo a firmeza de suas pernas. Sentir medo era uma experiência muito diferente naquela época em que tinha seu pai ao lado. Antes era a forma mais fácil de ganhar um abraço, de que a embalassem no peito, de que dissessem que tudo ia ficar bem. Agora ninguém lhe dizia nada. Agora não havia braços nem peito nem formas fáceis.

Candelaria não sabia ainda, mas não haveria nunca mais nem um nem outro. Já nem sequer havia pai. Disso tampouco sabia, mas não ia voltar por mais que ela se empenhasse em espreitar as curvas da estrada à espera do carro que haveria de trazê-lo de volta para casa. Fosse envolto em uma nuvem de pó como as que anunciam os carros que transitam por caminhos esquecidos, fosse fazendo espirrar as poças de lodo, caso houvesse chovido.

Às vezes, também olhava para as baleias e as baleias olhavam para ela, e então se perguntava quem se cansaria de esperar primeiro.

A primeira a reagir ante a partida de seu pai foi a vegetação. Começou a expandir-se porque ele não estava ali para detê-la. Candelaria sabia que isso podia acontecer. Seu pai havia contado da inundação que ele causou quando tentou desviar o leito do riacho e da fúria das rãs quando teve a ideia de secar o pântano. Também lhe falou da resistência das raízes das árvores quando tentou cavar um buraco para construir a piscina. Ela mesma presenciava a velocidade com que crescia a erva e a valentia dos animais tentando defender um território que sempre havia lhes pertencido.

As únicas que não se defenderam foram as baleias. Terminaram cheias de musgo e de cogumelos, apesar da água com sal que Candelaria jogava nelas todos os dias. Ela mesma a preparava em um balde simulando a salinidade do oceano. Outras baleias foram cobertas por unha-de-gato, ou por toda sorte de líquens dos que se aderem à rugosidade do granito e do cimento. O resto dos animais aprendeu a se defender graças aos instintos herdados de seus pais, que por sua vez haviam herdado dos seus, e assim desde muito antes dos humanos chegarem para mudá-los de lugar.

Candelaria certa vez entreouviu conversas nas quais os nativos jogavam na cara do pai a construção de uma casa que estava em total dissonância com o terreno. "É inútil lutar contra a natureza — diziam a ele. —Sempre acaba ganhando a partida". A diferença é que agora não existia um pai para dar combate e sua mãe não tinha forças para fazê-lo. Soube disso no momento em que deixou de procurar pedras redondas para sua coleção. Tobias, por sua vez, continuava imóvel ao pé do loureiro, e nessa época Gabi de Rochester-Vergara ainda não havia chegado a Parruca, porque andava se livrando de seu terceiro marido e pensando na melhor forma de desaparecer com o dinheiro sem deixar rastros. Era nesses tempos que Candelaria insistia em emaranhar-se no telhado todos os dias a fim de vigiar a estrada. Tempos em que ainda guardava a esperança de que seu pai retornasse.

Logo Candelaria começou a se cansar. Cansou de pôr quatro lugares à mesa e só ocupar um e de sacudir Tobias para tirá-lo do letargo em que se afundava cada vez que bebia suas beberagens. Cansou de abrir as janelas do quarto de sua mãe porque, mal cruzava a porta de saída, ela tornava a fechá-las com força. Às vezes ficava espiando, brincando de ser invisível em um canto do quarto, e então ficava olhando as pedras redondas a fim de não se sentir tão sozinha, mas também se cansou desses olhos fixos e indiferentes tão parecidos aos dos sapos confinados em seu aquário. Estava cansada de comer frutas e cereais, mas teve que continuar a comê-los porque não sabia preparar mais nada. As sementes e grãos que deixava cair no chão da cozinha terminavam germinando entre as frestas das tábuas de madeira e, quando menos se esperava, o interior da casa parecia uma estufa.

Para sua mãe deixava comida na fresta da janela e para seu irmão entre suas pernas sempre cruzadas em posição de lótus. Estavam tão fracas e retorcidas que se confundiam com as raízes do loureiro que lhe dava sombra. Candelaria nunca soube ao certo se era ele ou os pássaros que acabavam dando conta do banquete. Um dia viu um melro de patas amarelas tentando fazer um ninho no cabelo de seu irmão, e desde então esteve mais atenta para impedi-lo. Temia que Tobias acordasse e desalojasse possíveis filhotinhos, portanto todos os dias pela manhã se punha a desembaraçar seu cabelo com um pente e espantar as formigas. Também cortava suas unhas das mãos e dos pés e esfregava as picadas de insetos com menticol. Depois se sentava a seu lado para conversar. Assim aprendeu a não esperar respostas de ninguém.

Por fim acabou também cansando de falar sozinha e permitiu que as palavras se desvanecessem em algum lugar de sua garganta, antes que pudesse pronunciá-las. Deixou de perceber sons em todas as coisas, porque seu pai já não estava para torná-la consciente deles. Quando chovia as goteiras faziam barulho por toda parte, mas ela cada vez as ouvia menos. E as colunas de madeira rangiam ao amanhecer como se as estivessem torturando, mas já não se ouviam seus lamentos. Como os coelhos se reproduziram muito, passou um dia inteiro pondo guizos ao redor de seus pescoços, mas logo notou que já não tilintavam como antes. Dom Perpétuo gritava menos e a correnteza do riacho não soava tão forte como antes. Na casa só havia silêncio e ela acabou por unir-se a ele, porque seu pai uma vez lhe disse que se um inimigo era invencível a única opção era ficar a seu lado. Ainda viria o tempo de aprender que a verdadeira derrota é render-se sem sequer tentar.

Então, em silêncio, espantou as raposas, sacudiu as traças, perseguiu as intermináveis filas de formigas. Em silêncio tirou os escorpiões do quarto para não esmagá-los quando se deitasse. Em silêncio entrava no quarto de sua mãe para se assegurar de que estivesse quente. Punha um dedo debaixo das narinas para ter certeza de que continuava respirando. Continuou emaranhando-se no telhado. O carro em que seu pai deveria chegar nunca era avistado cruzando a estrada, ninguém fazia as poças de lama espirrarem. Nesses dias em que sentia estourar de impaciência, em que as palavras já não cabiam dentro de si, tomava todo o ar que pudesse conter no pulmão, fechava os olhos e soltava gritos que retumbavam nas frutas das árvores. O eco, como sempre, era o único que respondia e, por fim, tudo voltava a ficar em silêncio. Sempre em silêncio.

A segunda lua cheia recém terminava quando Candelaria os viu. Ainda magros, subindo com determinação. Trepando com firmeza em tudo que lhes permitisse trepar. Viu-os verdes e túrgidos declarando sua vitalidade. Viu-os ameaçadores e familiares ao mesmo tempo. Eram os braços das trepadeiras que já haviam chegado até a parte mais alta do telhado, bem onde ela se sentava para vigiar a estrada. Já haviam rodeado a casa com seu abraço inquietante. Só lhes faltava coroar o cume. Lembrou dos nativos e soube que a natureza estava ganhando a batalha, porque o pai já não estava e nem ela nem sua mãe nem seu irmão estavam tentando lutar.

Desceu do telhado de um supetão e começou a inspecionar a casa com olhar renovado. Observou cada canto como se o fizesse pela primeira vez. E viu muitas coisas. Viu o muito que haviam crescido as plantas no interior da casa. Viu a insistência do mofo em desenhar nas paredes e a das raízes dos loureiros em penetrar pelo encanamento. Suas pontas já apareciam pelos vasos sanitários. Pôs-se a encher a banheira e quando depois de alguns minutos voltou para fechar a torneira percebeu que estava cheia de lodo. Entendeu que uma piscina se transforma em tanque quando a água está tão turva que já não se vê o fundo. Compreendeu a velocidade com que a chuva apodrece a madeira, muda de lugar as telhas do telhado, come as margens do riacho e faz até as pedras caminharem. Em abril chove muito, isso ela sabia, era a melhor época para ir nadar nos espelhos d'água e para procurar sanguessugas para os tratamentos de sua mãe ou rãs venenosas para Tobias. O que não sabia eram todos os desafios que a chuva acarretava. Pensou em seu pai. Ele teria podido enfrentar todos eles. Mas acontece que ele já não estava ali.

Foi até a cozinha e tirou todas as panelas. Colocou-as em fila no chão. Pegou as colheres longas com que sua mãe batia suspiro e manjar branco. Tomou ar, pegou impulso e começou a bater nas panelas como se disso dependesse sua existência. Fez isso com todas as forças que cabiam em seus braços e com toda a raiva que vinha se fermentando por dentro. A casa começou a tremer, as frestas do chão se alargaram, as portas balançaram lentamente, rangeram os chanfros oxidados. As janelas vibraram, gerando a falsa sensação de que iam quebrar. O barulho inundou os cantos vazios e o eco devolveu-o amplificado. Candelaria continuava batendo as colheres sobre as panelas cada vez mais forte, cada vez mais firme. E seu plano era continuar fazendo isso até que alguém a escutasse.

Depois de algum tempo a porta do quarto de sua mãe se abriu. Viu-a alta e inalcançável, no alto da escada. Estava tão pálida e translúcida como um espectro. Era possível ver todas as veias do corpo, como minhocas pulsando em seu interior. As olheiras faziam pensar que agora tinha um par de buracos onde antes havia um par de olhos. Os mesmos que agora se semicerravam porque haviam se desacostumado à luz, ou talvez continuava com vontade de dormir, ou melhor, queria apenas decifrar de onde vinha o alvoroço. Candelaria percebeu seu cabelo emaranhado, sua pele ressecada, sua boca contraída. Notou que fazia dias que não a ouvia vomitar e chegou a pensar que isso era um avanço, mas depois se deu conta de que estava comendo tão pouco que não haveria nada para expulsar de seu estômago.

Por estar olhando para sua mãe não percebeu quando Tobias entrou na casa. A visão de seu irmão era tão aterradora que parou de bater as panelas para observá-lo. Estava tão magro que parecia que ia se dissolver e desaparecer. Se tivesse lhe dado um pequeno empurrão, ela o teria derrubado no chão sem dificuldade nenhuma. Os dentes pareciam imensos e a pele transparente. Parecia uma rã boana. Por estar sentado tanto tempo na mesma posição ao pé do loureiro os ossos rangiam cada vez que fazia um movimento. Candelaria ouviu o estalo de seu maxilar quando bocejou. Depois o viu esfregar os olhos na tentativa de acordar de vez. A primeira a falar foi sua mãe:

— O que está acontecendo?

E imediatamente depois Tobias, com uma voz fraca por falta de uso, perguntou o mesmo:

— O que está acontecendo?

— Acordem! Acordem! — gritou Candelaria. — A casa está caindo!

A guerra começou a ser perdida no mesmo instante em que deixaram de lhe dar combate. A vegetação estava acabando com a casa e até com eles próprios. A propriedade havia se camuflado tanto entre o verde que já nem sequer era possível avistá-la da estrada. Ninguém sabia ainda, mas isso era precisamente o que estava transformando Parruca em um bom lugar para se esconder.

O bom da guerra contra a vegetação era que de vez em quando conseguia uni-los como família em um mesmo time. O ruim era que, às vezes, acentuava suas diferenças e fazia com que se sentissem verdadeiros estranhos. Como os soldados que não conseguem entrar num acordo sobre a identidade de seus inimigos e, ao final, terminam atirando para todos os lados. Ou para nenhum. Conforme passavam os dias, Candelaria começou a se dar conta de que estava perdendo seus únicos companheiros de batalha. Em especial a mãe. A intermitência de seu estado de ânimo a alentavam um dia e a desalentavam no seguinte. Nunca estava de todo bem nem mal. Parecia caminhar à beira de um abismo, decidindo para qual lado saltar, mas sem coragem para decidir fazê-lo. Candelaria a empurrava para seu lado porque era sua mãe e ainda precisava dela, embora à primeira vista parecesse o contrário. Era ela que obrigava sua mãe a sair da cama a cada manhã. Que a empurrava para o chuveiro, que a obrigava a comer e depois a caminhar para que o sol lhe devolvesse sua cor original e ocultasse as veias escuras e inchadas.

Frequentemente lhe encorajava a continuar procurando pedras para sua coleção, tentando ignorar o fato de que já não estava o pai para talhar olhos nelas. Nunca souberam de onde saíam essas pedras tão particularmente redondas. Estavam espalhadas por toda Parruca sem obedecer a nenhum padrão reconhecível. Encontraram as primeiras ao pé do rio e pensaram que a correnteza as havia arrastado. Depois, quando cavaram para fazer a fundação da casa, encontraram outras. Era tão provável achá-las no alto da montanha como no fundo dos espelhos d´água. Não tinham um tamanho específico, mas sim uma forma e uma cor. Eram redondas e pretas.

A mãe ficava encantada com elas, e por isso todos costumavam cavar, levantar, arrastar ou empurrar para obtê-las. À custa de assobios chamavam os nativos quando aparecia alguma excepcionalmente grande para que lhes ajudassem a levá-la até a casa e subi-la ao quarto principal, onde iam se acumulando, umas sobre as outras, como munição de canhão. Inventava olhos para cada uma delas, porque Teresa era o tipo de mulher que gostava de sentir que a atenção se voltava para ela. "Você precisa entender que neste mundo há pessoas que nascem para olhar e outras para serem olhadas", disse-lhe um dia seu pai. Mas Candelaria ainda era pequena e custava-lhe entender essa forma particular com que ele lhe explicava as coisas.

As pedras não eram as únicas que observavam a mãe. Candelaria também o fazia porque já não se conformava com amá-la tal qual era, necessitava entendê-la. Tentava decifrar para onde tinha ido sua beleza, sua graça, o dinheiro que corria com fartura quando o pai construiu a casa. Punha um grande empenho para entender suas excentricidades: o dedo na traqueia, as reclusões sem trégua, os silêncios sem final, os estados de ânimo mutáveis. Fazia coisas como jejuar uma vez por semana, grudar sanguessugas em todo o corpo para limpar as toxinas do sangue e banhar-se com mel de abelhas. Usava bicarbonato de sódio como se fosse se acabar, de fato, ainda que não admitisse, professava mais fé no bicarbonato do que em Deus, o que não é pouca coisa, pois era uma mulher religiosa, embora brigasse com Deus todos os dias. Fazia bochechos de bicarbonato para lavar as gengivas, emplastos para limpar o rosto, punha-o no xampu para eliminar a caspa e no sabão dos pratos para desodorizá-los. Fazia exfoliação, tirava os calos e cauterizava as feridas graças ao bicarbonato. Também o ingeria em jejum com limão para alcalinizar-se por dentro.

Faltou pouco para erguer um altar ao bicarbonato, mas nunca existiu o risco de que as brigas com Deus terminassem em ruptura, pois haveria ficado sem ninguém para quem se fazer de vítima e essa era sua atividade favorita. Candelaria chegou a pensar que o problema de sua mãe era que não lhe aconteciam tragédias na velocidade que teria desejado e, por isso, fazia uma tempestade em copo d'água até com as coisas mais insignificantes que lhe aconteciam. E se por acaso não chegasse a acontecer nada, sempre tinha à mão a opção de inventá-las.

A mãe também insistia em purificar a casa. Quando punha isso na cabeça, não permitia que ninguém ligasse nenhum aparelho elétrico. Só deixava que a iluminação fosse feita com velas e tochas. E então Parruca de longe parecia uma fogueira ardendo no meio da selva. Era uma declaração de força entre tanto verde. Sentia-se potente, viva, inclusive, ameaçadora. Agora não. Agora era uma casa a ponto de desabar. Uma guarida escura que a selva estava devorando. Um lugar condenado ao silêncio e à espera.

O primeiro ato de guerra foi podar as trepadeiras. Tobias queria arrancá-las pela raiz, mas Candelaria não permitiu que o fizesse porque lhe dava esperança pensar que algo estático como uma planta pudesse sentir-se livre para abraçar uma casa inteira. O meio termo foi podá-las para que não se esquecessem de quem controlava quem. Depois limparam o tanque de armazenamento de água com toneladas de bicarbonato e repararam os lugares por onde estava entrando lodo.

Escolheram parar de chamar a piscina de piscina e, a partir desse momento, ela foi declarada de maneira oficial: o tanque. O que aconteceu foi que não souberam como recuperar a claridade da água nem a maneira de trazer de volta o brilho dos azulejos depois que a lama os cobriu por completo. As raízes que o pai conteve para construir a piscina terminaram recuperando o espaço que lhes havia sido arrebatado anos atrás. As rachaduras dos azulejos deixaram entrar o lodo e com o lodo chegaram as rãs, o musgo e as sanguessugas. Quando a mãe descobriu que a água estava cheia delas, tomou o acontecimento como uma vitória pessoal, como um sinal divino, e ordenou que as deixassem ali, à vontade, para que se reproduzissem.

Naqueles dias em que a mãe recuperava a esperança e a vontade de viver, viam-na meter-se nua no tanque para que as ventosas das sanguessugas aderissem à sua pele e eliminassem todas as toxinas que tinha no sangue e nos tecidos. Ninguém da família nunca entendeu essa obsessão. O pai costumava taxá-la de louca quando via os pontos vermelhos que as picadas deixavam, e o assunto sempre terminava em briga. Por isso Candelaria aprendeu a nunca questionar as manias de ninguém e a entender que todas as obsessões terminam sendo tóxicas, inclusive se o objeto da obsessão é desintoxicar-se.

À primeira vista parecia que o principal problema eram as trepadeiras. Mas não. Eram os loureiros, e Candelaria sabia. Todos sabiam. A mãe queria arrancá-los pela raiz como se ao fazê-lo pudesse arrancar a lembrança de seu marido. Tobias era partidário de que ficassem onde estavam. Intuía que eliminá-los seria um trabalho imenso que teria que fazer sozinho. Candelaria também não queria que os cortassem porque sabia que seu pai sentia orgulho deles.

Seu pai os havia semeado porque cresciam muito rápido, davam boa sombra e tinham muita folhagem. Além disso, as corujas costumavam pousar sobre seus galhos e cantar para a noite. O pai gostava dos loureiros porque gostava do canto das corujas e porque adorava o barulho do vento quando passava entre as suas folhas. Ou talvez porque o problema das raízes saindo pelos vasos sanitários e das rachaduras nos mosaicos do pátio e nos azulejos da piscina foram posteriores à sua partida. Diante da incapacidade de entrarem num acordo, optaram por deixar os loureiros, o que implicaria conviver com os danos colaterais. Candelaria percebia neles uma formosa decadência. Tinha uma inclinação natural para admirar os seres capazes de fazer com que respeitassem seu espaço a qualquer custo.

Depois tiveram que decidir o que fazer com as plantas que Candelaria involuntariamente havia semeado dentro de casa de tanto deixar cair grãos e sementes no chão. O pai lhe havia ensinado que a única coisa digna de se adorar na vida eram as plantas e então ela as adorava, porque tudo que seu pai lhe tivesse dito ainda era sagrado. Negociaram e optaram por deixar somente as que servissem para a culinária. A partir desse momento foi fácil tropeçar no interior da casa com manjericões, coentros e pequenas árvores de limões e goiabas. Claro que deixaram a mangueira que se levantava imponente no salão principal. Conservaram também as plantas de milho e os girassóis porque Dom Perpétuo era insaciável na hora de comer suas sementes.

Enquanto a família levava a cabo esse tipo de negociações ninguém poderia intuir que Gabi de Rochester-Vergara estava prestes a chegar a Parruca. Talvez dirigisse sem rumo, talvez decidisse na hora se pegar ou não uma estrada que dava a sensação de não ter sido usada há muito tempo. Ou melhor, o pneu traseiro já havia estourado. E alguns animais jaziam mortos depois da inesperada batida contra o para-choque. Certamente estava cansada de inventar nomes falsos, de dormir em hotéis baratos nos quais acordava suando à meia noite por obra e graça de seus pesadelos. Ou de fugir dos postos policiais e pagar suborno a quem indagasse mais do que ela estava disposta a responder. Queria chegar a algum lugar. Queria chegar o quanto antes e criar raízes, longas, profundas e incômodas como as dos loureiros.

Enquanto ela ainda dirigia o Jeep procurando um lugar seguro para se esconder, os irmãos continuavam trabalhando sem descanso na arrumação da casa. A mãe os guiava da comodidade de sua cadeira de balanço chupando mangas maduras. Dom Perpétuo sobrevoava suas cabeças e de vez em quando baixava para pedir para a mãe um pedaço de fruta. Estava em um desses dias de melhor ânimo. "É porque gosta de sentir que a gente se importa com ela", disse Candelaria a seu irmão. Assim fizeram um pacto para fazê-la acreditar que estavam seguindo ao pé da letra suas instruções, embora, no final das contas, terminavam fazendo o que a eles parecia o mais conveniente. Por esses dias andava com uma cara boa, estava participativa e animada. Deveria ser pela alta taxa de reprodução de sanguessugas, que lhe dava esperanças de conseguir o que ela chamava de "uma desintoxicação definitiva". Mas às vezes decaía e seu olhar parecia atravessar todas as coisas para as quais olhava. Ou fazia perguntas sem sentido e aceitava respostas dessa mesma categoria.

— Ei, garotos! Vocês não deveriam estar no colégio?

— Não, mamãe, o colégio é para os otários — respondiam em uníssono.

Quando chegou a hora de arrumar o telhado se deram conta de que estava um desastre. As trepadeiras haviam desarranjado todas as telhas deixando entrever a placa de alumínio que o pai havia instalado há alguns meses.

— Tem que tirar — disse Tobias. — Não resolveu nada o problema das goteiras.

— Não, papai pôs para que pudéssemos ouvir as canções da chuva — disse Candelaria.

— Que canção que nada — replicou Tobias. — Ele pôs porque saía mais barato que trocar todas as telhas.

Candelaria ficou calada pensando no que seu irmão havia dito. Observou a retirada das placas oxidadas em meio aos impropérios que ele dizia contra o pai pela forma como as havia instalado. Viu quando cortou o dedo mindinho na borda afiada e o pôs na boca para evitar que saísse sangue. O sangue: isso era algo que mexia com seus nervos. Bastava ver uma gota de sangue para ficar pálido como uma folha em branco. Viu-o chupando o dedo enquanto contava as telhas quebradas para ir depois ao povoado comprar umas novas para trocá-las e também para não ter que pensar no sangue que escorria da ferida. A mãe estava na sua terceira manga quando percebeu o inusual silêncio entre os irmãos.

— O que está acontecendo aí em cima? — perguntou.

— É que teu esposo é um embusteiro — respondeu Tobias com esse risinho que Candelaria tanto odiava porque ainda não sabia como decifrar.

— Você quer dizer teu pai?

— Ele mesmo — respondeu Tobias.

— Diga algo que eu não saiba, querido — disse a mãe lambendo os fiozinhos de suco de manga que lhe escorriam pelo antebraço.

E os dois gargalharam enquanto Candelaria tentava guardar na memória a palavra *embusteiro* para depois procurá-la no dicionário. Também tentou contar até trinta, mas não conseguiu.

Gabi de Rochester-Vergara chegou junto com a trégua da chuva. As poças, por fim, haviam evaporado por causa do calor e a grama se tornara fosforescente. Os raios de sol projetavam sobre o chão as sombras das molduras das janelas. A luminosidade era tanta que os vitrais pareciam um incêndio de cores.

Depois de tanto silêncio dava a sensação de que Parruca estava recuperando seus barulhos. Já se ouvia o canto desesperado das cigarras anunciando que estavam prontas para acasalar. Cantariam sem parar até que voltassem as chuvas. Desde tempos imemoráveis a natureza sempre havia agido da mesma maneira. Cada planta e cada animal desempenhava um papel preciso que permitia manter o equilíbrio natural das coisas. Nunca falhava. Por isso Candelaria confia nos ciclos naturais para medir o tempo. Com a chegada de Gabi capturou outros girinos novos que agora nadavam no aquário de seu quarto. Três luas cheias depois aconteceria a metamorfose e teria que libertá-los outra vez no tanque. Quando chegasse esse momento, completaria seis luas cheias sem notícias de seu pai.

Apesar das suspeitas que a chegada de Gabi levantou, Candelaria não achou que tinha jeito de ser uma pessoa má. Pagou adiantado sem questionar o preço. Não exigiu nada. Não fez perguntas incômodas, porque as pessoas agem assim quando não querem que as façam a elas. Habituou-se com facilidade a conviver com as trepadeiras que entraram pela janela de seu quarto e agora sustentavam os pés da cama e as vigas do teto. Disse que gostava das paredes cobertas por unhas-de-gato. Mencionou que suas folhas, ao serem arrancadas, emanavam um leite esbranquiçado que servia para fazer as verrugas desaparecerem e clarear as manchas de pele. Ao dizer isso, passou a mão pela mancha sem forma que tinha na altura do peito. Não quis que Candelaria varresse a folharada do chão porque Anastácia Godoy-Pinto adorava repousar entre o frescor das folhas secas. Gabi tinha o talento de uma gata para caçar ratos-do-campo que depois armazenava num vidro para dar de comer à serpente. Candelaria admirava a destreza com que caçava sem tirar nunca seus saltos altos, sem se despentear e sem manchar de terra nenhum de seus vestidos brancos.

Gabi não parecia ter nenhum tipo de preocupação; no entanto, quando soube que Tobias já havia enterrado o Jeep, mostrou-se aliviada e agradeceu pondo outro maço de dinheiro no bolso de trás de sua calça. Comia tão pouco e tão frugal como os pássaros. Não comia nada à noite porque, segundo ela, deitar com o estômago cheio assegurava pesadelos e acúmulo de gordura em lugares indesejáveis. Candelaria viu-a várias vezes contemplar seu próprio reflexo nas vidraças. Ficava de frente e depois de costas para admirar o traseiro; se virava para um lado e depois para o outro. Juntava todo o cabelo fazendo um rabo de cavalo alto e depois passava as mãos entre as madeixas para bagunçá-las. Chupava a barriga e depois a soltava ao mesmo tempo que alisava o vestido a fim de comprovar que não estava gorda. Sempre sorria indicando que estava satisfeita, mas depois começava outra vez o mesmo processo diante de outra vidraça. E assim várias vezes, o dia todo, todos os dias. Parecia que nunca se cansava de olhar para si mesma.

Candelaria nunca havia pensado em detalhar-se dessa maneira; mas, desde que viu Gabi, começou a preocupar-se com a forma que seu corpo estava tomando. O peito não estava crescendo com a mesma velocidade do traseiro e, em razão disso, as pernas pareciam curtas e finas como as das rãs do tanque. Faltava estatura e sobrava traseiro. Nunca havia reparado em seus dentes, mas ao reparar nos de Gabi soube que estava longe de tê-los assim alinhados e brancos. Talvez, inclusive, os seus fossem menores do que deveriam ser. A penugem avermelhada que cobria suas pernas já não passava despercebida, assim como as cascas, arranhões, picadas de insetos e mordidas de animais em geral, sobretudo as de Dom Perpétuo. Tinha uma alta resistência à dor e, por isso, quase nunca sabia explicar de onde vinham todos os machucados.

Começou a olhar-se com frequência, não só nas vidraças, mas também no espelho dos armários de sua mãe. Não achava nenhuma graça nas sardas que lhe salpicavam as bochechas nem na trança desfeita que corria costas abaixo. Odiava se pentear, e em vez de cortar as unhas, mordia-as com os dentes. As pontas dos dedos eram gordas e, amiúde, cheias de sangue de tanto puxar as cutículas. Costumava esticar a camisa para ver o quanto seu peito havia crescido. O ardor constante e o mal-estar que experimentava com o atrito da roupa a iludiam com a ideia de que logo emergiriam peitos grandes e redondos como os de Gabi, mas passavam os dias e não pareciam crescer nem um centímetro. Chegou à conclusão de que precisava de seu próprio espelho de corpo inteiro e, de fato, pareceu-lhe absurda a ideia de ter vivido toda a sua vida sem ter um. Era como se nunca tivesse olhado para si mesma. O curioso era que antes não tinha necessidade de fazê-lo e, de repente, era algo imprescindível.

— Eu sou bonita? — perguntou a Gabi.

— O que você acha?

— Não sei, por isso estou perguntando.

— Não pergunte isso para ninguém. Se você permitir que a definam, depois não poderá tirar uma conclusão própria. Não é fácil ser mulher, querida.

— E homem?

— É tão fácil que acabam ficando tontos, percebe? Às vezes, o que temos a favor de nós é a mesma coisa que temos contra. Não esqueça nunca, informações como essas fazem que mulheres como nós sejam diferentes.

Sempre falava no plural quando tinham esse tipo de conversa e Candelaria não entendia por quê. Também era comum que não entendesse nem a conversa. Mesmo assim, sentia uma grande fascinação por Gabi. Adorava sua silenciosa curiosidade. Parecia que não se cansava de observar tudo a seu redor, que não deixava escapar nem um detalhe que pudesse considerar importante. Mantinha-se ocupada colhendo plantas que depois classificava em um caderno que deixava sobre a mesinha de cabeceira. "Estou procurando a planta ideal", disse uma vez, mas deu um jeito para não especificar ideal para quê, embora Candelaria já tivesse notado a especial atenção que dava para as plantas de alta toxicidade.

Além de seu especial interesse botânico, Gabi ficava olhando tudo que a rodeava, como se não tivesse nenhum outro tipo de ocupação, além de olhar e depois imaginar uma maneira de expressar suas opiniões sobre o observado sem que ninguém pensasse que o estava julgando. Tinha talento para fazer comentários que deixavam as pessoas pensando. Se olhava para Dom Perpétuo se balançando e observando a paisagem acomodado na tranquilidade da araucária, comentava que era uma ave que verdadeiramente sabia viver a vida. Se via a mãe nadando no tanque com o corpo cheio de sanguessugas, mencionava que é possível desintoxicar qualquer coisa, exceto os pensamentos. Ou, se encontrava Tobias colhendo cogumelos, comentava que a verdade só pode ser encontrada em um estado de máxima lucidez. Só de olhar em seus olhos parecia saber quanta beberagem havia consumido ou quanto pensava consumir. Às vezes dava a sensação de que podia ler pensamentos como se fossem livros.

Numa manhã, Candelaria se deu conta de que Gabi tinha seus olhos voltados para ela enquanto jogava água com sal nas baleias. E, por alguma razão que não soube explicar nesse momento, a atividade que praticava sem falta todos os dias desde que seu pai instalou ali as esculturas começou a parecer-lhe ridícula. Ainda mais quando ouviu-a perguntar a Tobias:

— Por que ela joga água salgada nas esculturas?

— Quer ouvir a versão verdadeira ou a fantástica?

— Ambas.

— O papai disse a Candelaria que as baleias não cantavam porque não estavam no mar. Essa é a versão fantástica.

— E qual é a verdadeira?

— Na verdade, ele achou que a água salgada impediria o crescimento de mofo e musgo sobre suas esculturas.

— Seu pai é um aproveitador, querido — disse Gabi.

— E também um inútil — acrescentou Tobias. — Homens que não servem para nada dão soluções que não servem para nada.

Candelaria gostaria de não ter ouvido essa conversa. Isso a fazia parecer intrometida. Pelo menos tinha algo certo: sua mãe não voltaria a reclamar que o sal estava sumindo da cozinha. À tarde pegou o balde e foi correndo ao quarto de ferramentas procurar a pá. Revirou tudo e não a encontrou. Lembrou que Tobias havia sido o último a usá-la para enterrar o Jeep, então foi ao seu quarto para perguntar a ele. Como sempre, entrou sem bater e encontrou-o estirado na cama com uma manta por cima.

— Onde está a pá?

— Não entre sem bater, Candela.

— E isso desde quando?

— De agora em diante.

— Antes não era assim...

— Antes era antes — interrompeu-a levantando a voz ao mesmo que ficava de pé para tirar sua irmã do quarto, mas não teve que fazê-lo porque ela saiu correndo quando a manta caiu no chão e viu seu irmão nu.

Candelaria correu sem parar até onde Tobias havia enterrado o Jeep. Estava nervosa. O ar entrava com dificuldade em seus pulmões. Desejou não ter visto o corpo de seu irmão. Tinha feito isso antes, muitas vezes, quase sem reparar nele. Quando eram crianças costumavam nadar nus no riacho, mas não lembrava de ter se incomodado com a nudez, que agora, no entanto, pareceu-lhe intolerável. Era como se o pacto de irmandade tivesse sido quebrado e aspectos que escapavam de seu entendimento começassem a vir à tona.

Antes era capaz de atirar-se nos braços de Tobias com os olhos fechados, de dormir com ele na mesma cama e cobrir-se com a mesma manta. Antes ele a carregava corpo contra corpo, quando ela se cansava durante as excursões pela montanha à procura de rãs, de orquídeas ou de uma companheira para Dom Perpétuo. Antes se deitavam juntos na grama para descobrir a forma das nuvens ou quando um tirava as sementes de maracujá que ficavam presas nos dentes do outro. Também limpavam com a língua os fiozinhos de suco que escorriam pelo braço do outro quando se sentavam para comer mangas maduras. Mas, nesse momento, não pôde se imaginar fazendo nenhuma dessas coisas que costumava fazer com ele. Preferiu sair correndo ao ver esse corpo que já não era o mesmo que ela conhecia.

Correu sem parar até o monte de terra debaixo do qual havia sido enterrado o Jeep em que Gabi havia chegado. Tinha pressa para encontrar a pá. Ao vê-la, tomou-a rapidamente e embrenhou-se na montanha para procurar terra de jacarandá. Queria a mais preta, a mais fértil, a que tivesse mais nutrientes. Queria a mais fecunda, a que seu irmão usava para o cultivo dos cogumelos, aquela em que qualquer planta cresceria em um minutinho. Quando a encontrou, encheu o balde mil vezes com ela e parou em frente de cada uma das esculturas. Cobriu tudo o que pôde até que as baleias deixaram de ser baleias.

Com o passar do tempo chegaria a entender que as coisas não desaparecem pelo simples fato de jogar terra nelas, de olhar para o outro lado ou de fechar os olhos apertando-os tanto que cheguem a distorcer a realidade uma vez que se abram de novo. Passaria ainda algum tempo antes que Candelaria entendesse como lidar com aquelas coisas que desejava fazer desaparecer. Pôs-se a calcular e chegou à conclusão de que, na seguinte lua cheia, o mofo, os liquens e as ervas daninhas se multiplicariam ofuscando as formas e o esplendor que uma vez tiveram as baleias, porque o tiveram, embora nunca tenham cantado.

Eram os cogumelos. Candelaria não tinha nenhuma dúvida a respeito. Eram os malditos cogumelos que estavam acabando com seu meio-irmão. Avermelhados, aveludados, de aparência inofensiva, de sabor amargo, de efeito imediato. Bastava arrancá-los, desidratá-los e depois fervê-los em água. Com dois gramas Tobias ficava contente; com três, esquecia as coisas; com quatro, ficava criativo; com cinco, violento; com seis, transcendental. Com dez gramas o havia visto sentar-se para meditar ao pé do loureiro durante semanas e com vinte gramas, quem sabe por quanto tempo. Sacudi-lo não funcionava, nem penteá-lo, nem falar com ele. Restava apenas o estrondo das panelas para despertá-lo.

Candelaria ignorava por que Tobias não quis ir embora com seu pai. Também não sabia por que ultimamente eles dois estavam distantes. Intuía a existência de razões tão potentes que seriam capazes de fazer a família inteira se empenhar em ocultá-las. Existem coisas assim: pesadas, incompreensíveis, difíceis de digerir. E são justamente essas coisas que as famílias decidem calar.

— Você não acha que o silêncio dominou a casa desde que papai foi embora? — perguntou certa vez a seu meio-irmão.

— Sempre houve silêncio — disse Tobias.

— Antes não o ouvíamos — disse Candelaria.

— É que o silêncio de antes não gritava tantas coisas.

A princípio ninguém da família pareceu se importar que ele cultivasse cogumelos alucinógenos, pois Tobias era especialista em começar projetos, mas não em terminá-los. Típico de pessoas muito inteligentes: ficam entediados muito rápido e raramente terminam o que começam. Isso era o que pensava Candelaria depois de vê-lo aprendendo quatro idiomas por conta própria. Embora, na verdade, nunca pôde comprovar sua eficiência porque ela não sabia nenhum diferente do espanhol. Não soube se o híndi o levou aos cogumelos ou se os cogumelos o levaram ao híndi, o fato é que, de uma hora para outra, Tobias passou a empenhar-se não apenas no idioma desse país, mas também na meditação, no canto de mantras e nos hábitos vegetarianos.

Antes da Índia, passou por uma fase de obsessão por Edgar Allan Poe que terminou mais rápido do que o esperado porque, segundo ele, já havia aprendido toda a obra de memória, embora Candelaria tampouco pudesse ter certeza disso já que não tinha como saber quão extensa era a obra de Poe. E antes de Poe teve sua fase de cientista aficionado, a qual o levou a descobrir três orquídeas e duas rãs venenosas que, segundo disse, agora levavam seu nome no *Science Journal* e, se continuasse procurando, insistiu, encontraria muitas outras, porque se havia algo que essas montanhas produziam eram orquídeas e rãs. Foi a única vez que Candelaria lamentou haver sido expulsa do colégio, pois seu conhecimento de inglês foi insuficiente para ler os supostos artigos. Mas não se importou com isso porque ainda estava na idade em que os irmãos mais velhos são ídolos e tudo que façam ou digam é aceito sem nenhuma crítica.

Mas de todas as obsessões de Tobias, a que mais lembrava foi quando ficou sabendo por alguém que havia ouvido de alguém que Dom Perpétuo havia sido declarado uma espécie em vias de extinção. Tobias explicou-lhe que era preciso procurar uma companheira para ele e assim evitar o desaparecimento definitivo de sua espécie, um *Ara ambiguus* que, segundo ele, logo poderia ser apreciado apenas em fotos. "Imagine, Candela, poderia ser o último exemplar e nós aqui tão tranquilos vendo como envelhece sem deixar descendência", dizia para ela frequentemente, fazendo uma cara de preocupação que nunca havia visto nele.

Nessa época Candelaria nem sequer sabia o significado de extinguir-se, mas logo descobriria a importância de também fazer cara de consternada cada vez que seu irmão tocava no assunto. O melhor dessa fase foi que ele começou a convidá-la para suas excursões exploratórias montanha adentro, com a arara escudada em um braço e Candelaria agarrada no outro. Nunca havia se distanciado tanto de casa nem havia enfrentado tantas inclemências. A busca obrigou-os a cruzar outros riachos e a trepar em outras árvores. Tentaram imitar os gritos da arara esperando que alguém diferente do eco lhes respondesse. Caminharam por onde não havia caminhos e se depararam com jaguatiricas, plantas carnívoras, pântanos que poderiam sugá-los e lótus tão grandes que poderiam ter subido neles sem que afundassem. Ou talvez Tobias inventasse isso para agarrar sua mão e fazê-la sentir-se segura. Nunca teve medo a seu lado, porque os irmãos mais velhos sabem enfrentar todos os perigos, de outra forma não haveriam ousado nascer primeiro. Jamais encontraram rastros de outro possível exemplar de *Ara ambiguus*; no entanto, Tobias não podia dizer que essas excursões terminaram de braços vazios, pois na maioria das vezes chegou com Candelaria entre eles a ponto de desfalecer de cansaço.

E outras vezes chegou com sua mochila cheia de cogumelos.

Foi a própria floresta que pôs em seu caminho essa rara espécie de cogumelos alucinógenos que Tobias acreditou que poderia melhorar e cultivar. Sua fascinação por eles, a princípio, não pareceu preocupar ninguém, mas depois, quando as coisas começaram a sair do controle, a que mais se surpreendeu foi Candelaria, pois seu irmão se revelou como realmente era e não como ela o percebia. Havia visto Tobias começar e abandonar muitas coisas, mas o assunto dos cogumelos o obcecou de tal maneira que quando seu pai foi embora naquela tarde das goteiras destemperadas, Tobias não quis acompanhá-lo e, em vez disso, sentou-se ao pé do loureiro no transe mais longo que haveria de experimentar. Durou desde que seu pai se foi até quando saíram os olhos dos sapos, embora ainda faltasse que a lua terminasse de crescer para que os abrissem.

Nem sempre era assim. Às vezes Tobias deixava os cogumelos de lado e então recuperava a lucidez. Sem cogumelos no meio, Candelaria voltava a existir para ele. Seus olhos a olhavam. Sua boca pronunciava seu nome. Chamava-a de Candela, segundo ele, esse apelido tinha mais força, mais contundência. "Basta uma chispa para que você se incendeie", disse um dia. Mas ela não entendeu. Havia coisas que só chegaria a entender quando as olhasse do futuro.

Como não era possível adivinhar quanto tempo duraria a lucidez de seu irmão, Candelaria o perseguia por todos os cantos como um cachorro fraldiqueiro para não o perder de vista. Precisava de sua ajuda para recuperar a casa. Queria continuar ouvindo os sons. Imaginar que eram canções. Estava ficando cansada de esperar seu pai. Queria ir procurá-lo, mas não sabia onde nem como nem qual era o momento adequado. Nessa noite estavam sentados ao pé da piscina, que já era um tanque de águas turvas. Iam planejar os reparos da casa, decidir de onde iam tirar dinheiro, mas terminaram falando do pai. Abaixo, na umidade, cantavam as rãs.

— Você teria ido com ele se tivesse te convidado? — perguntou Candelaria.

— Ele me convidou, mas eu não quis ir. Já não confio nele.

— E para onde ele foi? — insistiu Candelaria.

— Com certeza procurar baleias que cantem de verdade.

Candelaria ficou tentando adivinhar se seu irmão sabia o paradeiro do pai; se falava sério ou apenas por falar. Ficaram em silêncio e cada um tirou suas próprias conclusões, mas as deixaram escondidas nesse lugar da cabeça em que se guardam as conclusões que não se quer aceitar. Ambos tinham os pés descalços e ao agitá-los distorciam o reflexo da lua que parecia presa nas águas turvas e apertadas.

— Quando nado no tanque eu fecho os olhos — disse de repente Candelaria.

— Para quê? — perguntou Tobias contendo um sorriso.

— Para que não me dê medo.

— A água está tão turva que tanto faz abrir ou fechar os olhos.

— Por isso mesmo — disse Candelaria — para que abrir se não dá para ver nada...

— Por isso mesmo — disse Tobias — para que fechar se não dá para ver nada...

Candelaria ficou pensando um pouco e chegou à conclusão de que era melhor fechar os olhos debaixo d'água. Seria questão de tempo aprender que o correto é o contrário e que justo as coisas que não queremos ver são as que requerem que abramos bem os olhos. Para mudar de assunto começou a agitar os pés vigorosamente e depois perguntou:

— Se agito com força a água, você acha que é possível libertar a lua desse tanque?

— Acho que é melhor olhar para o céu. Assim como acho que é melhor andar sempre com os olhos abertos.

Levantaram a vista e ficaram observando a lua. Livre, solitária, cravada no alto da imensidão da noite. Ao longe, as rãs continuavam cantando. Mas, nessa ocasião, Candelaria sentiu que o canto parecia um lamento.

Tão natural quanto as árvores crescendo dentro da casa e as raízes dos loureiros engrossando. Tão natural quanto as tocas dos tatus aumentando sem parar sob a terra e as sanguessugas se reproduzindo no tanque. Tão natural tornou-se rapidamente a presença de Gabi de Rochester-Vergara em Parruca. Candelaria a observava tentando entender se a mulher havia se adaptado ao entorno ou se o entorno havia se adaptado a ela. Tinha um raro talento para mimetizar-se, aparecia e desaparecia conforme a situação pedisse. Quando abria a boca para falar, todos pareciam hipnotizados com suas palavras. Ninguém refutava o que ela dizia nem se atrevia a aprofundar essas frases soltas e potentes que deixava cair com a mesma suavidade com que caíam as penas das aves ao trocarem de plumagem. Essas frases que estimulavam a imaginação de todos os que as ouviam, sem deixar espaço para verdades concludentes.

Arrumava-se para estar sempre impecável com o único par de vestidos brancos que tinha. Continuava sem tirar os saltos altos, embora soubesse que Teresa e Tobias zombavam de sua insistência em usá-los em um terreno tão pouco apropriado. Teresa até lhe havia oferecido emprestar umas sandálias, mas ela declinou da oferta. Era cordial, mas não o suficiente para permitir que os demais se excedessem na confiança. Seu refinamento gerava muitas perguntas que ninguém se atrevia a fazer, e, se as faziam, era sabendo que ela encontraria uma maneira elegante de não respondê-las.

— Diga-me, Gabi, você é casada? — perguntou um dia a mãe enquanto comiam.

— Claro, Teresa. Casei e enviuvei três vezes. Uma mulher precisa ter com quem discutir em casa.

— Discutir?

— Bem, é gratificante ver a cara do marido quando a gente o aniquila com bons argumentos, não acha?

— Argumentos? — disse Teresa, certamente pensando se por acaso ela os teria tido alguma vez.

- Agora pensando bem, não necessariamente é preciso ter argumentos. A gente aprende a ganhar deles desenvolvendo a requintada habilidade de não prestar atenção quando falam — disse. — Ainda que talvez a palavra *habilidade* seja excessiva. A maioria dos homens são tão tontos que até Candelaria ganharia deles numa discussão.

— E como enviuvou três vezes?

— Veja, isso sim requer habilidade, Teresa. E como toda habilidade, é conveniente cultivá-la até atingir a perfeição. Neste momento da minha vida poderia me considerar uma profissional e, no entanto, como deve ter se dado conta, ainda continuo procurando plantas que me ofereçam um resultado mais potente, que façam efeito sem que seus eflúvios botânicos deixem rastros.

Todos ficaram pensando no que acabara de dizer, mas ninguém conseguiu compreender nada porque ela não só era perita em plantas exóticas, mas também em camuflar todo tipo de verdade para que passassem despercebidas ou soassem como uma brincadeira infantil. Enquanto os comensais tentavam atribuir sentido a essas palavras e Candelaria fazia o esforço de reter a palavra *eflúvio* para procurá-la no dicionário, Gabi continuou mastigando, como se nada tivesse acontecido, os espinafres que estavam em seu prato. Mastigava cada pedaço vinte vezes antes de engolir. Candelaria contava cada vez que a via comer. Sabia que era para enganar o cérebro e não consumir muitas calorias. Mesmo assim, não parecia uma vaca ruminante, muito pelo contrário, seu refinamento nunca desaparecia, nem mesmo ao realizar atividades tão mundanas como mastigar, ficar de joelhos diante das plantas para analisá-las ou perseguir camundongos para alimentar Anastácia Godoy-Pinto.

Todos a observavam com dissimulação, tentando descobrir onde estava a graça natural, onde o encanto que fazia dela uma mulher tão atraente. Era pela oposição de qualidades: gerava repulsão e interesse; simpatia e medo; respeito e chacota. Tudo ao mesmo tempo. Os que a rodeavam não sabiam se deviam sentir-se seguros ou em perigo; se ocultar-se ou transformar-se em aliados; se jogá-la na rua ou colocá-la na própria cama. A fascinação que exercia sobre Candelaria era impressionante. Sua mãe e seu irmão, por outro lado, viam-na como uma ameaça e não perdiam nenhuma ocasião em que pudessem minimizá-la para se sentirem superiores. Quando estavam juntos e a sós, tratavam-na de rameira fracassada, de estranha, de fugitiva, mas quando estavam em sua presença recuavam e não eram capazes de sustentar nem um dos apelativos com os quais se referiam a ela pelas costas.

Com a ausência do pai, Candelaria começou a notar certa cumplicidade entre sua mãe e seu irmão. A princípio não gostava dos comentários sarcásticos que faziam sobre o pai e agora estavam se comportando da mesma maneira com Gabi. Um amanhecer especialmente úmido fez as colunas de madeira da casa rangerem mais do que o costume. Quando Gabi comentou o fato diante de todos durante o café da manhã, Candelaria explicou-lhe que, segundo seu pai, os sons que a madeira emitia eram uma forma de comunicação desenvolvida pelas árvores da mesma floresta.

— Você já ouviu a versão fantástica — interrompeu Tobias com esse risinho estúpido que Candelaria tanto odiava. — Quer ouvir a verdadeira?

— Não — disse Gabi. — Gosto da versão fantástica.

— Eu quero ouvir a verdadeira — disse Candelaria.

— Não, querida, não é necessário — disse Gabi.

— Eu quero ouvir! — insistiu Candelaria ficando de pé, em frente a seu irmão.

— A madeira range porque papai cortou a madeira quando ainda estava verde. Mandá-la secar sairia muito caro. E comprá-la já seca ainda mais. Resumindo, a madeira reclama porque papai é um preguiçoso e um pão-duro.

— Chega — disse Gabi.

— Não, isso diz respeito a todos nós — disse Tobias. — A madeira verde é muito instável, deforma e colapsa com facilidade.

Candelaria saiu correndo. Antes de perder-se entre as árvores, olhou para trás e viu Gabi colocar-se diante de Tobias para dar um bofetão nele. Pensou que teria que aprender a dar bofetões em vez de sair correndo cada vez que a situação se tornasse inaceitável. Se bem que desta vez não tentou contar até trinta e isso tinha que significar alguma coisa. Talvez a visão do bofetão houvesse espantado sua vontade de chorar. Desceu até o riacho e se sentou em uma pedra para pensar em todas as coisas que precisava aprender. Gabi não estaria sempre ali para defendê-la.

Estava lançando pedras nas grotas do riacho quando Candelaria percebeu a presença de Gabi. Não sabia quanto tempo estivera observando-a sem que ela notasse. Estava parada na beira de um espelho d'água transparente com seu vestido branco e seus saltos altos vermelhos. A luz do sol caía sobre ela de tal maneira que parecia um quadro desses que seu pai lhe mostrava através dos livros de arte de sua biblioteca. Perguntou-se como seria ser assim tão bonita e poder ficar de pé com semelhante firmeza, como se o chão lhe devesse alguma coisa e ela o esmagasse por castigo. Nesse momento não soube se era a beleza que lhe dava segurança ou se era a segurança que a fazia ser bonita. Tinha que trabalhar ambos os aspectos se desejava ser levada em consideração, começar a ensaiar diante do espelho seus melhores ângulos e a forma correta de firmar-se diante do mundo para que sentissem sua presença.

— Vamos nadar, querida? — propôs Gabi.

— Não estou com roupa de banho — contestou Candelaria pensando se a insegurança que sentiria em traje de banho a deixaria feia ou se, de verdade, era feia e por isso se sentia tão insegura.

— Quem precisa de traje de banho? — disse Gabi despindo-se.

Candelaria olhou para ela com o canto do olho e viu seus peitos grandes e firmes como um par de bolas.

— Eu preciso — disse Candelaria com os olhos cravados na mancha.

— Vamos, querida. Ninguém vai ver a gente. Para a água!

— Não gosto de ficar nua — disse.

Gabi se vestiu imediatamente e Candelaria não soube se foi para solidarizar-se com seu incômodo diante da nudez. Ficaram caladas observando o suave movimento do riacho e lançando pedras na água.

— Meu irmão não era assim — disse Candelaria depois de um tempo. — E meu pai também não era assim.

— No fim das contas, a gente nunca conhece as pessoas por completo, querida. Olhe bem para mim, vai chegar o dia em que não vai me reconhecer e...

— Agora que penso melhor — disse sem sequer ouvir o que Gabi estava lhe dizendo —minha mãe também não era assim.

— Talvez seja você que não era assim antes — disse Gabi.

Candelaria ficou olhando para seu reflexo sobre a superfície do riacho e lhe pareceu tão distorcido que teve trabalho em reconhecê-lo. Viu-se feia e essa visão a fez sentir-se diminuta, insignificante como as formigas que nesse exato momento escalavam sua perna. Poderia sacudi-las com a mão e ninguém sentiria falta delas, não alterariam a ordem da própria fila de formigas de que formavam parte nem do cotidiano do formigueiro que elas próprias tinham construído.

Olhou de novo para a água e não soube dizer se a distorção de seu reflexo era devido à sua imaginação, ao vento, ao incessante avanço da correnteza ou a algum animal nadando embaixo da água, então tentou se convencer de que nem sempre era possível saber a razão pela qual as coisas mudam. Eis aí outro motivo para abrir os olhos, tanto dentro como fora d'água.

A tarde em que Candelaria encontrou o cadáver de um coelho no pântano foi a mesma em que achou ter visto um homem sem vida. Estava deitado sobre uma pedra quieto demais para estar dormindo e confortável demais para estar morto. No entanto, a presença de moscas ao redor das pústulas, a roupa esfarrapada e os sapatos gastos e asquerosos semearam em sua cabeça a possibilidade de estar vendo, pela primeira vez em sua vida, um morto. Já tinha visto cadáveres de animais e sempre deixavam nela uma sensação desagradável, a ponto de chegar a pensar que nunca se acostumaria. O que mais lhe impressionou foi o fedor, sobretudo o fedor, que lhe revirou tudo por dentro.

Um corvo tão preto que parecia azul pelo brilho do sol refletido em suas penas pousara na altura do peito desse corpo abandonado, preso por uma imobilidade que ela não soube bem como interpretar. A ave a fez pensar nesse poema de Edgar Allan Poe que Tobias costumava recitar. Ela sabia algumas linhas de memória:

Antes outros se foram,
e a aurora ao despontar,
ele também se irá voando qual meus sonhos voaram.
Disse o corvo: Nunca mais!

A ave observou-a com um olhar inquietante e curioso ao mesmo tempo. Dava a sensação de ter a capacidade de decifrar pensamentos. Ela ficou em silêncio analisando a cena sob o olhar escrutador do corvo. Ainda tinha entre suas mãos o cadáver do coelho que, sem dúvida, tinha sido atacado por uma raposa. Perguntou-se se o corvo era carniceiro e se acaso estava esperando que ela se desfizesse dele para ter um banquete. Ao sacudir o coelho, o guizo do pescoço emitiu um delicado tilintar. Notou que ainda tinha o pelo macio e flexível como uma luva.

Um enxame de moscas rodeava os pés do homem. Tinham o desgaste próprio de quem não parou nunca de correr. Seu corpo inteiro dava mostras de ser o retrato vivo de um perseguido. Ainda se percebiam sinais de angústia nos músculos da face e as linhas de expressão conservavam os traços de mil caminhos. Candelaria não sabia o quanto esse homem havia andado, talvez fosse o tipo de homem que acaba se esquecendo das razões que um dia o impulsionaram a andar. Ou talvez dos que sempre se sentem perseguidos e isso os leva a esconder-se tanto que ao final não são capazes de parar nem de correr nem de encontrar a si mesmos.

Foi o aviso do zumbido das moscas ou o fedor que desprendiam aqueles sapatos de sola desgastada. Ou até mesmo a pupila do corvo expandindo-se e contraindo-se com essa mistura de curiosidade e prevenção própria das aves quando tentam adivinhar nosso próximo movimento. Talvez tudo isso ao mesmo tempo, junto com outros sinais que Candelaria não conseguiu perceber ou compreender, mas a verdade é que sentiu um incômodo que nunca havia experimentado. A imobilidade, o silêncio, a podridão, o mortiço, formou-se uma pilha diante de seus olhos revelando-lhe esse lado obscuro da vida ao que ainda não havia tido que enfrentar.

A morte, essa de que ninguém lhe havia falado antes, como se não fosse a única certeza que tem a própria vida. Estava aí diante dela com todo seu desconforto, com todo seu peso, com toda sua feiura. Entendeu as razões pelas quais os mortos têm que ser enterrados ou incinerados com a intenção de ocultar seus despojos da vista dos que ficam vivos. Para evitar que a lembrança da corrupção da carne se aloje de forma definitiva nas pupilas e o fedor em algum lugar do nariz.

Queria sair correndo, mas ao mesmo tempo não podia despregar seus olhos do que tanto a horrorizava. Não sabia como nomear a comoção desse instante porque nunca havia experimentado algo assim. Queria voltar para casa e fingir não haver visto o corpo inerte, mas sabia que, se deixasse esse homem ali, as raposas não demorariam a despedaçá-lo e os abutres em acabar com as sobras, e então tudo seria, de repente, um pouco culpa sua. A simples ideia de ser culpada de algo tão horrível a assustou e se perguntou quão culpados são os olhos daquele que olha e não reúne forças suficientes para executar uma ação que esteja à altura das circunstâncias. Nesse instante intuiu que tinha que abrir os olhos e não precisamente para ficar olhando pelo prazer de olhar, mas para encarar a situação de uma maneira definitiva. Ainda com a lufada de um arrepio atravessando suas costas, com a contundência do punhal frio e afiado que é o medo, soube que tinha que fazer algo e que esse algo era muito diferente de tapar esse cadáver com terra, olhar para o outro lado ou fechar os olhos. Em vez disso, atirou o coelho o mais longe que pôde e saiu correndo procurar seu irmão.

— Tem um homem morto! Tobias, entende? Morto.

— Diga algo que eu não saiba, Candela. Homens mortos é o que há por todos os lados.

— Mas este está aqui, então é nosso morto. Temos que fazer alguma coisa!

— Aqui onde?

— Aqui em Parruca.

Quando chegaram à pedra onde jazia o homem que Candelaria havia anunciado como morto devido à pressa de sua ignorância, encontraram-no tão vivo que estava sussurrando ao corvo palavras que não conseguiram ouvir. O homem, ao sentir-se observado, meteu instintivamente suas mãos sujas na mochila ainda mais suja que trazia cruzada nas costas e diante do assombro dos irmãos sacou uma pistola. Sem deixar de apontá-la para eles, deu-se ao trabalho de medi-los dos pés à cabeça com o olhar, mas quando topou com as tranças vermelhas de Candelaria e a brancura de Tobias, pareceu envergonhado de sua reação precipitada.

— Parece que não está morto! — disse Tobias olhando para sua irmã.

— Morto? Morto?! — gritou o homem. — Está vendo, Edgar? Todos querem me ver morto — disse ao corvo. — Até eu mesmo — disse apontando para si mesmo com a arma na cabeça.

Candelaria olhou para ele aterrorizada, depois olhou para Tobias. Estava arrepiado e imóvel como um cacto desses tão grossos que nem as ventanias conseguem sacudir. Nunca havia visto uma pistola e sabia que seu irmão também não. Quis correr, mas lembrou de seu propósito de não fugir cada vez que uma situação fosse extrema, então tirou uns biscoitos que tinha no bolso. Pensou que um homem assim deveria estar faminto e supôs que um estômago vazio, em geral, leva a tomar más decisões. O homem, ao ver os biscoitos, pareceu sentir mais apetite que vontade de se matar; então guardou a pistola e arrebatou o pacote de Candelaria com um movimento brusco que a deixou nervosa.

Abriu o pacote com ânsia e com fome. Antes de mastigar o primeiro biscoito ofereceu um pedaço ao corvo. Esperou uns segundos para observar a reação do pássaro. Nada extraordinário aconteceu e enfiou na boca as outras quatro que sobraram de tal maneira que se viu em sérias dificuldades para mastigar e começou a se afogar. Candelaria observou a cena tentando decidir se lhe impactava mais a figura do homem, o fedor que vinha de seus pés, a pistola, o corvo ou a boca entulhada de biscoitos impedindo a passagem do ar. Nenhum dos dois se atreveu a dar uma batida em suas costas, porque a última coisa que se quer diante de um homem armado é bater nele. Quando por fim conseguiu engolir, olhou para o corvo nos olhos e disse:

— Está vendo, Edgar? Parece que esses garotos são inofensivos. Ouviu os guizos? Ou era eu que estava delirando?

— Com certeza eram os coelhos que andavam por aí te dando boas--vindas — disse Candelaria na tentativa de parecer amigável, embora em realidade continuasse bastante nervosa.

— Ou advertindo a presença de raposas — disse Tobias. — Vamos embora logo, antes que topemos com alguma e por coincidência ela esteja tão faminta como o senhor.

No caminho de casa todos iam muito calados. Tobias se perguntava sobre as razões pelas quais o homem andava armado e tinha um corvo chamado Edgar como animal de estimação. E Candelaria se perguntava se o real motivo de seu pai insistir em pôr guizos nos coelhos era saber se as raposas estavam perto da propriedade. Deu-se conta de que, ao colocar guizos neles, a única coisa que conseguia era que as raposas os detectavam com maior facilidade e os caçavam.

Enquanto pensava nisso concluiu que seu pai não lhe contava as coisas como eram. Lembrou-se de que quando sua galinha sedosa desapareceu, havia lhe explicado que essa raça era oriunda do Japão e, portanto, o mais provável é que tivesse ido visitar sua família. Inclusive lhe mostrou o mapa para que visse como esse país ficava longe e não tivesse ilusão de um possível regresso. Ou quando um cachorro mordeu seu traseiro e depois lhe deixou uma carta dizendo que sentia muito, mas seu traseiro era irresistível. "Não confie em todos os cachorros, alguns não conseguem se controlar", dizia a carta.

Depois se lembrou da pomba.

Desde que soube da existência de pombas que levavam e traziam mensagens, havia pedido uma a seu pai com insistência motivada pela ideia de mandar cartas a alguém e esperá-las de volta. "Meu nome é Candelaria e estou em Parruca esperando sua resposta", essa foi a primeira e a última carta que mandou, porque a pomba branca com a qual enviou a mensagem jamais regressou. "Todos temos o direito de ir embora e não voltar", foi o único comentário que seu pai fez a respeito. No entanto, ela ficou pensando que o problema estava na cor da pomba. Era branca como o Espírito Santo, e, de acordo com sua interpretação das aulas de religião, esse era um espírito em que não se podia confiar. Havia engravidado a Virgem Maria e depois a havia abandonado. As pombas brancas não eram de confiança. Nem os espíritos. Nem os santos. Nem as virgens. Nem os pais.

— Tem certeza que tem dinheiro? — perguntou a mãe quando Candelaria lhe disse que havia chegado outro inquilino. — Que pague adiantado. Talvez seja hora de retocar o nariz. Ou de tirar as rugas ao redor dos olhos.

Debruçou-se na sacada para olhá-lo melhor e acrescentou:

— Mas não sei... Não tem boa pinta...

Candelaria parou ao lado da mãe e observou-o. Parecia mais animado, mais falante, com uma aparência melhor. Pareceu-lhe incrível que houvesse passado por cadáver; mas, quando se deitam para dormir em lugares pouco usuais, as pessoas de má aparência terminam dando a sensação de estarem mortas. Mal acabara de chegar e já estava tirando a erva daninha do calçamento junto com Tobias, que dava a falsa sensação de que estava ajudando, mas na realidade andava imerso no marasmo em que se mantinha ultimamente. Candelaria ainda não sabia que seu irmão já não era capaz de contar quantos gramas engolia depois de fazer a infusão. Nem sequer algo tão simples como recitar de memória o poema "O corvo", que certamente tentava lembrar desde o momento em que havia visto a ave sobre o ombro do inquilino.

A altura da sacada lhe proporcionou uma visão geral de seu irmão que a fez pensar em um monte de coisas que nunca teria a oportunidade de dizer na cara dele. Pensou em como estavam afastados e em que não sabia se odiava mais seu silêncio ou seus comentários sarcásticos. Visto de cima parecia um completo desconhecido. Chegou à conclusão de que se pode viver sob o mesmo teto ou dormir na mesma cama com alguém e, ainda assim, senti-lo a quilômetros de distância. Era como se alguém tivesse construído um muro transparente e intransponível ou tivesse cortado todos os fios que certa vez os uniram. Um muro que não tinha intenção nem vontade de escalar porque a companhia de seu irmão estava começando a ser menos atraente. Perguntou-se se ele percebia o mesmo que ela, mas não pôde encontrar uma resposta porque o homem que acabara de chegar começou a falar em voz alta, quase gritando, como quisesse se certificar de que todos o ouviam:

— Ouviu, Edgar? Se tenho dinheiro? Ah! Santoro tem, inclusive, algo melhor que dinheiro, não é verdade?

Candelaria não demoraria para entender que o homem sempre falava através de seu corvo, razão pela qual decidiu comunicar-se da mesma forma. Desceu a escada de dois em dois degraus, saiu até o calçamento e parou na frente do patife para que ficasse bem claro que estava a ponto de fazer um anúncio importante.

— Minha mãe me disse que dissesse a Edgar que dissesse a Santoro que pode ficar, mas que tem que pagar um mês adiantado. E quanto a você — prosseguiu Candelaria, — pode comer frutas e sementes, mas nada de meter-se com sapos, nem com filhotes, nem com lagartixas e muito menos com os coelhos.

— Ouviu, Edgar? — disse Santoro com uma gargalhada serena. — Essa criança acha que você vai virar vegetariano. Ah! Melhor irmos conhecer o quarto — disse enquanto remexia no bolso e tirava uma pepita de ouro que pôs no bico do corvo para que este, por sua vez, a pusesse na mão de Candelaria. — Para que não haja dúvida, se eu fico aqui é simplesmente porque acabaram as provisões e estou morrendo de fome.

Candelaria observou com interesse a pepita de ouro. Nunca havia segurado uma nos dedos. Brilhava tanto com os raios de sol que, ao fechar os olhos, continuou vendo o reflexo dourado na escuridão de suas pálpebras. Pensou no valor das coisas, em quem era o encarregado de dizer que essa pedra diminuta valia mais que as pedras redondas de sua mãe ou mais que os troncos das árvores que sustentavam toda a casa.

Não demorou para se dar conta de que Gabi havia observado toda a cena com a discrição que a caracterizava. Sem dúvida havia visto o homem, o corvo e a pedra brilhante que agora Candelaria tinha nas mãos. Deitada na rede que sempre pendurava entre duas palmeiras reais, balançava-se devagar com a mesma suavidade do vento, mais para passar despercebida que pelo prazer de fazê-lo. Candelaria não estava certa da opinião que suscitaria nela o fato de terem um novo hóspede em Parruca, porque uma mulher como Gabi era de uma imprevisibilidade desconcertante.

Notou que ela gostava de olhar, analisar e calcular todas as possibilidades antes de expressar seu ponto de vista. Não gostava de agir sob influência dos impulsos. Gabi tinha o sangue-frio dos répteis. Não era muito diferente daquela serpente que, nesse exato momento, observava silenciosamente em meio ao frescor das folhas soltas. Era propensa a tomar distância, fazer-se de invisível, mostrar certa indiferença para despistar o oponente. Tinha o dom da paciência e, por isso, ninguém havia percebido que estava na rede até que Candelaria pousou ali seu olhar e leu em seu rosto o pedido que se aproximava.

— De onde saiu esse pobre diabo? — perguntou. — O bom é dar a ele um quarto dos de trás, que estão mais isolados.

— Minha mãe disse que tem péssima aparência e isso que não contei que tem uma pistola. Será que é perigoso? — perguntou Candelaria.

— Perigosos são os fungos que estão devorando os pés dele. Ele que os ponha em um balde com água salgada. Se alguma coisa vai acabar matando a todos nós é o fedor e não a pistola, querida. Conheço os tipos como ele. São covardes e assustadiços. Vivem com medo, mas não sabem muito bem a que devem temer. As pessoas mais perigosas são as que menos parecem. Disso eu sei. Mas é preciso ficar com os olhos bem abertos.

Candelaria entrou em casa para guiar o hóspede e o encontrou pasmo no meio da sala principal.

— Ah! Uma mangueira aqui dentro! Tem que cortar, vai levantar o teto.

— Muito pelo contrário! — protestou Candelaria. — É preciso adubar para que dê mangas, conversar com ela e pôr música, mas isso é com a minha mãe. Melhor os senhores virem por aqui, seu quarto fica na parte de trás.

Deixou Santoro no quarto para que tomasse um banho. Depois subiu ao quarto de sua mãe para entregar a pepita de ouro que o hóspede lhe dera como pagamento. Quando entrou no quarto de vestir, encontrou-a remexendo a roupa que o pai havia deixado. Candelaria ficou observando sem que ela se desse conta. Sentiu-se como mais uma das pedras que olhavam sem pestanejar de todos os cantos do quarto. Ao ver sua filha, pôs em suas mãos várias mudas de calças e camisetas para que ela as desse ao recém-chegado. Procurou meias para ele e se certificou de que combinassem com as roupas.

— Esta roupa é do papai — disse Candelaria. — Não podemos dar sem seu consentimento.

— Então você quer chamar o papai e pedir seu consentimento? — perguntou a mãe.

— Sim! — disse Candelaria. — Onde ele está?

— Se algum dia você descobrir, não me conte, não quero saber.

A mãe pegou a pepita de ouro de ouro e ficou de pé junto à janela para vê-la mais de perto. Pelo tamanho de seu sorriso e o brilho de seus olhos, Candelaria deduziu o quanto ela gostou. Depois a viu olhar para o reflexo do vidro. Tocou a ponta do nariz com o dedo indicador levantando-o levemente para cima. Candelaria soube com exatidão o que ela estava pensando.

De uma hora para a outra a mãe insinuou que estava suficientemente inspirada para ir para a cozinha. Insistiu em preparar o almoço para o hóspede que, a partir desse momento, deixou de ser um simples hóspede para transformar-se no senhor Santoro. Como num passe de mágica, já não achava que fosse esfarrapado e perigoso: era somente um pobre homem que se perdeu na selva. Mencionou que os fungos dos pés eram normais em climas úmidos, que devia colocá-los em água de bicarbonato e depois pôr um par de meias que combinassem. Candelaria se dirigiu ao quarto do inquilino, deixou a roupa sobre a cama e, ao passar pela cozinha, percebeu que sua mãe a chamava:

— Filha, me ajude — disse estendendo-lhe a faca.

— Vou terminar de instalar o hóspede, por que não pede ajuda para Tobias?

— Tobias está ocupado — disse a mãe.

Ambas se viraram para o piso de pedra e viram Tobias com os olhos postos no céu, com esse olhar que não pretende ver absolutamente nada e que, no entanto, não para de focar um ponto fixo.

— Sim, Tobias vive muito ocupado — disse Candelaria enquanto segurava o cabo da faca com força.

Fizeram salada fresca com tudo que havia na horta. Cozinharam feijões, amassaram bananas e as fritaram em azeite fervendo para transformá-las em bolinhos. Juntas fizeram o arroz e também o suco de maracujá. Candelaria se deu conta de que, pela primeira vez, permitiram que ela usasse uma faca das que cortam de verdade. Fatiou os tomates e as cebolas em quadradinhos com muito cuidado, para demonstrar à mãe que era capaz de fazer isso sem perder nenhum dedo. Depois dividiu ao meio abacates macios e cremosos como manteiga e, ao fazê-lo, pensou no pai.

Era um especialista em devorar abacates. Assim como os esquilos, bastava vê-los para saber quando estavam prontos para ser arrancados da árvore e deixados para amadurecer. No entanto, não teve outra opção a não ser resignar-se a que eles tivessem o privilégio de escolher os de melhor qualidade para escondê-los entre as forquilhas até o final do processo de maturação. Há anos haviam declarado uma guerra sem quartel: ele subia nas árvores para roubar os abacates maduros que estavam nas forquilhas e eles entravam na cozinha para recuperá-los. "Um dia desses vão abrir a geladeira para ver que mais encontram", sentenciou a mãe quando descobriu que, além dos abacates, os esquilos roubavam as bananas, as mangas, as sementes e até o pão recém-saído do forno que ela escondia na despensa.

Candelaria chegou a pensar que os abacates eram um fruto bendito que crescia praticamente em qualquer árvore. Era comum que seu pai a fizesse levantar a vista enquanto dizia: "olhe, Candelaria, que sorte a nossa.

Neste sítio, todas as árvores dão abacates. Os pinheiros, os dragoeiros, os loureiros, todos! Até as mangueiras às vezes não resistem à tentação e, em vez de mangas, dão abacates. E as bananeiras e as palmeiras, olhe para cima, filha, que bênção! Todas as forquilhas de todas as árvores têm abacates".

Estar na cozinha trouxe a lembrança de seu pai, não só pelos abacates, mas porque ele era o cozinheiro da casa. Inventava pratos com os ingredientes que tinha à mão, e quando ela perguntava o que havia feito para o almoço, dizia coisas como: "Hoje comeremos *mancillano*[1] acompanhado de *vitruyo a la lópoli*". Como cozinhava por instinto e obedecendo à sua intuição, nunca era capaz de repetir nenhuma receita e isso o obrigava a criar nomes novos a cada dia. "Que deliciosas ficaram hoje as *mazallaras*. São perfeitas para a sobremesa. Mas também fiz *patalitas* e *cascarotas*".

Candelaria pôs a mesa e levou a comida com um sorriso imenso. Recordar os nomes dos inventos culinários de seu pai a deixava de muito bom humor. Antes de chamar o senhor Santoro ficou observando tudo que ela e sua mãe haviam preparado. Voltou a sorrir. Ficou se perguntando se os que não cozinham têm consciência de todo o trabalho e o tempo que há por trás de um prato de comida. Nesse dia aprendeu que as coisas que alguém faz com suas próprias mãos têm mais valor e que inventar palavras é algo muito complexo, o que a levou à conclusão de que a originalidade era subvalorizada.

Não soube se o senhor Santoro chegou atraído pelos aromas da mesa ou pela fome acumulada de vários dias. Sua mãe e ela ficaram observando-o com os olhos muito abertos devido à aparência tão diferente que mostrava agora que estava limpo, penteado e barbeado. Além disso, era muito estranho ver a roupa do pai em outro corpo. Não estava de sapatos e por isso Candelaria aproveitou para pôr seus pés dentro de um balde em que acrescentou sal e bicarbonato. Era experiente em imitar a salinidade exata da água do mar pelo empenho que durante muito tempo teve para banhar as esculturas. Só esperava que os fungos dos pés reagissem a essa mistura alcalina. Não como as baleias que sempre carregaram fungos, musgo e lama sobre suas costas porque nem seu pai nem ela souberam como evitá-lo.

Antes de provar a comida Candelaria notou outra vez que o senhor Santoro teve a precaução de oferecer primeiro a Edgar um pouco de cada coisa que havia em seu prato. Nesse momento não soube se por descon-

[1] Nomes inventados com pouquíssimas referências a alguma palavra existente. (N.T.)

fiança ou por consideração pelo animal, que certamente também estava faminto. O corvo comeu com vontade e depois pôs o bico no copo de suco. Santoro esperou alguns minutos e, ao ver que o corvo continuava vivo e balançando a cauda, atacou a comida com a fome acumulada de sabe-se lá quanto tempo. Encheu seu prato tantas vezes como os dias que levava sem comer. Dava gosto vê-lo comer e ao mesmo tempo provocava exasperação pelo fato particular de que não misturava nenhum alimento. Primeiro comeu os feijões, depois o arroz e em seguida os bolinhos. Candelaria pensou que comer os feijões sem misturar com o arroz e o abacate era praticamente um pecado mortal. Também pensou que era uma pena que não tivesse experimentado a salada tão verde e fresca como o manjericão e os limões que foram colhidos ali mesmo nos arbustos do interior da casa. Mas entendeu suas razões quando ouviu-o dizer a Edgar que estava cansado de comer mato. Por fim bebeu de uma só vez dois copos de suco de maracujá.

Quando terminou se pôs de pé e agradeceu a ninguém em particular, assim como quem lança a palavra ao vento para que caia em quem se considere merecedor dela: "Obrigado". Em seguida pegou o balde com água alcalinizada e foi para o corredor sentar-se numa cadeira de balanço. Queria aliviar seus pés e também planejar seu sistema de segurança ou algo do tipo, conforme Candelaria conseguiu ouvir do que disse para o corvo. Mas nem ela nem ninguém na casa foram capazes de entender o que para o senhor Santoro significava um "sistema de segurança". Se algo tinha o senhor Santoro era, pelo jeito, a particularidade de que ninguém entendia sua forma de agir.

De fato, logo Candelaria descobriria que até para ele próprio era difícil entender-se e, amiúde, estranhava suas próprias ações quando já era muito tarde para voltar atrás. Ela não sabia, por exemplo, que ele ficou pensando no quão estúpido foi expor a arma que tinha em seu poder diante das crianças indefesas que o haviam encontrado. Ou por ter posto em perigo sua vida ao colocar na boca quatro biscoitos de uma só vez até quase perder a capacidade de respirar. Também não sabia que ele considerava necessário deixar de acreditar que todo mundo era um inimigo em potencial até que se provasse o contrário, mas acontece que já acreditava nisso há tanto tempo que havia acabado se convencendo. Outra coisa que considerava necessária era deixar de fugir e averiguar de uma vez por todas quem diabos o perseguia, mas o fato de ter que enfrentar seus inimigos o deixava de cabelos em pé. Assim, encontrava-se em um círculo vicioso em que fugia para não ver seus inimigos e negava-se a ver seus inimigos para poder continuar fugindo. O que todos ignoravam, inclusive ele, era que os supostos inimigos só estavam em sua cabeça e, por isso, o acompanhariam até o fim de seus dias. Não importava o quanto andasse ou quais estratégias de segurança implementasse, ali estariam para sempre, porque uma pessoa pode fugir de tudo, exceto de si mesma.

Candelaria não soube que assuntos como esses giravam sem parar como um redemoinho na cabeça do novo hóspede, ainda mais agora que poderia alimentar-se com regularidade, porque a barriga cheia abre espaço na mente para pensar em outras coisas que não a necessidade imperiosa de conseguir alimentos. Ou talvez porque a água salgada nos pés fez Santoro recordar algumas férias felizes no mar, há muitos anos, quando ainda ninguém o perseguia e tampouco havia sido atingido por nenhum dos três raios que haveriam de atingi-lo mais tarde. As descargas, por sorte, não deixaram sequelas físicas, mas sim um medo incontrolável das tempestades elétricas e uma busca constante de soluções que lhe permitissem controlar a enorme quantidade de estática que seu corpo, naturalmente, tendia a acumular.

Candelaria saiu para o calçamento com um copo de suco de maracujá para Tobias porque sabia que era a sua bebida favorita. Ao passar por onde estava Gabi se deu conta de que ela não havia perdido nem um só detalhe da incursão do novo inquilino na mesa da sala de jantar, porque assim que a viu fez sinal para que se aproximasse:

— O pobre diabo pensa que queremos envenená-lo.

— Por que você diz isso? — perguntou Candelaria.

— Porque eu sei de muitas coisas, querida — respondeu Gabi.

— Como quais?

— Como que as aves são muito sensíveis ao veneno camuflado na comida.

— Sensíveis?

— Sim, querida, morrem na hora com poucas bicadas.

Seu meio-irmão continuava olhando para o céu convencido de que estava trabalhando na melhoria do calçamento pelo fato de arrancar, de vez em quando, uma pequena erva. Aplicava-se à tarefa como um autômato que ignora os motivos pelos quais faz suas ações. Dom Perpétuo estava do seu lado dando a falsa ilusão de ajudá-lo, mas na realidade procurava entre as pedras as sementes liberadas pelas flores. Nessa época os girassóis já haviam crescido, já haviam girado as vezes que tinham que girar e agora fechavam um ciclo, não sem antes assegurar sua sobrevivência jogando no chão as sementes para que germinassem. Ao fundo, no corredor, o corvo observava a arara com insistência, e Candelaria pensou demoradamente se o corvo, ao olhar seu reflexo na vidraça, se perguntava por que suas penas não tinham semelhantes cores. Talvez ela mesma fosse um pouco como o corvo, que apenas quando via sua imagem era consciente das coisas que não tinha.

Tobias tomou o suco de maracujá sem ao menos saboreá-lo, com a mesma emoção de quem toma um copo de água quando não tem sede. Candelaria teve a sensação de que seu irmão já não era capaz de disfrutar daquelas coisas que mais costumavam lhe dar prazer. Ele mesmo semeou os maracujás porque eram sua fruta preferida. E cuidou tanto deles que os arbustos se entrelaçaram uns com os outros formando um túnel vegetal de onde pendiam os frutos amarelos e redondos, como bolas penduradas em árvores de Natal. A partir desse momento nunca faltaram na casa nem suco nem o sorbet nem a geleia nem o sorvete de maracujá. Lembrou desses tempos em que costumavam passear juntos no túnel e se sentar debaixo da sombra da folhagem para fazer concursos de quem era capaz de comer a maior quantidade de frutas no menor tempo possível. E comiam e comiam até que a língua ficava rachada e a barriga ardia como se estivesse pegando fogo por dentro. Ficavam tão empanturrados que depois não lembravam o placar e, por isso, o concurso nunca chegou a ter um claro ganhador.

Candelaria não conseguiu lembrar da última vez que esteve com seu irmão no túnel vegetal. Olhou em seus olhos procurando essa informação, mas parecia estar diante dos olhos de um desconhecido. Antes era capaz de saber o que o irmão estava pensando com um só olhar. Agora podia perceber somente o reflexo de uma mente confusa e angustiada.

Em um dado momento Tobias ficou de pé, caminhou dando tropeços até seu quarto e quando voltou a sair, depois de um tempo, Candelaria se apavorou ao vê-lo transformado em águia por obra e graça dessa máscara idiota que ela tanto odiava. Cobria a metade de seu rosto com penas brancas e na outra metade, na altura do nariz, descia um bico curvado, longo e amarelo que terminava em ponta quase chegando à boca. Um par de furos marcava seus olhos dando-lhe um olhar de uma inquietude desconcertante. A máscara era um antigo presente que os nativos fizeram para seu pai. Havia sido elaborada com penas reais de águia que perturbaram Candelaria só de vê-las. Sempre lhe aterrorizou a ideia de que os nativos houvessem matado um exemplar para despojá-lo de sua plumagem. Por fim, a máscara acabou desaparecendo misteriosamente e ninguém na casa voltou a falar dela por um bom tempo. Até agora.

Pôde vê-la com detalhes aproveitando que Tobias a tinha posto. Não eram só as penas que a perturbavam, mas o conjunto: a insolência com que o irmão a exibia, a capacidade de alterar a personalidade de seu portador e o fato de que não era possível ver as feições de quem a usava. Por outro lado, o bico era totalmente desproporcional em relação aos demais elementos. Havia sido feito com argila primária, de maneira que conservava a memória dos minerais da montanha. Ostentava um peso, uma extensão e uma curvatura que o tornavam incapaz de manter-se ereto e, por isso, desprendia-se até quase a boca. Era, pois, a incongruência dos componentes o mais perturbador da máscara. No entanto, a partir desse dia, movido por sabe-se lá que pensamentos, Tobias decidiu pô-la como se fosse sua segunda pele, uma segunda cara ou uma segunda personalidade.

Não voltaria a tirá-la até o fim de seus dias. E embora a data exata do fim de seus dias estivesse próxima, nenhum dos dois poderia calculá-la nesse momento.

Na manhã seguinte tomaram café da manhã todos juntos. Candelaria olhou com atenção para cada um dos comensais se perguntando se a experiência de viver sob o mesmo teto teria alguma possibilidade de dar certo. Gabi sentou na cabeceira da mesa e tinha Anastácia Godoy-Pinto enroscada no pescoço. Como sempre, vestia branco e seu cabelo impecável denotava o empenho que havia tido em sua arrumação pessoal. Mostrou-se séria e pouco conversadora. Era a primeira vez que se sentava à mesa com a serpente. Além disso, era o primeiro café da manhã com o novo inquilino, que, por sua vez, trazia Edgar no ombro esquerdo. Ainda estava com os pés no balde de água salgada para aliviar-se dos fungos.

O duelo de olhares se prolongou durante todo o café da manhã. Não só entre os hóspedes, mas também entre os animais. Candelaria pensou no quanto os animais de estimação definem seus próprios donos. Anastácia Godoy-Pinto estava alerta. A lentidão de seus movimentos era de cautela e, quando mostrou sua língua, até chegou a parecer perigosa, o que quase sempre é mais importante que sê-lo. O corvo, por sua vez, mostrou suas penas eriçadas, e a uniformidade de sua negritude desafiava com apenas um olhar. As garras estavam tão aferradas na pele de seu amo que uma gota de sangue acabou manchando sua camisa na altura do ombro.

— Sssssssssh — disse a serpente.

— Cruac, cruac, cruac — disse o corvo.

Estava certa de que a única razão pela qual o corvo provou a comida do senhor Santoro foi porque este o obrigou a fazê-lo. Comeu sem vontade, e Candelaria soube que era porque havia desobedecido sua parte do trato e na noite anterior teve uma comilança de insetos e lagartixas rosadas das que chiam e, quando menos se espera, caem do teto.

Tobias, oculto atrás de sua máscara de águia e absorto em quem sabe que pensamentos, apertava uma colher de maneira sistemática com a ponta do seu dedo indicador, fazendo-a balançar com movimentos repetitivos. Mal comeu o toucinho que instalou em um canto da boca porque o recém-adquirido bico o incomodava para comer. Candelaria se deu conta de como Tobias estava levando a sério o personagem de águia, porque a ingestão de toucinho pôs por água abaixo os estritos hábitos vegetarianos que havia imposto a si mesmo uns meses atrás. Mastigava tão devagar e tão sem vontade que o simples gesto de observá-lo chegava a irritar.

Na realidade, Candelaria demorou a decidir se a exasperava ainda mais o desânimo de Tobias ou a maneira de comer de Santoro, que continuava empenhado em não misturar nenhum alimento. Para o assombro de todos, comeu primeiro o queijo e a broa depois, privando-se do prazer de juntá-los. Por fim, tomou o café preto e amargo, para desagrado do corvo, que se mostrou descontente quando foi obrigado a pôr o bico na xícara. Depois Santoro comeu uma colher de açúcar e por último o gole de leite que, como o açúcar, deveria ter posto no café. Gabi, como era de costume, mastigou cada pedaço mais do que deveria, exatamente vinte vezes, segundo as contas de Candelaria. Tobias comeu por comer, sem deixar de balançar a colher e sem demonstrar nenhuma emoção em particular, o que era estranho porque as águias podem chegar a ser bastante emocionais e vivem famintas. Como todos os animais que têm que caçar para subsistir, empanturram-se de comida cada vez que têm oportunidade, pois dificilmente sabem quando será a próxima vez que comerão; mas em matéria de águia Tobias ainda precisava aprender mais de uma coisa.

A mãe conservava a animação que a pepita de ouro havia conseguido despertar nela, por isso ia da cozinha para a mesa e da mesa para a cozinha, trazendo e levando coisas com grande excitação. As palavras transbordavam com uma eloquência pouco usual nela. Pensava em voz alta e ela mesma respondia às perguntas que fazia, porque na mesa todos estavam muito ocupados com seus próprios assuntos e ninguém se dava ao trabalho de emitir contestação.

— As broas de milho ficaram muito torradas? — perguntou a mãe. — São melhores assim — respondeu a mãe. — A crocância é uma virtude culinária.

Candelaria pensou que o ouro fazia milagres. Com razão era caro e difícil de conseguir. Já sabia que a animação de sua mãe valia uma pepita, o que ainda não tinha claro era quanto ia durar esse efeito. Mas, fosse qual fosse a duração, esperava que quando acabasse, Santoro já tivesse posto outra em suas mãos.

Ao final do café da manhã cada qual se dedicou a suas coisas. A mãe saiu para o tanque para tomar sol e alimentar as sanguessugas com as toxinas de seu próprio sangue.

— Como está bonito o dia! — disse. — Muito bonito — respondeu a si mesma.

Tobias possivelmente estaria colhendo cogumelos, porque os que tinha já estavam acabando. Dizia que cada vez duravam menos, embora Candelaria soubesse que na verdade era ele que consumia cada vez mais. O efeito já não era o mesmo e os vinte gramas que o haviam tirado de órbita da última vez já não lhe faziam nem cócegas. Ou, melhor ainda, talvez estivesse procurando coelhos mortos. Era um vício recém-adquirido que virava o estômago de Candelaria só de ver. Frequentemente encontrava seu irmão rondando entre a putrefação dos cadáveres e isso a encheu de horror, porque quando era menor pensava que a morte era contagiosa, que bastava tocar em um morto para morrer também. Numa tarde viu um casal de águias devorando tiras nauseabundas de carne e vísceras e, por alguma razão, pensou no irmão. Sua imaginação a levou por caminhos tão perturbadores que teve que se fechar no banheiro para vomitar e perdeu o sono nas duas noites seguintes. A partir desse dia evitaria o contato físico com Tobias.

Santoro pediu o carro emprestado para ir ao povoado comprar algumas coisas a fim de edificar seu sistema de segurança, segundo disse ao corvo. Candelaria viu-o colocar sua pistola na mala e supôs que seria para o caso de topar com algum inimigo. O que ela não sabia era que ele nunca a havia usado para esse fim, porque os inimigos que se levam no pensamento não podem ser eliminados com balas.

Parecia que a água salgada nos pés fez mais efeito em uma só noite do que fez em anos nas baleias; por isso, o senhor Santoro pôde calçar um par de sapatos decentes, desses que Candelaria lhe havia dado e que seu pai já não voltaria a usar jamais. Ficaram grandes, mas solucionou o problema pondo dois pares de meias que a mãe aprovou ao vê-las. Também pertenciam ao pai e, por estarem limpas e secas, o manteriam livre de novos fungos. Edgar continuava empoleirado no ombro esquerdo e Candelaria notou que levava outra dessas pepitas de ouro no bico. Assumiu que era para pagar as compras no povoado e então aproveitou para encomendar um espelho de corpo inteiro, porque já estava cansada de adivinhar sua silhueta nas vidraças e tinha que ensaiar a pose firme para ficar mais bonita ou aprender a embelezar-se para ficar mais segura. Ainda não havia decidido se a segurança era consequência da beleza ou vice-versa, mas supôs que um bom espelho a ajudaria a encontrar a resposta.

Gabi foi sozinha para o riacho, disse que queria se refrescar enquanto caminhava montanha abaixo com toda a elegância que seus saltos altos vermelhos lhe permitiam. Candelaria imaginou que Anastácia Godoy-Pinto não havia querido acompanhá-la; pelo jeito, depois de sua incursão na mesa da sala de jantar, havia preferido camuflar-se entre a folhagem nos cantos da casa para cochilar. Não gostava nada do sol nem dos estranhos e era possível que o corvo lhe parecesse gordo devido a toda a comida que seu amo o fazia provar. Teria que ser mais comedida com os camundongos para que não lhe ocorresse o mesmo, pensou Candelaria, mas não se atreveria a dizer isso a Gabi, porque estava claro que uma mulher tão glamorosa jamais aceitaria ter uma serpente gorda como mascote, embora, de fato, ela nunca havia visto uma serpente nem nenhum animal obeso, o que a levou a concluir que isso era um problema fundamentalmente humano.

Candelaria foi para seu quarto vestir uma roupa de banho. Tentava decidir entre o riacho e o tanque; entre Gabi e sua mãe, quando notou que os girinos que havia posto em seu aquário no dia que Gabi chegou já tinham patas. Logo abririam os olhos e isso significava que teria que libertá-los da mesma forma como havia libertado a primeira leva. Pensou em como o tempo passa rápido quando coisas que fogem da rotina acontecem com uma pessoa e pensou também no quanto sua vida havia mudado.

Se seu pai estivesse ali a ajudaria a processar tantas mudanças. Ele se esforçava para que ela compreendesse bem as coisas, embora seja verdade que muitas das explicações que ele havia dado começaram a parecer fantasiosas. Continuava tentando distinguir as mentiras profissionais das boas histórias. Talvez o estivesse julgando com frieza quando a única coisa que ele queria era oferecer-lhe uma versão menos crua da realidade. Ou não. Tinha que meditar um pouco mais sobre isso, porque com certas verdades não se pode concordar de forma improvisada. Chegaria a se convencer de que não era o entorno que estava mudando, nem sequer seu pai, mas era ela que começava a perceber tudo de uma maneira mais real.

Resolveu ir ao tanque, não tanto para acompanhar sua mãe, mas para avaliar o estado dos sapos que havia libertado da primeira vez. Encontrou-os imensos e gordos de tanto se empanturrarem de cigarras e formigas. Outra coisa que notou foi que a água turva favoreceu a reprodução de sanguessugas que, por sua vez, estavam diminuindo a população de girinos, e isso a fez pensar que a vida era uma eterna competição na que sempre ganham os mais fortes. O calor do verão havia obrigado as formigas a saírem dos formigueiros. Uma atrás da outra encadeavam filas intermináveis que, ao longo da grama, deixavam caminhos pequenos, cujo final Candelaria se empenhou em encontrar, sem saber ainda que o destino final das formigas era um dos eternos mistérios do mundo.

— Aonde vão todas essas formigas? — perguntou uma vez a seu pai.

— Para sua colônia.

— Mas por que sempre andam juntas?

— Porque é mais cômodo juntar-se a seus semelhantes: as raposas com as raposas, as abelhas com as abelhas. Com os humanos acontece mais ou menos a mesma coisa: os doentes em hospitais, os loucos em manicômios, os escravos em escritórios, os artistas em comunidades. Não há nada mais incômodo neste mundo que estar fora de lugar. E os seres humanos gostam da comodidade.

Deitou-se ao sol e lembrou de seu pai enquanto olhava as nuvens mudando de lugar sem parar no céu. Perguntou a si mesma se por acaso ele, para onde quer que seus passos o tenham levado, andava olhando esse mesmo céu enquanto pensava nela. O vento sacudia as folhas do loureiro e das palmeiras reais enquanto as partículas de pó da estrada flutuavam suspensas no ar, dando à paisagem o aspecto difuso das obras de arte. Dom Perpétuo voava de árvore em árvore, sem perder nunca de vista os girassóis cheios de sementes que comeria mais tarde, quando baixasse de novo ao piso de pedra.

Ela não podia vê-los; mas, debaixo dessa mesma terra que pisavam seus pés descalços, os tatus caminhavam pelos túneis secretos que cavaram para se resguardar do sol, das chuvas e do contato humano. Uma verdadeira obra de engenharia que lhes permitia deslocar-se subterraneamente por todo o sítio, vigiar as raízes de todas as árvores e circundar os alicerces da casa e das paredes do tanque sem que ninguém percebesse sua presença. Também se deslocavam as trepadeiras devido à permanente aventura dos tentáculos vegetais que sempre procuravam novos lugares para envolver e expandir-se. Ninguém se lembrava mais de como eram as colunas originais da casa e não faltava muito para que se esquecessem também do estado primordial do teto e dos corrimões.

Candelaria observou tudo isso em silêncio, presa de um incômodo ao qual não soube que nome dar. Por um momento sentiu-se parada no meio de um mundo em constante movimento. Inclusive as pedras se moviam quando eram empurradas pela correnteza do rio ou quando sua mãe, como forma de castigo, virava-as contra a parede. Ela, por outro lado, parecia plantada na mesma terra que pisavam seus pés e soube, então, que, por não se mover, começaria a criar raízes que a obrigariam a uma imobilidade permanente.

Olhou para sua mãe flutuando sobre as águas do tanque, entregue às sanguessugas, desprovida desse impulso básico que convida a se interessar por coisas novas ou tentar mudar aquelas com as quais não se está de acordo. A inércia a obrigava a desempenhar funções mais básicas por pura resignação, porque há muito tempo havia deixado de explorar em seu interior essa faísca que faz uma pessoa se pôr em movimento. As pepitas de ouro ou a ópera pareciam funcionar de vez em quando, mas eram incapazes de garantir um estado de ânimo que se prolongasse mais do que alguns dias. Candelaria ignorava que essa mesma faísca era a que a estava incendiando por dentro, gerando nela esse incômodo que a convidou a mover-se sem saber muito bem para onde, que a obrigou a procurar algo que carecia de um nome que lhe permitisse identificá-lo.

Essa sensação de se sentir ancorada em terra firme a obrigou a ficar de pé de repente e sair correndo até o riacho. Ali encontrou Gabi, nadando nua à contracorrente. Tinha deixado na margem seu vestido branco e a roupa íntima, tudo dobrado com grande meticulosidade. Candelaria reparou que o tamanho do sutiã era duas vezes maior que o de sua mãe. Ao lado do vestido estavam os sapatos de salto alto vermelhos. Nunca a havia visto sem eles. De fato, havia chegado a pensar que não os tirava nem para dormir.

De pé, na beira, ficou vendo como Gabi mergulhava e saía à superfície batendo os pés, salpicando metros ao redor e deixando a água cheia de redemoinhos. Jamais imaginou que os pés dessa mulher pudessem ter tanta energia e especulou se, de repente, ela advinha da liberdade de ter tirado os sapatos. A pele molhada desprendia um brilho e uma cor saudável parecida à da canela. Era a coisa mais próxima a uma certidão de vida. Desde que chegou a Parruca, seu rosto ficou mais reluzente, os peitos mais firmes e o abdômen mais reto. Candelaria se incomodava ao ver os demais sem roupa e tampouco era capaz de se despir na frente de ninguém, mas, por alguma razão, não podia deixar de olhar para Gabi enquanto imaginava que seu corpo, num dia muito distante, se destacaria dessa mesma maneira.

Continuou olhando enquanto pensava em como convencê-la a acompanhá-la na procura de seu pai. Era uma ideia que lhe vinha às vezes à cabeça, mas, de repente, deixou de ser tão somente uma ideia para converter-se em uma possibilidade real. A chama que tinha por dentro já estava ardendo, deixando-a consciente de que todas as coisas se movem quando estão vivas e que morrer não significa necessariamente que o coração deixe de bater; às vezes, basta ficar quieto.

Deu-se conta de que os animais e até as plantas podiam se deslocar à procura de raios de sol, de água ou do que quer que careçam para suprir suas necessidades. Sem dúvida, ela também tinha que se mover se queria sair para suprir as suas. A questão era que precisava de alguém que a acompanhasse para procurar seu pai, pois não se sentia capaz de empreender sozinha uma viagem tão incerta. Talvez esse alguém fosse a mulher nua que, justo nesse instante, estava batendo os pés com animação dentro da água. A mesma junto à qual já havia contemplado duas luas cheias. Seria inexato dizer que a conhecia por completo, porque nunca se chega a conhecer em absoluto uma mulher como Gabi.

Quando Gabi a viu, fez sinal para que entrasse na água com ela. Nadaram um bom tempo juntas com a cumplicidade que pode unir as mulheres somente quando estão sozinhas e não observadas, realizando uma atividade prazerosa que as conecta com sua infância. Candelaria, da superfície da água, viu uma pedra redonda das que colecionava sua mãe repousando no fundo de uma poça d'água. Não sabia se recolhê-la ou não. Pensou que, como seu pai não estava ali para talhar olhos nela, a pedra já não poderia ter encanto, embora a verdade fosse que, a despeito de que tivessem olhos ou não, essas estúpidas pedras já não lhe importavam nenhum pouco. Deixou-a nas profundezas, rodeada de resíduos e peixes de água doce. Também pensou que se tivesse querido recolhê-la teria que mergulhar e abrir os olhos debaixo da água e isso era algo que não estava disposta a fazer. Por fim, se não contasse à sua mãe seria como se nunca houvesse visto a pedra e então sua inércia não teria consequências. Fazia tanto tempo que não falava com ninguém das coisas que borbulhavam em seu interior, que havia chegado a se convencer de que não era necessário fazê-lo, de que se podia viver sem ter que compartilhar os próprios pensamentos. Parecia que todo mundo andava muito ocupado lidando com sua própria vida e com suas próprias coisas. Talvez fosse a hora de ela fazer o mesmo.

Quando saíram da água, estavam com a pele arrepiada e os dedos enrugados como os velhos. Deitaram-se juntas sobre uma pedra lisa e quente de tanto receber os raios de sol. Candelaria aproveitou que Gabi estava de olhos fechados para prestar atenção na mancha que ela tinha em cima dos peitos que parecia estar mais vermelha que de costume. Sentiu-se relaxada por causa do mergulho e ainda mais quando o sol atravessou sua pele até fazer contato direto com os ossos gelados. Fechou os olhos, como Gabi, porque isso é exatamente o que se faz nos momentos de maior prazer para eliminar distrações mais intensas. Mas ficou pensando na mancha, e depois de um tempo perguntou:

— É uma queimadura?

— Impossível, querida, eu sempre passo protetor solar. Aos trinta anos tem que começar a se preocupar com as rugas, caso contrário...

— A mancha — interrompeu Candelaria — é uma queimadura?

— A mancha é uma mancha — disse Gabi. — Uma mancha de nascença — acrescentou enquanto passava o indicador pela borda. — Quando eu era pequena, minha mãe costumava dizer que eu devia me sentir afortunada por levar o mapa de "algum lugar" impresso em minha própria pele, porque assim saberia sempre para onde ir.

— E funcionou?

— Claro que não. Não tenho ideia para onde ir.

— Por isso cobre a mancha?

— Eu cubro porque não gosto de me lembrar da minha mãe — disse isso e ficou calada durante um longo e incômodo instante, ao final do qual engoliu em seco. — Mas acho que também a cubro porque mantenho viva a esperança de que ela tivesse razão e a mancha seja um mapa que me leve, finalmente, a algum lugar. Não quero que outro chegue antes de mim, daí a mania de esconder o mapa. Viver sem carregar uma busca nos transforma em seres não muito diferentes das pedras de Teresa, que não sabem ver o mundo mesmo que tenham mil pares de olhos entalhados.

— Até quando vai ficar em Parruca? — perguntou Candelaria.

— Não sei, querida. Estou tão à vontade neste momento que não quero me mexer. É difícil sentir tranquilidade a esta altura da vida. Tantos anos desejando chegar até aqui só para descobrir que ninguém pode sacudir o imprevisível da existência.

— É tão ruim chegar a essa altura da vida?

— Ou não chegar. Ainda não decidi o que é pior.

— Você abre os olhos?

— Claro, querida, já te disse mil vezes, tem que andar sempre com os olhos bem abertos, não se pode pretender chegar até esse ponto com os olhos fechados.

— Dentro da água... Minha pergunta é se você abre os olhos dentro da água — insistiu Candelaria.

— Claro que eu abro, para ver.

— Eu não abro para não ver.

Candelaria ficou ponderando sobre abrir ou não os olhos dentro da água e depois se pôs a pensar a que lugares poderia levar a mancha em forma de mapa e que altura seria possível alcançar na vida. Também pensou em seu pai e, ao fazê-lo, tomou uma enorme golfada de ar decidida a pedir a Gabi aquilo que tanto desejava:

— Quero que a gente saia juntas daqui e que me acompanhe enquanto procuro meu pai.

— Ele é que deve procurar por você.

— Já me cansei de esperar que ele apareça.

— E se não quer vê-la?

— E se aconteceu alguma coisa?

— Já saberíamos, isso é o que acontece com as notícias ruins, sempre acabam chegando até nós. Não procure dor de cabeça, querida. Pode-se perdoar os homens por muitas coisas, exceto por esse vício de sair correndo cada vez que não gostam de alguma coisa. São tão covardes que tiveram que criar um reino patriarcal em que se sentissem a salvo, claro, regido por eles próprios para favorecer suas necessidades e ocultar todas aquelas coisas que os deixam nervosos, por exemplo, mulheres como você e eu que, com mapa ou sem mapa, com medo ou sem medo, no final, vamos atrás do que queremos. Não há nada mais gratificante do que conseguir algo sem necessidade de pedir a ajuda que eles tentam nos dar submetendo-nos a condições meticulosamente planejadas com a única intenção de que tenhamos que pedir e eles oferecerem. Como consequência, o eterno papel dos homens é o de salvador, enquanto a maioria das mulheres se convencem de que precisam ser salvas. Algumas até ficam muito agradecidas.

Como cada vez que falava com Gabi, ficou tentando entender o que queria dizer com semelhante discurso, depois de um tempo perguntou:

— Então, vai me acompanhar ou não?

— Claro que não.

Pôs-se de pé de repente. Tinha a respiração agitada e o rosto tão vermelho que fez conjunto com seu cabelo. Apressou o passo até onde Gabi tinha deixado sua roupa, pegou os sapatos de salto alto, jogou-os longe, um para um lado e o outro para o lado contrário, e saiu correndo para casa. Antes de entrar virou a cabeça para o riacho e viu Gabi enrolando-se numa toalha para ir resgatá-los. Notou uma anomalia em seu caminhar e então deu-se conta de que esse leve mancar que havia notado em outras ocasiões não era tão leve agora que não calçava os sapatos. Notou que nesse corpo também havia espaço para a deformidade e o desequilíbrio. No fim das contas não era tão perfeita, mas ao menos se arranjava. Então era por isso que não dispensava nunca esses sapatos de salto alto desenhados para diminuir o defeito de suas pernas. O mais provável é que a deformidade fosse precisamente o que a obrigava a ficar de pé de maneira tão contundente e a andar como se fosse a dona de todos os caminhos. Era questão de parecer e não de ser, concluiu Candelaria. Pensando bem, na vida não é preciso ter outra coisa senão segurança em si mesmo.

A condição de Gabi a fez refletir sobre o fato de que o pequeno altar com todas aquelas pessoas que adorava tinha ido a pique. Agora estava vazio, e o mais provável era que permanecesse assim, porque a queda dos primeiros ídolos não é mais do que a comprovação de que o único lugar onde as pessoas são perfeitas e dignas de adoração é dentro da cabeça de quem as idealiza. Enquanto alguns passam a vida toda procurando quem adorar, outros, como Candelaria, eram mais propensos a assimilar esse tipo de verdades que nem sempre querem ver. Era possível que não fosse uma boa ideia insistir que Gabi a acompanhasse enquanto procurava seu pai. Se algo os coxos e malformados têm são dificuldades para andar longos e incertos trajetos, pensou. E se esforçou em acreditar nisso para evitar o desconcerto gerado pelo fato de não poder convencê-la a que a acompanhasse.

Santoro voltou do povoado com o carro carregado de materiais. A caminhonete desmantelada ia balançando perigosamente de um lado para o outro. E ele, com a testa franzida e o lábio de baixo apertado entre os dentes, dirigia com cautela pensando se seus inimigos poderiam mexido nos freios para que caísse sem controle por um dos penhascos. Candelaria saiu correndo para recebê-lo não tanto pela curiosidade de ver as compras, mas para se assegurar de que o espelho que havia encomendado estivesse entre todo esse carregamento de materiais.

— Parece, Edgar, — disse enquanto apontava para o espelho — que Candelaria chegou à idade em que não confia quando sua mãe lhe diz que é a garotinha mais bonita do mundo e agora precisa comprovar com seus próprios olhos.

— Eu não sou uma garotinha — disse Candelaria surpreendendo-se, não só por sua resposta, mas por sua própria contundência.

O espelho era maior que ela. Cabia todo seu corpo e ainda sobrava espaço para quando crescesse mais. Pensou em pedir ajuda ao senhor Santoro para pendurá-lo na parede de seu quarto, mas viu que estava tão ocupado tirando os materiais da caminhonete que decidiu pedir o favor a Tobias. Parou diante da porta fechada do quarto de seu irmão e, pela primeira vez na sua vida, bateu uma única vez com um toque tímido como o que se dá na porta de um estranho. Tornou a bater porque não teve resposta, desta vez com dois toques acompanhados de sua voz: "Tobias, Tobias". Nada, na terceira tentativa também não teve resposta e sentiu-se tomada pelo desespero de sua própria imaginação, que sempre tendia a tramar os piores cenários quando os acontecimentos não seguiam o curso esperado. Presa da angústia, desprezou a ordem que Tobias lhe deu de não entrar em seu quarto sem bater à porta. Girou o trinco devagar, como quem não quer fazê-lo, e a porta abriu. Ao passar o nariz pela fresta vertical pôde ver parte da cena que estava acontecendo no interior.

A primeira coisa que viu ao olhar de cima a baixo foram as pernas de seu irmão no lugar em que deveria estar a cabeça. A segunda foi a camisa levantada deixando descobertos o abdômen e a linha de pelos pretos e grossos que começava no umbigo e desaparecia adentrando na calça. Continuou descendo a vista até que chegou à máscara. Por entre os orifícios pôde ver os olhos fechados. Candelaria imaginou que estava há muito tempo de cabeça para baixo devido ao avermelhamento das partes do rosto que a máscara não conseguia cobrir. Chamou-o várias vezes pelo seu nome, mas não conseguiu despertá-lo. Sapateou. Bateu palmas. Mas nada. Então lhe ocorreu fazer algo que havia funcionado no passado: pegou a frigideira em que Tobias fervia os cogumelos e começou a bater nela com uma tesoura enferrujada que encontrou no caos de sua mesa.

Viu seu irmão cair no chão estrondosamente como um vulto de cimento e abrir os olhos muito devagar. Os olhos estavam vermelhos e diminutos, emoldurados entre as penas brancas da máscara. Ficou olhando para ele sem pestanejar, parecia uma águia moribunda. Não conseguiu falar, mas a tentativa deixou à mostra fios de saliva grossa que não conseguiu romper nem abrindo a boca até ranger o maxilar. No momento da queda partiu um dente que terminou perdido na bagunça do quarto. O bico longo e curvado permaneceu surpreendentemente intacto pela dureza ímpar da argila com que havia sido esculpido.

Candelaria analisou essa nova ausência capaz de interromper a simetria de seus dentes. Nunca havia prestado atenção nos dentes de seu irmão, mas agora, devido à ausência, não conseguia tirar os olhos deles. Surpreendeu-se com o fato de que algo tão pequeno como um dente pudesse transfigurar o rosto a ponto de ser desagradável olhar para ele. Embora já soubesse que em momentos como esses era precisamente quando deveria abrir bem os olhos, preferiu fechá-los porque não gostou do que estava vendo: seu irmão caído no chão com a boca aberta, exibindo uma ausência da qual ele nem sequer estava consciente. Seu irmão no chão, uma águia ferida e uns fiozinhos de sangue correndo nariz abaixo. Por Tobias havia sentido muito carinho durante toda a sua vida, venerava-o, admirava-o acima de todas as coisas, mas nesse momento o sentimento rondava mais pelos limites da repulsão ou do desprezo. Não poderia nem tocá-lo com a ponta do dedo.

— O que aconteceu? — perguntou Tobias quando conseguiu, finalmente, romper os fios de saliva e articular as palavras.

— Não sei — disse Candelaria — o mesmo pergunto eu.

— Eu também não sei — disse Tobias. — Só me lembro que o céu estava no chão e o chão estava no céu, mas fico contente de saber que tudo já voltou ao seu lugar.

Tentou ficar de pé, mas as pernas falharam e tornou a cair. Ao voltar a tentá-lo aconteceu a mesma coisa, uma e outra vez. Candelaria presenciou o episódio com os olhos abertos ao limite de sua estranheza. Estava aterrada. Sentiu que deveria estender-lhe a mão e ajudá-lo, embora não quisesse nem tocá-lo e o simples pensamento de que essa águia caída se atracasse a seu corpo na ânsia de levantar lhe pareceu desagradável.

Antes o que seu irmão lhe provocava era a vontade de abraçá-lo mesmo que estivesse coberto de suor, de atirar-se sobre ele para despertá-lo pelas manhãs sem se importar que tivesse o hálito azedo. Recordou que com a própria escova costumava pentear seu cabelo, embora estivesse sujo, e que também era capaz de passar repelente em suas costas inclusive quando ela começou a se encher de espinhas. Somente alguns poucos anos haviam transcorrido desde a época em que as excursões juntos montanha adentro terminavam com ela entre seus braços. A verdade é que na maioria das vezes mostrava mais cansaço do que realmente sentia só para que ele a carregasse. Nesse tempo não havia melhor lugar em todo o mundo do que os braços de seu irmão. Agora as coisas eram diferentes. Muito tinha mudado desde então. Tudo, na verdade. Tobias estava estirado no chão com a mente confusa, os olhos pequeninhos e a cara vermelha e ensanguentada. Viu-o com suas pernas frágeis como os talos dos hibiscos e a saliva espessa como a baba dos caracóis. Viu-o tão diminuto e pálido e quieto que não quis tocá-lo nem que ele a tocasse, por isso saiu correndo tal como fazia ultimamente cada vez que queria evitar algo. Na fuga topou com sua mãe: "Está acontecendo alguma coisa com Tobias, está acontecendo alguma coisa com Tobias" era a única coisa que repetia, e sua mãe foi até o quarto para ver o que estava acontecendo. Candelaria saiu da casa para espiá-los através da janela e, ao ver esse par de seres tão desvalidos, pensou que não sabia quem estava segurando quem. Engoliu sua própria saliva e percebeu-a amarga, porque o que viu lhe fez sentir pena e ao mesmo tempo lhe deu pena sentir pena pelos dois seres que mais deveria amar no mundo.

Gabi vinha subindo do riacho. Tinha calçado novamente os saltos e seu caminhar voltou a parecer perfeito. A toalha ao redor do corpo era a única coisa que a cobria. Parou ao ver Candelaria na ponta dos pés para alcançar a janela do quarto de Tobias e aproximou-se devagar, com a cautela de quem adivinha que algo importante está acontecendo do outro lado do vidro. Candelaria se alegrou de que não estivesse aborrecida com o incidente dos sapatos e, na verdade, Gabi havia pensado em se aborrecer com a intenção de dar uma lição nela, mas por fim a curiosidade pela cena que Candelaria espiava com tanto interesse venceu.

— O que aconteceu?

— Estou sozinha no mundo. Isso é o que aconteceu — disse Candelaria.

— Todos estamos sós, querida.

— Eu me sinto mais só do que todos.

— Você apenas se deu conta disso. E isso é algo, isso é muito. Saber disso com pouca idade faz a diferença entre os que vivem sua vida e os que ficam esperando que os demais a vivam por eles.

Ficaram olhando pela janela sem dizer mais nada. Candelaria pensava em como seria viver sem esperar nada de ninguém, isso era algo que não havia passado antes por sua cabeça, supôs que deveria começar a se acostumar. "Estou sozinha, sozinha, sozinha", repetiu mentalmente enquanto a águia e a mãe estavam deitadas no chão com os olhos abertos olhando para o teto sem intenção de ficar de pé, não por falta de vontade, mas de forças. Embora fosse possível que por ambas as coisas ao mesmo tempo. "Sozinha, sozinha, sozinha", repetiu como se fosse um mantra.

— Vamos ajudá-los, querida? — disse Gabi.

Mas Candelaria não respondeu porque havia entendido a lição. "Eu estou só, tu estás só, eles estão sós, todos estão sós...", disse enquanto ia correndo para seu quarto. Na fuga contou até dezesseis antes de sentir a primeira lágrima.

Bateu a porta e se jogou na cama. Limpou as lágrimas com o dorso da mão enquanto chegava à conclusão de que contar até trinta para evitar o choro tinha que ser outro disparate de seu pai. Era algo impossível de fazer, porque quando a vontade de chorar surge, vem tão de repente como um aguaceiro de abril. Distraiu-se olhando os sapos se revirando dentro do aquário. Ainda não tinham aberto os olhos e isso lhes negava todo traço de individualidade. Fez as contas e calculou que logo os soltaria no tanque, antes da próxima lua cheia.

Seu pai tinha ido embora há duas gerações de sapos, quer dizer, seis luas cheias. Não havia se comunicado durante todo esse tempo, talvez fosse melhor assim, pois se regressasse, não reconheceria nem a casa nem seus habitantes nem as árvores que ele próprio plantou. Sentiu a vertigem do tempo assediando-a para que fizesse algo que ela não conseguia precisar com exatidão o que era. Havia dias sentia um vazio que não sabia com o que preencher. Era como se em sua vida nunca houvesse acontecido nada e nesse pouco tempo houvesse acontecido tudo. Pensou que o mundo estava mudando porque ainda não havia se dado conta de que era ela quem estava fazendo isso. Deu meia-volta na cama para não continuar vendo os sapos. Eles faziam com que ela sentisse e pensasse em coisas muito estranhas. Já nem sequer se emocionava ao ver a metamorfose. Pensando bem, não soube por que costumava gostar deles. Eram ásperos, úmidos e gosmentos. Davam nojo.

Da nova posição, viu seu próprio reflexo na parede, nítido como nunca havia visto antes. O senhor Santoro instalou o espelho enquanto estava distraída com o acontecimento do seu irmão. Ficou de pé quase com violência até que se viu frente a frente com esse novo intruso que nunca deixaria de julgá-la. Viu sua trança desfeita e ainda úmida pela água do riacho. Soltou-a para verificar o comprimento do cabelo, que já andava pela cintura. Notou que o vermelho era menos vermelho e o branco de sua pele menos branco. Começou a analisar cada detalhe do rosto e, por um instante, sentiu que nunca havia olhado para ele com atenção. Já não era redondo nem tinha as bochechas cheias. Os pômulos marcavam seu rosto de uma forma que começava a dar maior definição a suas feições. O nariz havia deixado de ser um pontinho sem graça para passar a definir seu perfil com maior contundência. Algumas espinhas vermelhas já o salpicavam. Forçou um sorriso para analisar a boca, que pareceu ter os dentes um pouco mais tortos. Estavam longe do branco que os dentes de Gabi mostravam, embora, pelo menos, não lhe faltasse nenhum. Também não estavam tão alinhados como os dela, mas não se importou, porque costumava gostar de seu sorriso e, em especial, a forma como lhe iluminava o rosto. Seu pai sempre dizia que o sorriso era seu maior poder, que se continuasse a sorrir dessa maneira nada no mundo lhe pareceria grande. Mas só nesse momento acreditou entender o que seu pai quis dizer.

Baixou o olhar para examinar seu corpo e se surpreendeu com a nova forma que seu quadril estava tomando. É por isso que suas roupas estavam cada vez mais apertadas. Teria que mastigar, de agora em diante, vinte vezes cada garfada, assim como fazia Gabi, para que as calças voltassem a servir. Sentiu um desejo imenso de contemplar a imagem de seu corpo sem roupa e foi tirando tudo aos pouquinhos para não se sentir tão mal.

Graças ao fracasso de sua mente em apagar o pouco que as freiras lhe ensinaram durante o tempo que ia ao colégio, sabia quem havia inoculado nela o medo à nudez. Com elas aprendeu a se sentir culpada. Uma pessoa a quem ensinam a se sentir culpada aceitaria qualquer fórmula para deixar de se sentir assim. Culpada pelo que pensava, pelo que sentia, pelo que imaginava. Nada podia escapar do julgamento desses seres escondidos por trás de hábitos cinza, cuja missão era semear a culpa e vender o perdão. Mas Candelaria não conseguiu comprá-lo porque a expulsaram por dizer as mesmas coisas que seu pai costumava dizer: "A única coisa digna de adoração são as plantas".

O curioso é que quando ela expressou essa ideia pela primeira vez no colégio, foi por rebeldia e não por convicção. A verdade é que odiava mais a missa do que amava as plantas, e as desculpas para não comparecer a ela já estavam acabando. Embora, pensando bem, o que de verdade odiava era o padre Eutimio. Em primeiro lugar, nunca entendeu por que tinha que chamar de Senhor alguém diferente de seu Deus em segundo lugar, Eutimio sempre estava tentando fazer alguma menina se sentar sobre suas pernas para meter a mão debaixo da saia xadrez ou por entre a blusa aberta. Por isso Candelaria optou por usar sempre o uniforme esportivo, que consistia em um horrível moletom azul com duas listras brancas nas laterais. Dessa maneira podia subir no corrimão, fazer estrelinha e sentar-se de qualquer maneira sem que vissem sua calcinha. As freiras mostravam uma excessiva preocupação sobre esse aspecto. Sempre andavam monitorando como as meninas se sentavam, a ponto de Candelaria chegar a pensar que tão meticulosa observação do modo de sentar-se não se devia ao ímpeto de corrigi-lo, e sim ao fato de que as freiras eram aficionadas por ver calcinhas. Desde essa época começou a intuir o poder do que se ocultava detrás delas, mas não encontrou a forma adequada de perguntar à sua mãe em que consistia esse poder ou para que servia. O moletom, então, a salvaguardava de ser vista e tocada da perna para cima, ainda que facilitasse a inserção da mão do padre Eutimio por baixo da camisa. Por sorte foi expulsa do colégio antes de que seu peito crescesse. Além do mais, nesse ínterim, suas colegas já começavam a exibir peitos volumosos e firmes que, certamente, eram mais atraentes e apetecíveis que os dela.

Não confessaria a ninguém que, no fundo, ficou feliz com a expulsão, mesmo com a briga monumental que criou entre seus pais. O curioso era que já não estava no colégio e, portanto, não tinha freiras em cima dela o dia inteiro; além disso, havia se livrado da mão inquieta do padre Eutimio. Sua mãe não se preocupava muito com ela, não tinha notícias de seu pai e seu irmão era um zero à esquerda. Em suma, agora que não tinha ninguém para julgá-la, havia encomendado um espelho maior que ela para que nenhum de seus defeitos escapasse. Achou que se contemplar nua era um pecado capital do qual ninguém poderia perdoá-la, mas ainda assim sentiu uma vontade irreprimível de fazê-lo.

Ver-se nua a incomodava. Fechou os olhos e voltou a abri-los, mas ali continuava o mesmo corpo, tão diferente do que lembrava quando punha a roupa a toda velocidade saindo do chuveiro. Ali estaria para sempre, embora suas formas continuassem mudando com o passar dos anos. Seus peitos pareciam duas bolinhas de gude tentando abrir caminho de dentro para fora. O padre Eutimio ficaria muito decepcionado. Ao tato, ficaram duras como vidro, mas, ao mesmo tempo, sensíveis ao extremo. Não conhecia nada que tivesse qualidades tão contraditórias. Percebeu uma mistura de dor e prazer que a fez pensar em cobrir-se imediatamente.

Sentir prazer não poderia ser bom. Lembrou de suas aulas de religião, nas quais o temor e o castigo ocupavam lugares primordiais. Esse era o tipo de coisas que Deus gostava, mas prazer não, isso não. Lembrou como o padre Eutimio mordia os lábios e entrefechava os olhos. Perguntou-se por que Deus lhe permitia sentir prazer e a ela não. Nesse caso, Deus não só era machista, mas também injusto. Não era Ele que dizia que todos somos iguais? Definitivamente não entendia nada.

Quase com medo do prazer que estava sentindo, tentou pôr a roupa que estava no chão, mas o simples roçar do algodão não fez mais que torná-la consciente de uma nova e até agora desconhecida sensibilidade. Pela primeira vez se atreveu a tocar nos lugares que as freiras lhe tinham vetado, e o sangue começou a circular mais rápido em suas veias. Sentiu um calor emanado de dentro que lhe coloriu a face com o mesmo tom do cabelo. Era diferente ao que percebia quando se deitava ao sol ou fazia alguma atividade física que a fizesse suar. Os pensamentos vagavam numa espiral sem ordem nem lógica dentro de sua cabeça. O coração batia mais forte e mais rápido, mas desta vez sentiu as batidas entre suas pernas e ao longo de todo o corpo. Ansiava por algo a que não sabia que nome dar. Teve a sensação de que se derretia por dentro e ficou angustiada porque o que estava sentindo tinha que ser pecado, mas o simples fato de pensar que estava pecando lhe gerou mais prazer. Talvez ela também fosse contraditória. Queria parar e queria continuar com o que quer que fosse que tivesse começado. Embora, na verdade, não soubesse muito bem o que estava acontecendo nem como prolongá-lo nem como levá-lo até o final. De fato, nem sequer sabia se algo assim tinha um final.

O som de sua respiração se agitou no compasso dos pensamentos caóticos que agora ultrapassavam todas as fronteiras que sempre os haviam delimitado. Entendeu que a liberdade era um conceito aplicável às ideias e que não era certo obedecer sem ao menos questionar as regras. Estava imaginando coisas muito estranhas que lhe causavam prazer e nervoso ao mesmo tempo, coisas que a deixavam à beira de si mesma. Por isso, quando a porta do quarto abriu, seu coração deu um salto que quase a matou de susto. Viu a figura de Gabi refletida no espelho e se surpreendeu com a naturalidade com que deu meia-volta: "Desculpe, deveria ter batido à porta". Nesse dia Candelaria aprendeu o valor da privacidade. De fato, colou um aviso na porta de seu quarto: "Não entre sem bater". Isso era o que dizia. E todos, em Parruca, obedeceram.

O primeiro tiro foi ouvido ao amanhecer. Estava chovendo e o dia não nascia. Alguns berros foram ouvidos muitos quilômetros ao redor de onde Dom Perpétuo estava se banhando. Ao ouvir o disparo, Candelaria ficou petrificada na cama decidindo o que fazer. Imaginou sua mãe camuflada entre as pedras redondas, com a cabeça entre os joelhos e os ouvidos tapados para não ter que ser testemunha de nada desagradável. Imaginou-a olhando para as pedras e as pedras olhando para ela enquanto perguntava: "E vocês estão olhando o quê?". Imaginou-a calada, esperando uma resposta que nunca chegaria porque as pedras tinham olhos, mas não boca.

Depois pensou na águia que, certamente, andava confusa e sonhando com disparos, se é que por acaso as águias têm capacidade de sonhar. Pensou que passaria o resto da manhã tentando separar os sonhos da realidade. Estava certa de que não seria capaz de conseguir. Por último, também lhe ocorreu que Gabi devia estar pondo os sapatos de salto alto para ir investigar quem havia atirado e por que razão. Soube que não se enganara quando a viu sair do quarto, não pela porta, e sim pela janela, para despistar um possível inimigo. Viu-a dando a volta na casa pela parte de trás. Tinha a respiração contida e os olhos muito abertos. Não voltaram a ouvir outro disparo, apenas quando ela sentiu que chovia mais do que estava disposta a suportar. Na verdade, não queria estragar o cabelo, mas isso Candelaria não conseguiu imaginar porque ainda não sabia que uma mulher como ela poderia chegar a fazer qualquer coisa, por mais ousada que fosse, sempre e quando não estragasse seu penteado, e Gabi havia se esmerado nele depois de sua incursão do dia anterior no riacho.

No terceiro disparo Candelaria se convenceu de que ninguém tinha a intenção de reagir diante de um acontecimento tão potencialmente perigoso, de modo que se levantou da cama e deslizou até a cozinha, escondendo-se a cada instante entre os arbustos da casa, que já estavam muito frondosos. Tirou a faca da gaveta dos talheres apenas para se sentir um pouco mais valente, pois na verdade suas mãos tremiam. No quarto disparo teve a certeza de que vinham do quarto do senhor Santoro e imaginou que os inimigos que tanto andavam procurando por ele o haviam encontrado.

Chegou a perguntar-se o que faria com o corvo, porque não sabia ao certo se Dom Perpétuo gostaria de conviver com um pássaro tão descolorido. Também pensou em onde diabos o senhor Santoro escondia as pepitas de ouro que parecia possuir aos montes. Se ela chegasse a encontrá-las, qualquer um brigaria para acompanhá-la na busca de seu pai. Disso tinha certeza. As freiras costumavam dizer que a fé move montanhas porque não tentaram movê-las às custas do ouro. Disso também tinha certeza. Por fim, pensou em como seria estranho ver um mesmo homem morto duas vezes, já que no primeiro encontro com Santoro o havia dado como morto, mas ainda terminava de elaborar este último pensamento quando ouviu suas gargalhadas despreocupadas.

— Vamos! Vamos! Ah!

Imaginou que era ele quem havia eliminado seus supostos inimigos. Aproximou-se com mais curiosidade que medo do quarto onde ele estava e encontrou-o com meio corpo debruçado na janela, apontando a pistola para as nuvens negras e densas que ameaçavam tempestade. Candelaria ficou de pé, ensopada, tentando entender o que estava acontecendo. Tinha os dedos contraídos por segurar o cabo da faca com tanta força e deu um pulo quando o viu atirar as duas últimas balas que restavam no cartucho contra as nuvens.

— Estou descarregando as nuvens, Edgar, estou descarregando. Ah!

Mas Edgar, coisa curiosa, não estava por perto. Candelaria assumiu que Santoro estava tão acostumado a falar com o pássaro que o fazia até quando ele não estava ouvindo. O certo é que por arte de magia, ou dos tiros, não caiu nem um só raio em toda Parruca, onde costumavam cair tantos, e quando o café da manhã estava pronto já nem sequer chovia.

Todos coincidiram na mesa, exceto Santoro, que, como era de costume, madrugava mais do que deveria. Tinha por hábito preparar seu próprio café da manhã. Embora isso fosse dizer muito, porque ele, a duras penas, mal era capaz de passar o café que tomava com uma fatia de pão frio, e chamar essa combinação tão básica e insossa de *café da manhã* era um exagero. Ou pelo menos isso era o que pensava Candelaria, que considerava o café da manhã a melhor refeição do dia.

Depois o senhor Santoro se concentrou em suas múltiplas atividades, pois poderiam acusá-lo de qualquer coisa, menos de ser um mau trabalhador. No pouco tempo que estava em Parruca havia realizado várias melhorias locais importantes. Primeiro arrancou as ervas daninhas do calçamento e escovou as pedras para remover o mofo. Depois podou os loureiros e tratou de controlar as raízes mais atrevidas, aquelas que insistiam em levantar as lajotas e enfiar-se pelo encanamento. Também trocou as dobradiças enferrujadas e substituiu as telhas quebradas. Candelaria não viu quando cavou o primeiro buraco dos muitos que cavaria, mas, como depois o usou para compostagem, assumiu que o havia feito para transformar resíduos orgânicos em adubo. Ainda não era capaz de imaginar sua verdadeira razão para cavar buracos tão profundos. As minhocas que introduziu para tal fim eram tão compridas e gordas que poderiam competir com Anastácia Godoy-Pinto. A diferença estava na destreza das minhocas em converter os resíduos em adubo em contraste com a serpente, que era uma preguiçosa consagrada.

Candelaria não poderia saber com certeza a razão pela qual o senhor Santoro deixou de sentar-se à mesa com todos; no entanto, divertia-se imaginando as hipóteses elaboradas pelos demais. Imaginou, por exemplo, que Gabi devia pensar que sua presença o intimidava. Ela estava convencida de ser o tipo de mulher que certos homens tendem a evitar. Especialmente homens como Santoro, tão medrosos e inseguros que não lhes sobrava outra opção senão demonstrar sua virilidade evitando sentimentos e simular força quando o medo corre por suas veias e eles desmoronam por dentro. Homens tão sem confiança em si mesmos que optam por carregar uma pistola e se regozijam exibindo-a, inclusive diante das nuvens, pela simples razão de que não têm nada mais valioso para exibir.

Imaginou que a mãe estava pensando que a ausência do senhor Santoro à mesa se devia ao fato de que ele não gostava de sua forma de cozinhar, uma vez que, nesse caso, a insegura era ela, e mulheres assim chegam a acreditar na falsa superioridade adotada por homens como ele. E essa é a razão pela qual, pensou Candelaria, existirão sempre mulheres como ela e homens como ele. Porque as únicas coisas destinadas a permanecer no tempo são as que as pessoas acreditam necessitar. Embora também existisse outra possibilidade, a de que a mãe temesse que o senhor Santoro terminasse se cansando de pagar para comer sempre a mesma coisa e fosse embora de Parruca. Se assim for, ela não voltaria a ver uma pepita de ouro nem em sonhos.

A águia, segundo imaginou Candelaria, não pensou nada em particular, porque o mais provável é que não houvesse sequer percebido que o senhor Santoro há dias não se apresentava para o café da manhã. Além disso, supôs que as águias deixam de se importar com muitas coisas, tanto assim que parecia ser indiferente à ausência do dente. Mesmo assim, na mesa todos se esmeravam em olhar para sua boca com o objetivo de obrigá-lo a dar um parecer sobre o dente faltante e sobre como pensava arrumá-lo. Mas Tobias nessa época deveria ter nas nuvens o resto de entendimento que lhe sobrava. Não é possível esperar menos de uma águia como ele.

À margem das diferentes hipóteses que Candelaria imaginou, na manhã dos tiros ninguém pareceu sentir falta de Santoro durante o café da manhã, muito pelo contrário, porque assim puderam falar do comportamento que havia demonstrado contra as nuvens. E inclusive dessa mania de abrir buracos tão profundos na terra que teria cabido de pé neles.

— Não deu explicações — disse Candelaria mordendo um pão de queijo. — Apenas mencionou que estava descarregando as nuvens.

— Sonhei com tiros — disse Tobias. — Foi tão real... Cheguei a pensar que alguém estava atirando de verdade.

— Descarregando o quê? — perguntou Gabi.

— As pedras já não me admiram — disse Teresa.

— Isto é um sonho? — perguntou Tobias. — Passe o sal, Candela.

— Parece muito perigoso que ande atirando a troco de nada, nós estamos muito confiados e esse maluco aqui tão perto... — disse Gabi e depois se atreveu a comentar — Meu Deus, garoto, onde deixou o dente?

— É como se me julgassem com esses olhos tão abertos — disse Teresa. — Gostava mais delas quando me olhavam com admiração, como antes. Ficou um pouquinho na cafeteira.

— Por que todos falam de tiros? A realidade foi meu sonho? Ou sonhamos todos a mesma coisa? — disse Tobias. — Tem suco de maracujá?

— Eu acho que ele teme os raios — disse Candelaria. — Ou a chuva. Não consigo pensar o que mais uma nuvem pode carregar. Na verdade, as águias não consomem sal.

— Olhe, Teresa, é mais fácil a senhora mudar de olhar do que suas pedras — disse Gabi. — Alguém quer mais café?

— Teme tudo — disse Tobias. — Eu quero suco. O café está me dando gastrite.

— Todos sonhamos a mesma coisa — disse Candelaria. — E o pior é que continuamos dormindo. As águias também não consomem café.

— Pela primeira vez eu concordo com Tobias — disse Gabi. — As pessoas mais prevenidas são as que mais medo têm. Santoro é um covarde. Não há com o que se preocupar, exceto uma bala perdida.

— Os medrosos são inofensivos — disse Teresa. E como estava pensando nas pepitas de ouro, acrescentou: — Enquanto continuar pagando sua estadia, pode ficar.

— O que me dá mais desconfiança é que trabalhe de graça nos consertos da casa — disse Gabi. — Aposto que sua estratégia é ficar com ela. Pessoas assim não são de confiança, tenho experiência suficiente para saber. Sugiro uma resina no dente.

— Eu desconfio mais das serpentes — disse Tobias. — A resina não é necessária. As águias não têm dentes.

— Bem, senhores da mesa. Parece que ficou claro que não está nada claro — disse Candelaria ficando de pé para levar um pedaço de banana a Dom Perpétuo, que estava há um bom tempo empoleirado na araucária dizendo: "Ai, que vida tão dura! Ai, que vida tão dura!".

Parecia que a arara era a única que dizia uma verdade contundente, pensou Candelaria enquanto a observava engolir quase uma banana inteira.

Depois de deixá-la alisando as penas após o banho forçado pela chuva matutina, Candelaria foi espiar o senhor Santoro. Foi assim que se deu conta de que havia terminado a muralha e estava instalando alguns sensores de movimento. Foi quando pensou que era uma loucura instalar esse tipo de sensores num lugar em que até as pedras se movimentavam. Depois percebeu que quem os instalava era o mesmo homem capaz de atirar nas nuvens, e assim o comportamento do senhor Santoro ficou parecendo coerente. Para dizer a verdade, ele era o habitante mais coerente de toda Parruca. Desde o princípio prometeu excentricidade em suas maneiras e já não se podia esperar menos dele. O mais provável é que os vidros com que pretendia substituir as janelas de seu quarto fossem blindados, pois Candelaria nunca havia visto assim tão grossos. Ainda não sabia que pensava em estender um aramado ao pé da muralha sobre o qual, por sua vez, semearia uma peônia trepadeira. Tampouco sabia que a escolha dessa planta por parte de Santoro se devia a que suas sementes, metade pretas metade alaranjadas, brilhantes e redondas como confeitos de açúcar, eram venenosas ao extremo. E menos ainda tinha por que saber que o que realmente queria instalar era um circuito fechado de televisão que lhe permitisse monitorar, dia e noite, tudo que acontecia ao redor de seu refúgio. Já estava até pensando em como obter sinal num lugar onde nem sequer era possível falar pelo telefone. Certamente pensava que, dessa maneira, lhes faria o favor de levar um pedaço de civilização, assim como alguém levou um dia o gelo a lugares inclusive mais remotos.

De seu esconderijo Candelaria observou a forma de trabalhar do senhor Santoro. Não havia nada que não soubesse fazer. Sabia misturar, cimentar, nivelar. Cortava os materiais que tinha que cortar com uma meticulosidade impressionante. Media, fazia cálculos e os anotava num caderno em que também desenhava com precisão suas ideias porque, é preciso dizer,

Santoro era um bom desenhista. A noção de artístico lhe era totalmente alheia, mas para os desenhos técnicos era de uma precisão que tocava a genialidade.

Avaliava o avanço do que quer que estivesse fazendo de diferentes óticas; para isso, ficava de pé, se sentava, se ajoelhava, se estendia no chão. Sempre estava em movimento. Parecia que nunca se cansava. O que mais a surpreendia era o entusiasmo com que se dedicava ao trabalho. Quando não estava cantando, punha-se a assobiar ou a falar com Edgar. Ria o tempo todo com essas gargalhadas fleumáticas que ela tanto conhecia: ou quando se enganava, ou quando as coisas não saíam segundo seus cálculos, ou quando o resultado era inclusive melhor do que havia projetado. Ao final, assim era como tudo ficava, porque Santoro, além de excêntrico, era um perfeccionista de primeira categoria.

Depois de observá-lo trabalhar quase a manhã toda, pensou que ela nunca havia visto seu pai trabalhar dessa maneira. Lembrou de sua mãe perseguindo-o pela casa toda: "Tem que arrumar isso", "Tem que arrumar aquilo", "Tal coisa estragou", "Tal outra precisa de manutenção", e também lembrou de seu pai dizendo: "Amanhã eu arrumo", "Amanhã faço a manutenção". O problema, conforme analisou Candelaria, era que o amanhã parecia não chegar nunca.

Mas o que mais a impactou foi entender uma frase que sua mãe costumava dizer. O curioso era que ela dizia sempre que estava aborrecida com ele. Dizia a frase para ela com o único objetivo de que seu pai a ouvisse. Dizia: "Seu pai é um homem sem amanhã e sem raízes".

E Candelaria, por alguma razão, repetiu-a mentalmente três vezes: "Seu pai é um homem sem amanhã e sem raízes", "Seu pai é um homem sem amanhã e sem raízes", "Seu pai é um homem sem amanhã e sem raízes". Depois passou o resto da tarde pensando no que significava ter como pai um homem sem amanhã e sem raízes, mas não lhe ocorreu nenhuma resposta que a deixasse satisfeita.

Primeiro foi o cheiro de fumaça. Ou não, talvez tenha sido o zumbido. Ou quem sabe o fato de que continuasse tão escuro embora o sol já estivesse alto no céu. Candelaria não era capaz de precisar bem o que mais a impactou nessa manhã. Talvez tenha sido o zumbido — era o mais lógico —, porque o zumbido de muitas abelhas juntas é algo que não passa despercebido. Pensou nos demais, que certamente haviam acordado pelas mesmas razões e tampouco sabiam ao certo o que estava acontecendo. Exceto o senhor Santoro, que, ao ver todas as vidraças da casa cobertas por abelhas, acendeu uma tocha para espantá-las às custas da fumaça. Algumas, sufocadas, caíram no chão e morreram. Outras se mudaram de uma janela para a outra e o bater desesperado das asas ecoou ainda mais pela casa toda. A maioria permaneceu cobrindo os vidros e tapando a entrada da luz. Umas por cima de outras e estas, por sua vez, por cima de outras mais, dando a sensação de que eram um só ser compacto que abraçava a casa. Era estranho sentir escuridão sabendo que o sol já estava alto no céu. É comum que isso aconteça quando lugares naturalmente luminosos se tornam escuros.

— Para o tanque! Para o tanque! — gritou Gabi.

Todos obedeceram sem questionar. Atravessaram o piso de pedra sacudindo os girassóis carregados de sementes que iriam parar no chão e que Dom Perpétuo não demoraria em descer para pegar.

Quando chegaram ao tanque, atiraram-se com o impulso da correria, e o som dos corpos entrando na água fez Candelaria lembrar das jornadas de lançamento de pedras na correnteza do riacho. Nem sequer tiveram tempo de tirar a roupa. A águia molhou até as penas da cara. Ficaram debaixo da água um bom tempo, deixando para fora só o nariz. No princípio tiveram medo das picadas, mas depois estavam tão aturdidos que mergulharam em busca de um instante de silêncio.

Candelaria se sentiu reconfortada ali, embora a água fosse turva e estivesse infestada de sanguessugas. Agarrou-se à sua decisão de não abrir os olhos para não ter que vê-las. Depois de um tempo, quando a adrenalina havia diminuído de maneira considerável, começou a sentir ardor na planta do pé, como se houvesse se queimado com carvão quente. Saiu para dar uma olhada e se deu conta de duas coisas: a primeira, que o barulho já havia cessado e, a segunda, que tinha o pé inchado como um chouriço, ao que tudo indicava, por pisar em uma abelha durante a correria.

Os demais foram saindo, pouco a pouco, e se sentaram na borda do tanque para desgrudar as sanguessugas da pele, para escorrer a roupa, para secar as penas e o cabelo. O senhor Santoro juntou os cadáveres das abelhas que se afogaram com a fumaça e os amontou em uma caneca enferrujada. Eram tantas que teve que sair várias vezes para esvaziá-la.

— Nem no exército vi coisa semelhante. Ah! Continuarão vindo até que encontremos a rainha — disse a Edgar e, dessa maneira, todos se inteiraram de que havia prestado serviço militar e da importância de encontrar a rainha custe o que custar. Ao meio-dia a luz e o silêncio voltaram a se apoderar da casa enquanto Candelaria tentava manter o equilíbrio dando pulinhos em um pé só.

Na manhã seguinte aconteceu mais ou menos o mesmo; mas, como Candelaria já havia aperfeiçoado seu caminhar com um só pé, pôde dar uma volta ao redor do sítio e então descobrir que alguns coelhos jaziam no mangue com o corpo rígido e o olhar quieto pelas picadas. Isso se repetiu por várias manhãs seguidas. Sempre à mesma hora, nas mesmas janelas, durante o mesmo tempo. Enquanto recolhia os cadáveres dos coelhos pensou que as sanguessugas deviam estar comendo os girinos, o corvo as minhocas e a serpente os camundongos. Assim Candelaria aprendeu que nunca ninguém pode sentir-se a salvo do ataque dos predadores. E que estes aparecem quando menos se espera e, normalmente, são aqueles que menos se imagina.

Todos acabaram com um pé inchado por haver pisado em alguma abelha, exceto Gabi, que era a única que nunca tirava os sapatos, nem sequer para entrar no tanque. Candelaria sabia que uma mulher como ela tinha que estar pronta para correr a qualquer momento e que não permitiria que ninguém a visse mancando. Depois bastou olhar para sua mãe para adivinhar que ela já havia metido na cabeça a ideia de que pequenas doses do veneno, inoculado por meio de picadas de abelha, fortaleceriam o sistema imunológico. Disse que seria um bom complemento para a desintoxicação com sanguessugas, mas ninguém lhe deu ouvidos. Pois, afinal de contas, a mãe dizia tantas coisas que até as pedras a ignoravam.

A águia, por sua vez, continuava com as confusões entre a realidade e os sonhos.

— Não sei se estou dormindo e sonhando ou acordado e vivendo — disse a Candelaria enquanto tentava subir com ela a escada em um só pé.

— Por que não voa? — perguntou-lhe Candelaria numa tentativa de zombar dele.

— Porque ainda não sei — disse muito sério.

No quinto dia, quando Candelaria considerou que a lida das abelhas já estava assimilada por todos e até já fazia parte da rotina matinal... Quando cederam os inchaços nos pés e o pânico deu lugar à curiosidade de entender o comportamento dos insetos... Quando a mãe assegurou haver encontrado a forma de tirar proveito das abelhas e Tobias disse que chegou à conclusão de estar sonhando... Nesse dia, o quinto, amanheceu chovendo mel.

Caiu espesso do teto da casa em fios compridos que cobriram o chão. Caiu incontrolável diante do olhar incrédulo de todos. Caiu pegajoso e adocicado. Somente umas quantas abelhas vagavam perdidas, o resto desapareceu sem deixar rastro. Todos olharam para cima tentando entender o fenômeno. Candelaria pôs recipientes pelo chão para recolhê-lo. Sua mãe misturou-o com bicarbonato e começou a untar o corpo, alegando propriedades antibacterianas. Tobias lambeu os dedos e os braços até onde alcançava a língua. Gabi andava procurando a serpente, porque fazia dias que não a via e não sabia dizer ao certo se a serpente tinha medo das abelhas ou as abelhas tinham medo da serpente.

— Encontrei! Encontrei! — disse Santoro a Edgar enquanto agarrava o corpo sem vida da rainha e a segurava entre seus dedos indicador e polegar.

Todos chegaram pulando em um só pé para observar a rainha, que jazia entre os dedos de Santoro. Seu tamanho era consideravelmente maior que o das demais. Ostentava um abdômen comprido e um ferrão liso e curvado com o qual eliminava seus adversários. Candelaria sabia muitas coisas sobre abelhas porque seu pai havia lhe ensinado:

— Olhe, filha, o ruim de ser rainha é que tem que matar as demais candidatas — disse um dia.

— E se a rainha não quiser matar?

— Então não pode reinar.

Pôs-se a pensar como era forte o termo *matar*. Associava-o a sangue e violência porque ainda ignorava que há diversas maneiras de "matar". Às vezes, basta deixar de pronunciar o nome de alguém, passar a seu lado e não olhar, esquecer o caminho que leva até sua casa, não voltar a ligar para seu número. Ou não virar a cabeça depois de um encontro fortuito sabendo que o outro está esperando que a vire.

Candelaria também sabia que a rainha era a mãe de todo os zangões, das operárias e até das futuras rainhas. Mas agora não passava de um simples corpo inerte que o senhor Santoro segurava e que todos olhavam assombrados de que houvesse causado tanto desespero. Não era mais do que uma comida de lagartixa ou de formiga, ou a que chegasse primeiro. Não era mais do que a rainha destronada de sua própria colmeia. Candelaria observou o senhor Santoro subir até o segundo andar, aparecer na sacada e trepar até o teto. Bateu centímetro por centímetro com os nós dos dedos até que um som oco lhe indicou o lugar. Retirou a placa e encontrou a colmeia.

Estava ali há meses, talvez anos, sem que ninguém notasse sua presença, como essas coisas que de tão evidentes deixam de ser vistas precisamente por isso. Foi uma colmeia enquanto estava cheia de vida e de abelhas, mas agora era apenas um lixo orgânico que estava a ponto de fundir-se na terra até desaparecer sem deixar nenhum sinal de sua existência. Afinal de contas, um lar só é um lar quando tem a vocação para perdurar no tempo e é habitado por seres que se amam e precisam um do outro. Não faz diferença que estes seres sejam abelhas ou pessoas. Candelaria se perguntou se o seu podia continuar sendo considerado como um lar, mas não encontrou uma resposta.

— Quem fez este telhado cometeu graves erros estruturais — disse Santoro ao corvo.

Então, por alguma razão, Candelaria se lembrou de seu pai e também de que tinha uma palavra pendente para procurar no dicionário. Em seguida supôs que isso de erros estruturais talvez tivesse algo a ver com o fato de que seu pai fosse um embusteiro ou um homem sem amanhã e sem raízes.

Numa tarde fresca e luminosa os sapos abriram os olhos. Mesmo que o sol ainda não houvesse terminado de se esconder e a lua cheia já aparecesse entre as montanhas. Candelaria se dirigiu ao tanque e inclinou com suavidade o aquário antes de que o sol por fim desaparecesse. Os poucos sapos que se atreveram a sair sumiram entre as águas turvas como se soubessem que esse era o lugar que lhes correspondia ocupar no mundo. Mas a grande maioria ficou na beira tentando compreender sua nova realidade. Estavam cegos pela luz ou, talvez, decidindo entre avançar até o desconhecido ou ficar na comodidade do aquário com o qual já estavam acostumados. De fato, dois ficaram em um canto imóveis contra o vidro, que agora estava verde pelo excesso de lama.

— O que está fazendo, querida? — perguntou-lhe Gabi.

— Tentando integrar os sapos à sociedade — respondeu Candelaria enquanto atiçava com uma varinha os que não queriam abandonar o aquário.

— E essa dupla?

— Ainda estou decidindo se são rebeldes ou covardes.

— Que bom que você tem clara a diferença.

— Acho que são covardes — disse Candelaria. — Continuam ali embora o aquário já não tenha nada para oferecer a eles... e a mim também não. Acho que não vou voltar a enchê-lo. Já não gosto mais dos sapos, antes eram fascinantes, agora me dão nojo, olhe — disse apontando o raminho que tinha na mão — já não posso nem tocá-los com meus próprios dedos.

— Algumas coisas mudam, embora o que mais muda, na verdade, é nossa forma de olhar para elas — disse Gabi agitando a água do tanque com o pé. A lua cheia que há um segundo se refletia na superfície se distorceu em um borrão difuso.

— Estava pensando em substituir os girinos por crisálidas — disse Candelaria. — Com este calor os dragoeiros estão cheios delas. Falando em mudanças, me acompanharia ao povoado para comprar roupa? Já não gosto mais das que tenho, sinto que ultimamente tudo me aperta.

— Não sei se é conveniente aparecer no povoado... Embora, na verdade, eu precise fazer uma chamada telefônica.

Ficaram caladas durante uns minutos até que a água se acalmou e a lua voltou a se refletir nela com todo seu brilho e nitidez. A escuridão já havia anunciado o começo da noite. Candelaria pensou muitas coisas, porque se há algo que a lua faz é soltar os pensamentos para que deem voltas na cabeça como redemoinhos. Mas não disse nada, a lua foi criada para ser contemplada em silêncio. Logo apareceram nuvens e a taparam por completo. Era curioso pensar que a lua continuava ali, só que já não podia ser vista. Apesar da escuridão, percebeu quando os dois últimos sapos decidiram sair do aquário, mas em vez de ir para o tanque com os demais, foram saltando em direção oposta e desapareceram na grama.

— Afinal de contas, eram rebeldes — disse Candelaria.

— São os mesmos sapos de antes — disse Gabi. — O que mudou foi a forma de julgá-los.

Na manhã seguinte Candelaria madrugou para ir examinar os dragoeiros. Segundo seus cálculos, deveriam estar cheios de crisálidas que se transformariam em borboletas na próxima lua cheia. Ao longe ouviu as gargalhadas do senhor Santoro. Não havia maneira de levantar antes dele. Chegou a se perguntar se por acaso ele dormia, tudo parecia indicar que já estava trabalhando há um bom tempo.

— Olhe, Edgar, nesta casa tem até baleias. Estão por todas as partes! — disse raspando o musgo que as havia coberto quase por inteiro, tornando-as invisíveis entre o verde.

O corvo voava entre uma e outra escultura escavando com suas patas em busca de minhocas. Candelaria ficou nervosa quando viu as baleias. Já havia até mesmo se esquecido de que alguma vez elas existiram e das razões pelas quais as havia coberto com terra. Também havia se esquecido de que não podiam cantar. Sentiu pena delas.

— Tem que comprar água sanitária no povoado para que o musgo não as devore — disse Santoro.

E Candelaria seguiu seu caminho até os dragoeiros enquanto pensava por que diabos seu pai nunca soube algo tão aparentemente simples como a função da água sanitária.

As crisálidas se agrupavam sob as folhas dos dragoeiros. Estavam tão indefesas que o único que podiam fazer para se proteger dos predadores era adquirir a mesma cor verdosa da folhagem que as abrigava. Candelaria cortou vários ramos e as colocou na água dentro de umas garrafas de aguardente. Em seguida as dispôs por todo o seu quarto. Ficou entusiasmada com a ideia de ver a transformação natural das coisas e de ter um incentivo para ver passar os dias. Pensou em sua mãe. Possivelmente seu problema era que havia ficado sem estímulos.

Tomou um longo banho que a fez lembrar das baleias. Não soube quanto tempo passou desde que saiu da água até que ficou de pé na frente do armário decidindo o que vestir. Tinha muitas roupas, mas não gostava de nada. Tirou várias roupas, desdobrou-as para examiná-las e começou a amontoá-las até formarem montanhas. Eram compostas de heranças de Tobias que não se ajustavam à forma de seu corpo e de roupas velhas cujas cores e estampas lhe pareciam ridículas. Não podia acreditar que apenas alguns meses atrás havia usado muitas dessas coisas sem reparar nelas e no seu caimento.

Pôs um jeans apostando nele, mas teve que se deitar na cama para fechar o zíper. Olhou-se no espelho e não gostou de como parecia apertado no traseiro, amarrou um casaco na cintura com o único objetivo de ocultá-lo. Depois experimentou várias camisas, mas todas ficaram mais apertadas do que queria e não faziam mais do que realçar o par de bolinhas de gude que tinha no peito. Por fim teve que escolher pensando em qual delas ficava mais solta. Fez um rabo de cavalo alto que se esparramou pelas costas. Pensou que talvez tivesse um brilho rosado para pôr cor em seus lábios. E uma bolsa de verdade para não ter que usar a estúpida mochila que costumava levar para o colégio. E também um top que disfarçasse seu busto. Precisava de muitas coisas que antes não precisava. Por sorte, nesse dia, iria às compras com Gabi.

Quando se sentou à mesa, todos estavam terminando o café da manhã. A mãe olhou-a de cima a baixo, com esse olhar inquisidor de quando está prestes a perguntar algo cuja resposta conhece, e disse:

— Então as senhoritas vão passear.

Candelaria percebeu certa hostilidade no comentário e seu rosto se tingiu de vermelho. Fixou o olhar no prato ainda vazio em que haveria de comer o café da manhã e apertou os lábios como quando sentia que não estava agindo da forma esperada.

— Veja, Teresa, — disse Gabi — pode parecer ridículo dizer isso estando no campo aberto que é este lugar, mas a verdade é que precisamos tomar ar.

— Esteja à vontade, saia ao calçamento, o da manhã é o mais puro.

— Perceba que o do povoado me parece menos tóxico, especialmente para Candelaria.

— Quem você acha que é para dizer o que minha filha precisa?

— Quem você acha que é para dizer o que ela não precisa?

— Se aqui é tão tóxico, já sabe onde fica a porta da rua, mas eu aposto que mulheres como você escapam pela janela.

— Não se preocupe comigo, Teresa. Se tem algo nesta vida que conheço são os elementos tóxicos e te asseguro que sei como me cuidar. Vamos, querida, — disse olhando para Candelaria — está ficando tarde.

Mas Candelaria não reagiu. Sentiu com ainda mais força o olhar penetrante de sua mãe imobilizando-a na cadeira. Conhecia de sobra essa maneira de olhar capaz de deixar o corpo pesado como se estivesse cheio de pedras. Tinha tanta vontade de ir quanto pouca vontade de sentir-se culpada se por acaso sua mãe chegasse a perder o equilíbrio emocional que havia ganhado desde a chegada do senhor Santoro. Não desviou o olhar do prato vazio nem por um segundo. Também não desgrudou os lábios para expressar uma opinião própria. Não sabia muito bem o que devia dizer ou como agir. Era mais fácil antes, quando lhe diziam como fazer as coisas e ela as fazia convencida de que os adultos sempre tinham clareza sobre a maneira mais conveniente de fazê-las. Ainda não sabia que ninguém, não importa a idade que tenha, jamais chega a ter clareza sobre nada. A vida era um rosário de improvisações, uma sucessão de desencantos, mas ainda estava prestes a descobrir isso.

Gabi saiu do quarto com sua bolsa de couro trançado ao ombro. Candelaria reparou que antes de entrar na caminhonete limpou o banco, que estava cheio de pó. Depois a viu deslizar o dedo com desaprovação por uma das janelas, deixando uma marca que com certeza permaneceria ali até a próxima chuva. Era curioso, havia visto esse carro infinitas vezes, mas apenas nesse momento, ao perceber o olhar avaliador de Gabi, reparou nas portas cheias de amassados e riscos. E no para-choque caído e consertado mil vezes com essa fita cinza que seu pai usava para quase qualquer coisa. Um dos retrovisores estava pendurado por um cabo. Parecia que a velha caminhonete era uma recordação dos postes, das cercas, das árvores, dos arames e de todas essas coisas que alguma vez haviam batido contra a lataria.

Gabi entrou no carro e ligou-o disposta a ir com ou sem companhia. Ela era o tipo de mulher que nunca esperava por ninguém e, com efeito, fez o motor chiar para que os interessados soubessem que estava prestes a partir. Quando arrancou, a boca de Teresa se curvou em um sorriso como sinal de vitória, mas, antes que pudesse desfazer a curva, Candelaria se levantou e saiu correndo sem olhar para sua mãe. Na correria o casaco se desamarrou da cintura e ela não voltou para pegá-lo. Assim aprendeu que toda decisão implica em uma renúncia, e que inclusive quem não decide renuncia ao direito de fazê-lo.

O carro arrancou levantando nuvens de pó pela estrada e sacudindo os galhos das árvores que ousavam ficar no caminho. Como o trajeto era irregular, todos os desajustes e ruídos se intensificaram dando a sensação de que, a qualquer momento, iria se desintegrar. Ocorreu-lhe que a aparente consideração de seu pai ao haver deixado esse estorvo de carro para eles não foi consideração, e sim a certeza de que essa lata-velha não o levaria muito longe. Ou que o destino para onde havia ido embora era tão recôndito que não era possível chegar de carro. Candelaria olhava em silêncio pela janela enquanto pensava na frágil tranquilidade das coisas e em como se sentia mal por haver deixado sua mãe. Talvez estivesse vomitando, se assim fosse, ela era a única culpada, pensou. Se não conseguisse controlar esse sentimento, nunca seria capaz de deixar Parruca.

— A culpa existe?

— Olhe para quem você está perguntando isso! A culpa é um sentimento que os outros inserem em nós para que a gente se sinta mal.

— Então existe.

— Existe se a gente permitir, querida.

— E como a gente faz para não se sentir culpada?

— Não dando tanta importância ao que os outros digam. Nós seres humanos temos o péssimo costume de ver nos outros justamente as coisas que mais nos incomodam em nós mesmos. Meu pai, por exemplo, era um homem que não perdia a oportunidade de me criticar. O curioso é que em cada crítica que fazia parecia que estava se descrevendo. Se soubesse meu paradeiro certamente me recriminaria pelo fato de passar por tantos lugares sem me estabelecer em nenhum. É uma crítica que aceitaria de qualquer pessoa, menos dele. Esse foi seu maior legado. Sua solução para garantir nossa moradia não foi trabalhar, mas alugar uma casa e aguentar o máximo possível antes de nos tirarem a pontapés por não pagarmos o aluguel. Então alugava outra, outra e depois outra. Saíamos sem um destino fixo, sempre em silêncio com nossas pequenas mochilas nas costas. Fazíamos tudo às escondidas, como animais rasteiros na calada da noite, para que os vizinhos não notassem nada. Nunca havia tempo de fazer as malas com as únicas duas mudas de roupa que tínhamos. Não podíamos prever quando seria a próxima fuga, porque não íamos embora quando queríamos, mas quando nos expulsavam, a data de partida não estava nunca em nossas mãos. Para pessoas como nós não existiam calendários nem relógios. As pessoas tendem a assimilar o conceito de sair do lugar a ser livre, mas a verdade é que um não implica necessariamente no outro. Os músculos tensos, dispostos a correr a qualquer momento, para qualquer direção. Qualquer uma é válida quando o objetivo não é chegar, mas simplesmente sair do lugar. Se alguém chega a parar é para descansar, não para ficar. O que fica termina estabelecendo uma rotina, uma sucessão de ações previsíveis que levam a baixar a guarda, e esse é um luxo que quem foge não pode se dar. Fugir não é um verbo, é um estado da mente.

— E hoje continua fugindo? — perguntou Candelaria.

— Por que está perguntando?

— Pelo tamanho de sua mala. Não conhecia ninguém capaz de se arranjar tão bem com apenas duas mudas de roupa.

— Continuo fugindo, claro, mas já fujo de outras coisas. Cada um escolhe de que quer fugir, acho que no fundo sempre estamos fugindo, mesmo que seja de nós mesmos.

— Onde está seu pai? — perguntou Candelaria.

— Não tenho ideia. Chegou um momento em que deixamos de nos suportar. Ainda me pergunto se eu fugi dele ou ele fugiu de mim.

— Não sente saudade?

— Você se surpreenderia ao descobrir como somos pouco importantes para as demais pessoas. Há uma grande liberdade em não se sentir importante para ninguém, salvo para si mesmo.

— Nem sequer para os pais? Ou a família?

— Isso mesmo, querida. Simplesmente tire os sinais de interrogação. Quiseram nos vender o conceito de família na melhor das embalagens, e por isso a maioria termina aceitando-o como um presente. Para mim é o contrário. Não há instituição mais sinistra que a família. Uma concentração de rêmoras lutando para sobreviver, mesmo que seja às custas de algum de seus integrantes. Sempre é assim, sempre há um sacrificado. Nas famílias se exerce um tipo de violência silenciosa que quase ninguém consegue detectar, suponho que a razão é que o conceito de violência que temos é mais explosivo, mais sangrento, mas a verdade é que dentro das famílias há violência, inclusive nas palavras não ditas ou no fato de que nos atribuem uma função sem questionar se nos cai bem ou não. Há tanta violência contra uma criança quando lhe dizem: "Você é o homem da casa", como contra a menina ao lhe darem de presente uma boneca ou louças de brinquedo quando o que havia sido pedido eram luvas de boxe ou uma bola para se dar ao luxo de dar socos ou chutar sem que a julguem por isso.

Candelaria ficou calada olhando pela janela, tentando entender o que Gabi havia querido dizer com aquilo, até que um ruído impossível de se ignorar abrigou-as a parar a caminhonete. Desceram para inspecioná-la e notaram que o para-choque estava arrastando contra o chão. Candelaria abriu o porta-luvas e tirou a fita cinza. Sabia como arrumar porque havia visto seu pai fazer isso muitas vezes.

— Temos que procurar uma oficina, querida.

— Eu sei consertar — disse Candelaria.

— Esse para-choque precisa de um conserto mais definitivo. Sabe, nunca confie nas pessoas que não consertam as suas próprias coisas: nos que deixam os vidros quebrados, nos que aguentam goteiras, nos que ficam no escuro porque não trocam uma lâmpada. E menos ainda nos que não consertam os dentes quebrados, nos que não se barbeiam porque não compraram uma lâmina ou não tomam banho com a desculpa de que vão se sujar de novo. De gente assim é preciso fugir, porque quem não arruma as coisas pequenas não arruma nada nunca. Nada! Seja grande, seja pequeno. Nada!

Candelaria diminuiu a velocidade com que estava enrolando a fita ao redor do para-choque. Cada vez o fazia mais lentamente, como quem realiza uma atividade de forma mecânica porque na verdade está pensando em outra coisa. As palavras de Gabi ficaram ressoando como um sino: "Nada, nada, nada". Por fim parou e disse:

— A oficina fica na outra esquina.

Deixaram a caminhonete e começaram a andar. O povoado era menor do que Candelaria lembrava. A mesma rua comprida cheia de esterco, com cavalos amarrados aos postes. As mesmas pessoas sentadas nos mesmos bancos. Uns no bar, outros no parque. Quase todas as mulheres na cozinha, no mercado ou esperando a novela do meio-dia diante da televisão. Passaram pela igreja da praça principal, era imensa e escura. O que mais contribuía à sensação de imensidão era a ausência de bancos. Não havia um sequer. O recinto era guardado por figuras religiosas em tamanho real. Antes costumavam assustá-la, agora lhe davam mais pena que medo. Eram terríveis. Ainda estavam cobertas por uma camada de fuligem que ninguém havia se atrevido a limpar.

A igreja foi construída com a ideia de ser a maior da região. Nela foram investidos recursos que o povoado não possuía, mas as pessoas não se importaram, porque a ideia de ser a maior da região foi argumento suficiente para que os fiéis pusessem a mão no bolso e contribuíssem com um dízimo que necessitavam para coisas mais urgentes, por exemplo, uma estação de bombeiros. No entanto, o padre foi muito convincente com seu discurso e vendeu culpa para que tivessem que comprar perdão. E o compraram. E a construíram. No dia da inauguração acenderam tantas, mas tantas velas que foi impossível entrar sem chutá-las. Como consequência houve um incêndio que, por falta de bombeiros, foi apagado às custas de baldadas de água. Não sobreviveu nenhum banco. A fuligem se acumulou no teto e nas figuras religiosas. Ainda não existe estação de bombeiros, mas continua sendo a maior igreja da região e os fiéis levam sua própria almofada para sentar-se.

Lembrou de seu pai, porque não podiam passar pela igreja sem que contasse essa história. Já a havia ouvido mil vezes e, se ele não houvesse ido embora, continuaria ouvindo-a nesse momento e durante os anos seguintes ao menos outras mil vezes mais. Tomava-a pela mão e a fazia entrar e parar diante dessas figuras horríveis para dizer: "Olhe bem para elas, Candelaria, são uma homenagem à estupidez humana, uma lembrança de que quando não se usa o cérebro, sempre há alguém que o fará pela gente, são uma afronta à arte. Olhe bem para que entenda como são as coisas que não têm alma", dizia.

Até esse momento entendia as palavras de seu pai. Antes lhe custava compreender por que as pessoas adoravam algo que seu pai detestava. Não soube por que pensou nas baleias. Ficou feliz de que o senhor Santoro as houvesse libertado com água sanitária das ervas daninhas e do musgo. Representavam muitas coisas que a incomodavam, mas ao menos tinham alma. Além disso, seu pai as havia criado, assim o valor residia na convicção artística e não na fraude.

— Quer entrar, querida? — perguntou Gabi ao notar o interesse de Candelaria.

— Sim, quero lhe mostrar como são as coisas sem alma.

A igreja estava vazia. Ficaram de pé diante do altar. Uma cruz gigante pendia do teto dando a sensação de que ia esmagá-las. A luz fraca de algumas velas bruxuleava num canto. Há coisas que as pessoas nunca aprendem nem que o fogo as consuma mil vezes. As figuras enegrecidas olhavam para elas sem interesse algum. Eram como as pedras de sua mãe, só que mais altas para que, por contraste, a pessoa tivesse que olhar para cima e se sentisse insignificante. Por um instante pensou que não havia nenhuma diferença entre adorar figuras e adorar pedras. Cada qual decide diante de quem vale a pena ajoelhar-se. Ou se não vale a pena de jeito nenhum.

— Pelo menos o piso está bonito — disse Gabi mostrando o mosaico embelezado pelos anos e pisadas.

— E os vitrais — disse Candelaria enquanto levantava a vista para os vidros coloridos que, claramente, alguém havia tido o trabalho de limpar. Seu pai gostava tanto deles que tinha instalado alguns em Parruca.

Não quis contar a Gabi que seu pai também assegurava que os vitrais podiam ser atravessados por espíritos bons. Houve um tempo em que Candelaria levantava todas as noites e ficava imóvel sob a cúpula para ver algum deles atravessar. Não disse nada porque se sentiu idiota por ter acreditado numa besteira dessas.

Quando saíram da igreja, Gabi insistiu em procurar um lugar para fazer uma chamada telefônica. Candelaria percebeu nela uma inusual ansiedade enquanto se dirigiam para a praça procurando os vendedores de minutos; no entanto, retardou os passos à medida que foram se aproximando. Sua mãe costumava dizer que só gente pobre comprava minutos porque não conseguiam dinheiro para comprar um telefone próprio. Ficou envergonhada porque Gabi podia pensar que eles usavam esse serviço frequentemente quando a verdade é que nunca o haviam feito. Seu pai sempre andava com o último modelo de telefone móvel.

Dois homens ocupavam esquinas contrárias separadas por uma fronteira invisível que nenhum deles jamais se atreveria a cruzar. Ambos vestiam coletes amarelos desbotados pelo sol dos quais pendiam, acorrentados, vários telefones celulares. As pessoas ficavam em volta para fazer suas chamadas e depois pagavam somente os minutos consumidos. As correntes evitavam que as pessoas saíssem correndo e os roubassem. Assim era como trabalhavam os vendedores de tempo. Eles não davam conta da demanda, e Candelaria concluiu que no povoado vivia muita gente pobre.

Esforçou-se para ouvir a conversa e, na verdade, o fez porque a forma como se dispuseram os traços faciais de Gabi enquanto estava ao telefone não deixou dúvidas de que falava sobre algo transcendente. Tinha os olhos abertos embora não estivesse olhando nada em particular. Uma linha funda atravessava sua testa de forma vertical, como a ranhura de um cofrinho.

Escutava mais do que falava, mas tinha a precaução de tapar a boca cada vez que pronunciava alguma palavra. Suspirou várias vezes e se virou outras tantas para evitar que a observassem. Candelaria haveria dado o que fosse para saber do que estava falando e com quem, mas a conhecia o suficiente para saber que nem sequer valia a pena fazer uma tentativa de perguntar.

Risadinhas de escárnio lhe assaltaram pelas costas e, ao se virar, viu duas colegas de seu antigo colégio. "É pelo meu traseiro — pensou. — Ou porque não tenho meu próprio celular, vão pensar que sou pobre." Voltou a virar o rosto para não ter que cumprimentá-las, mas antes se certificou de verificar se seus peitos já haviam crescido. Era a única coisa que lhe interessava. Sentia a necessidade olhar para alguém da sua idade para saber se todas as anormalidades que vinha notando afetavam somente a ela. Isso lhe interessava ainda mais do que a conversa de Gabi, o que queria dizer muito. Uma delas exibia um decote que deixava à mostra peitos descaradamente desenvolvidos que faziam conjunto com um traseiro de similares proporções. Todos os homens olhavam para elas, e ela rebolava feliz de um lado para o outro enquanto cochichava com a amiga que estava a seu lado.

Candelaria se impressionou com a enorme mudança pela qual sua colega passou durante o mesmo tempo em que havia ocorrido a metamorfose de duas gerações de sapos. A outra tinha o rosto cheio de espinhas e a léguas se notava que a pouca segurança que tinha se apoiava em sua amiga e não em si mesma. Vestia um casaco largo que a fazia suar, e Candelaria soube que preferiria morrer de calor antes de tirá-lo. Soube disso porque sentiu falta de seu próprio casaco amarrado na cintura e se arrependeu de não ter voltado para pegá-lo.

Dois pensamentos de que não se sentia nada orgulhosa lhe atravessaram a mente. Com respeito à voluptuosa, desejou que engravidasse de um caipira sem importância que com certeza sairia correndo assim que soubesse da notícia, deixando-a ancorada para sempre num lugar sem amanhã. "Os filhos são raízes", costumava dizer seu pai, e apenas nesse momento conseguiu entender o que significava que um homem sem amanhã e sem raízes dissesse isso. Ela, Candelaria, era uma raiz; e seu pai, por outro lado, era um homem disposto a prescindir de semelhante laço tão definitivo. Com respeito à amiga da voluptuosa, pensou que não tinha nenhum direito de zombar, porque de fato estava numa situação pior. "Eu tenho espinhas, mas não tantas", concluiu enquanto soltava o cabelo porque, além disso, julgou que era muito mais bonito que o delas. Ainda assim, não quis sorrir porque já não tinha certeza de se gostava de seu sorriso como antes. E agora, pensando bem, tampouco estava tão segura a respeito de seu cabelo, por isso voltou a prendê-lo num rabo de cavalo alto e se virou para dar as costas a elas enquanto pensava em voz alta: "Uma raiz, sou uma simples raiz".

— E agora, o que foi, querida? — perguntou Gabi quando a viu com a boca apertada numa posição decididamente imóvel. — Demorei muito? Desculpe.

— Preciso de um celular.

— Eu também, querida, mas em Parruca não tem sinal. Para quem você precisa ligar? Posso comprar uns minutos para você.

— Não, não preciso ligar. Preciso de um celular. Você não entende nada! Melhor sairmos daqui. — E empreendeu uma corrida que terminou numa loja de roupas.

Candelaria demorou muito para escolher a roupa. Estava aborrecida e não tinha muito claras as razões que a faziam sentir dessa maneira. Foi difícil decidir do que gostava e do que não. Tudo que servia nela ficava horrível. Sua insegurança havia ganhado mais terreno do que estava disposta a admitir depois do encontro com suas colegas. A estocada final foi no provador, diante de um espelho maior que o de seu quarto, uma luz intensa que aumentava todos os seus defeitos e uma tonelada de roupas que não entravam nela nem faziam seu estilo. Gabi lhe perguntou qual era o seu estilo para trazer mais roupas, mas a simples pergunta a ofendeu ainda mais porque não soube encontrar uma resposta. Era uma raiz que nem sequer sabia do que gostava. Esteve metade do tempo na frente do espelho vendo como caíam as lágrimas. Na outra metade, tentando que não notassem.

— Você está bem, querida? Saia para que eu veja.

— Não há nada para ver.

Precisava de traje de banho e, pela primeira vez, queria usar biquíni, mas suas bolinhas de gude eram ridículas e o abdômen não estava nem reto nem bronzeado. Concluiu que estava gorda. Mas não era uma gordura homogênea, mas mal distribuída. Odiou suas pernas curtas e seu nariz. Começou a arrebitá-lo com a ponta do dedo, mas deixou de fazê-lo porque não gostou de sentir-se como sua mãe. Além disso, encontrou as sobrancelhas e lhe pareceu que a maioria dos pelos estava fora de lugar.

Depois de experimentar todos os modelos, Gabi acabou convencendo-a a escolher o de duas peças, e Candelaria concordou convencida de que se por acaso chegasse a usá-lo seria sempre com uma camiseta por cima. As blusas foram outro problema porque Gabi insistiu em peças ajustadas e coloridas, enquanto ela tinha em mente coisas largas e que não chamassem atenção. Mas mal experimentava coisas largas e já se sentia mais gorda e, portanto, mais vistosa. Nem pensar em sutiãs, porque ainda não havia nada que pudessem segurar. A única coisa que a deixou contente foram os tops, que ao menos disfarçariam o busto. Por alguma razão se sentiu mais adulta com o simples pensamento de usá-los. Se voltasse ao colégio, o padre Eutimio teria mais dificuldade para meter a mão pela camiseta. Outra coisa que a deixou satisfeita foi a meia dúzia de casacos que escolheu para amarrá-los na cintura.

A única vitória de Gabi foi conseguir que ela levasse um vestido amarelo de flores azuis. Candelaria gostou dele, embora preferisse que fosse menos chamativo. Quando chegaram ao caixa, Gabi insistiu em pagar tudo com um maço grande de dinheiro que levava na bolsa. "Tenho que pôr estas notas em circulação, querida", isso foi o que disse.

Ao sair da loja, Candelaria insistiu em passar pelo supermercado. Ali comprou pinças para se depilar. Estava ansiosa para tirar os pelos que acabara de descobrir nas sobrancelhas. Também um corretivo para esconder as espinhas, além de um batom rosa para ela e outro vermelho de presente para sua mãe. Pelo que lembrava, vermelho era a cor que ela costumava usar quando estava contente. Há muito não a via assim. Contente de verdade e ao longo do tempo, não no que durasse o brilho de uma pepita de ouro. Gabi comprou hidratantes para o rosto e para a área dos olhos, cremes firmadores, bronzeadores, máscaras capilares, absorventes e outras mil coisas que Candelaria não sabia que existiam nem para que se usavam. Enquanto colocava todo tipo de produto no carrinho, mencionou que depois dos trinta muitas coisas mudam nas mulheres, e Candelaria ficou pensando que não sabia se poderia aguentar tantas mudanças em uma só vida.

Passaram pela oficina. Foi necessário trocar o para-choque porque, segundo o mecânico, estava prestes a se partir em mil pedaços. O novo era tão brilhante que parecia um espelho, e Candelaria pensou que o contraste revelava que o resto do carro estava em piores condições do que imaginavam. Teve certeza de que sempre havia estado assim, lamentável, e de que se agora percebia uma mudança isso não se devia ao para-choque novo, mas à sua nova maneira de olhar para ele.

A caminho de Parruca, Gabi estava especialmente excitada, pulando de um tema a outro, de um homem a outro e de um idioma a outro. Candelaria não prestou muita atenção porque andava concentrada em suas próprias preocupações. Tinha muitos problemas para resolver, começando pela acne, passando pela roupa e terminando na busca por seu pai, aquele homem que fugia de suas raízes. Ainda não havia encontrado solução para nenhum deles. Gabi chegou a mencionar tantas coisas que nessa noite, antes de pegar no sono, Candelaria se perguntaria se por acaso era ela que as havia imaginado. Arrependeu-se de não haver aproveitado o quão comunicativa estava no carro para descobrir mais aspectos de sua vida. Tudo que falava, no entanto, era desconexo e descontextualizado. Parecia impossível determinar se sua alteração se devia a estar contente ou nervosa. A única coisa clara é que se relacionava à chamada telefônica que havia feito.

Era complexo decifrar uma mulher como Gabi, porque sempre estava sob controle e não fazia nenhum movimento que delatasse o que sentia. Também não dizia nada que desse pistas sobre os pensamentos que lhe passavam pela cabeça. Mas Candelaria notou que agora que estava fora de si era, inclusive, mais indecifrável. Falava e falava sem parar com uma eloquência sem limites. Mordia os lábios. Subia o volume. Cantava. Voltava a mordê-los. Continuava falando. De repente, ficava em silêncio e, quando menos se esperava, dava batidas no volante enquanto pronunciava um nome que Candelaria nunca havia ouvido: "Borja, Borja, Borja".

— Sabe qual é a pior parte de dever favores, querida? — disse de repente enquanto passava a mão pela mancha do peito com a ponta dos dedos.

— O quê? — perguntou Candelaria.

— Que a gente tem que pagar. Pode-se deixar de pagar muitas coisas na vida, querida, mas jamais um favor.

— Quem é Borja?

— Adoro essa música.

E voltou a subir o volume do rádio, porque Gabi era especialista em muitas coisas, especialmente em fugir de perguntas que não tinha a intenção de responder. Quando voltaram a Parruca, tudo estava dentro da anormal normalidade. Tobias meditava debaixo do loureiro e sua mãe estava fechada no quarto. Candelaria entrou para lhe dar o presente e encontrou-a falando com as pedras.

— O que está fazendo?

— Tentando fazer alguém me escutar.

— Comprei um montão de coisas, veja, até trouxe um presente para você — disse Candelaria estendendo o batom. — E trocamos o para-choque do carro.

A mãe pegou o batom distraidamente. Não voltaria a usá-lo, como nas épocas felizes, em seus próprios lábios, mas ao menos serviria para pintar a boca de cada uma das pedras.

Candelaria saiu do quarto muito contrariada. Estava indo ao depósito procurar o balde e a mangueira quando viu que o senhor Santoro havia se enterrado. Ali estava diante de seus olhos com terra até o pescoço e os olhos fechados. O corvo dava pequenos pulos a seu redor à procura de minhocas removidas da terra. Afastou o pensamento de que estava morto, porque matar três vezes uma mesma pessoa lhe pareceu um exagero. Passou com desconfiança a seu lado e não obteve nenhuma reação. Sem que sua contrariedade diminuísse, saiu do depósito com o balde e a mangueira e se dispôs a lavar a caminhonete.

O jato contra a lataria fez com que ela pensasse que poderia esperar qualquer coisa de alguém que atirava contra as nuvens para evitar que um raio caísse. Devia existir uma boa razão para que Santoro tivesse o costume de se enterrar. Soube que era um costume seu porque num instante se lembrou de todos os buracos que começaram a aparecer em Parruca desde sua chegada. No fim das contas, fazer adubo não era a única razão para cavá-los, mas por muito que se esforçasse em encontrar justificativas, não lhe ocorreu nenhuma válida. Teria que pensar melhor, distanciar-se dos esquemas mentais que haviam lhe incutido no colégio. Ampliar o conjunto de variáveis e deixar de pensar que todo mundo vai pela vida procurando o mesmo tipo de coisas e esperando os mesmos resultados. "As pessoas diferentes são muito escassas", costumava dizer seu pai. Mas ela nunca entendeu o que quis dizer com "pessoas diferentes". Agora, por outro lado, por haver conhecido Gabi e Santoro, pareceu entender um pouco melhor o conceito.

A caminhonete estava tão suja que precisou do resto da tarde para lavá-la. Chegou a se perguntar se alguma vez seu pai havia feito isso ou se a razão para não haver construído uma garagem foi a desculpa que ele usou para deixá-la à intempérie, desejando que a chuva a lavasse. A simples ideia a deixou mal-humorada, embora nesse momento não soubesse ao certo se porque seu pai era um descuidado ou pela insistência de sua mente em obrigá-la a vê-lo dessa maneira. O primeiro motivo dizia que seu mau humor era contra ele, e o segundo que era contra si mesma por se permitir pensar assim. Era justamente essa dualidade que a deixava incomodada.

Começou a esfregar o pano com raiva por todo o pó acumulado de tantos pássaros que haviam sujado a capota chegando a alterar a cor original da pintura. Esfregou em nome da ferrugem, dos amassados e dos riscos que ninguém se deu o trabalho de consertar. Esfregou os vidros através dos quais o mundo era opaco e os pneus com a borracha gasta pelo cansaço de andar. Por fim parou diante do para-choques que haviam acabado de trocar e ficou contemplando o reflexo distorcido de seu rosto. O para-choque era tão brilhante que ofuscava o resto da lataria, mas ao menos agora estava limpa. Tudo reluzia porque ela tinha se dado o trabalho de lavar. Pensou que se alguém quer obter resultados, precisa entrar em ação, que inclusive para ganhar na loteria era necessário comprar antes o bilhete.

Nessa noite foi dormir cedo porque o dia havia sido muito intenso e estava muito cansada. Lá fora a lua se olhava na lataria da caminhonete. Pensou em Gabi e em todas as coisas que disse enquanto dirigia. Pensou nesse tal Borja sem saber que seria o próximo hóspede que chegaria a Parruca.

Chegou de noite, embora dizer que chegou seja dizer muito. Tecnicamente, Gabi o trouxe. Dirigiu a caminhonete até o povoado, não quis que ninguém a acompanhasse. Nem sequer Candelaria, que ficou tão desgostosa que, quando regressaram, não saiu para recebê-los. Se tivesse saído haveria se dado conta de que Gabi teve que ajudar o recém-chegado a descer do carro, passar o braço por trás de suas costas e caminhar ao ritmo de passinhos arrastados e lentos. Também notaria que era um homem menos velho do que aparentava, que possivelmente pesava tão pouco como ela, que havia perdido todo seu cabelo, que caminhava encurvado como se levasse o mundo nas costas. Gabi instalou o inquilino no quarto contíguo ao seu, que esteve preparando por vários dias. Candelaria viu como podou as trepadeiras, varreu as folhas e descartou a ideia de encher um vaso com flores, talvez porque lhe parecesse que não há nada mais inerte que uma flor cortada e que nessa situação não cabiam obviedades. Em vez disso, adubou uma macieira que havia nascido ao pé da janela do quarto que o inquilino ocuparia. Estava cheia de flores que logo se transformariam em frutas.

Conforme passavam os dias, Candelaria se acocorava ao pé da macieira para poder espiá-los. Precisava entender o que estava acontecendo, porque nas vezes que havia tentado fazer perguntas recebeu somente evasivas. Do outro lado da janela ouvia a voz fanhosa do enfermo e o enorme esforço que tinha que fazer para seguir o ritmo da conversa com Gabi. Nem sempre era assim, às vezes era dono de uma conversa lúcida e mais complexa do que ela podia entender. Ainda não havia visto seu rosto porque não compartilhava a mesa com os demais, não circulava por nenhuma parte, nunca saía de seu quarto, parecia não mostrar nenhum interesse em nenhum dos assuntos básicos da vida. Sua mãe se referia a ele como o réprobo, de tal maneira que seus diálogos durante o café da manhã com Gabi se limitavam a simples perguntas carregadas mais de ironia que de necessidade de obter uma resposta: "Como amanheceu o réprobo?", "O que o réprobo quer comer?", "Como o réprobo vai pagar a mensalidade?", e Candelaria se deu conta de que já eram duas as palavras que tinha que procurar no dicionário.

A sensação que o novo inquilino lhe dava era a de ser mais espectro que homem. E isso que ainda não havia visto os detalhes de seu rosto porque, além de não sair das quatro paredes que delimitavam seus movimentos, a cortina sempre permanecia mais fechada do que ela gostaria. Parecia que a luz o incomodava, talvez por essa mania que tem de se impor até nas noites mais escuras. A única vez que uma fresta deixou uma porção mais generosa do que acontecia no quarto visível foi em uma manhã escura. Acontece que as nuvens estavam tão negras que Santoro temeu que caísse uma tempestade e não teve mais remédio que cobri-las de tiros. Gabi saiu correndo para pedir silêncio, mas formulou seu pedido com uma série de gritos e insultos que Candelaria considerou mais escandalosos que o próprio som das balas. Aproveitou a conjuntura para espiar através da fresta vertical que a cortina havia deixado. Prendeu o ar, como se dessa maneira pudesse aguçar a vista e focar sua concentração em minimizar o barulho. Engoliu a saliva e, ao fazê-lo, sentiu o leve movimento de sua garganta. Quando seus olhos pousaram na cama, o primeiro que viu foi uma cabeça imensa. Depois entendeu que não era tão grande, mas que o corpo a que estava colada havia se reduzido a sua mínima expressão. Se não tivesse tanta certeza de que esse homem estava vivo, teria afirmado o contrário, mas, afinal de contas, quem era ela para estabelecer a diferença entre estar vivo e estar morto se no passado já havia se enganado em suas tentativas de determinar isso.

Percebeu como suas olheiras afundavam as órbitas dos olhos e seu rosto tinha a mesma transparência do papel de decalque em que ela costumava fazer os mapas quando estava no colégio. Não tinha cabelo na cabeça, e essa era outra das razões pelas quais parecia tão desproporcional. A brancura de sua pele não era dessas que indicam pureza, muito pelo contrário. Parecia um tronco que estava apodrecendo sob um manto de líquens incolores. Tinha os lábios cheios de rachaduras e a saliva escorria pelo canto da boca formando pequenos caminhos brancos. Sentia nojo só de olhar para ele e, no entanto, Candelaria notou que não podia desviar seus olhos do vidro. Viu como Gabi voltou alterada de sua discussão unilateral com Santoro e começou a rodopiar pelo quarto todo como uma galinha poedeira. Por fim se sentou na cadeira ao pé da cama e ficou contemplando o espectro como se fosse um anjo.

Colocava panos com água morna por todo seu corpo, cortava suas unhas, acompanhava-o no curto e desafiante trajeto que ia da cama ao banheiro e do banheiro para a cama. Candelaria nunca imaginou que Gabi pudesse chegar a ter um olhar tão doce nem que pudesse tratar uma pessoa com semelhante delicadeza. Era estranho vê-la agir dessa maneira. Estranho e desconcertante. Essa postura não tinha nada a ver com a mulher forte e talvez sincera demais que ela conhecia. Candelaria pensou que ela nunca a havia tratado assim. Odiou sua voz quando a ouviu cantar uma canção estúpida para esse moribundo. E a odiou mais ainda quando começou a ler livros para ele. Afinal de contas não era apenas manca, mas também uma idiota, pensou, quando, além de tudo que já havia feito, viu-a dando comida para ele como se fosse um bebê.

Embora tudo isso a tenha incomodado, nada se comparou com o que sentiu quando ela bateu à porta do quarto de Tobias. Aconteceu num dia, aconteceu dois dias seguidos, começou a acontecer todos os dias. Já eram duas as janelas que precisava guardar sem permitir que a descobrissem. Aprendeu a tornar-se invisível. Não foi difícil. Sentiu que havia conseguido em uma manhã em que não apareceu para o café da manhã e ninguém percebeu sua ausência. Passava seus dias espiando entre ambas as janelas, mas sem conseguir saber com exatidão o que estava acontecendo em nenhuma delas. Ainda assim, fez algumas descobertas importantes, como que as coisas vistas de fora adquirem uma perspectiva diferente: chegam a ser vistas com mais clareza do que um céu de verão.

Com Gabi no interior do quarto de seu irmão, percebeu o enorme caos que girava em torno dele. Não soube se antes não havia querido vê-lo ou se havia ocorrido um acúmulo desde a última vez que pisou nesse quarto. Talvez fosse um pouco dos dois. Surpreendeu-se ao ver as montanhas de roupa suja que vinham crescendo desde sabe-se lá quanto tempo. Era difícil caminhar sem pisar em alguma roupa. As que estavam na base já começavam a ser devoradas pelo mofo. Não parecia uma boa ideia sentar-se na cama revirada, e as cadeiras que não estavam quebradas haviam sido colonizadas por toda sorte de objetos, ainda que cotidianos, impróprios para um lugar como esse: recipientes improvisados com líquidos viscosos ou substâncias granuladas, pás, luvas e frascos de conteúdos indecifráveis. Penduradas no teto, plantas e flores em franco processo de desidratação, e Candelaria pensou que destoavam da vitalidade das demais plantas que cresciam sem pudor pela casa toda. A cozinha improvisada que Tobias havia instalado estava cheia de utensílios sujos e quebrados. O teto e as paredes estavam pretos por obra da combustão constante de preparos que ele mantinha em fervura.

Lembrou-se de que antes o quarto de seu irmão era um lugar em que ela gostava de ficar. De fato, nada se comparava com a alegria de poder passar a noite ali. Ele se deitava sobre um colchonete velho e improvisado e, ao ceder sua cama para ela, estava cedendo seu cheiro e sua presença palpável na forma que o colchão havia tomado por força de deitar-se sempre do mesmo lado. Ele contava histórias para assustá-la e obrigá-la a segurar sua mão. Antes pensava que as mãos de Tobias eram imensas e seguras. Eram o tipo de mãos em que o medo morria. Agora estavam sujas e cheias de feridas e bolhas. Sob suas unhas só era possível encontrar restos de podridão. Pensou que nem a pior história de terror a faria agarrá-las com força.

Observava Gabi com um sentimento que não sabia nomear, mas que se enroscava na garganta. Não podia expulsá-lo nem engoli-lo. Também não podia ignorá-lo. Cada vez que entrava no quarto de Tobias, ela permanecia de pé sem se atrever a repousar tranquilamente seu traseiro nem seus saltos altos em nenhum lugar. Parecia desconfortável em meio a tanta bagunça, e talvez algo perturbada pela máscara de águia com seu bico em gancho. No entanto, fazia enormes esforços para conservar seu aspecto neutro, como quando se necessita um favor de alguém e isso obriga a fazer vista grossa e a exibir condescendência diante de coisas que, de outra forma, julgaria intoleráveis. Quando estava com o enfermo, permanecia sentada e vigilante. Não parava de olhar para ele enquanto sabe-se lá que pensamentos atravessavam sua cabeça.

Com o passar dos dias, os encontros entre Gabi e Tobias deixaram de acontecer dentro dos limites do quarto. Candelaria os via entrar no matagal da montanha e, como não lhe permitiam que os acompanhasse nas excursões, ficava tentando se convencer do quão estúpida era essa união entre uma águia sem asas incapaz de distinguir a realidade dos sonhos e uma mulher com um centímetro a menos de perna que não podia calçar outra coisa que não fossem seus saltos altos. Gastavam horas no monte e, ao final da jornada, apareciam com novas plantas, com rãs coloridas, com outras espécies de cogumelos.

Candelaria mitigava seu aborrecimento espiando o senhor Santoro, que então já havia terminado a muralha ao redor de seu quarto, havia instalado os sensores de movimento e enterrado várias fileiras de estacas, nas quais pôs arames e, ao redor deles, emaranhou a peônia trepadeira. Já estava imensa de tanto ser adubada com o adubo orgânico que as minhocas produziam nos buracos profundos em que ele costumava se enterrar. Às vezes os repetia e se enterrava dentro de um buraco cavado com anterioridade, mas na maioria das vezes cavava um novo. Antes do que se imaginava as vagens gestadas na peônia trepadeira se abriram, deixando ver as sementes de um vermelho intenso quase alaranjado que Candelaria começou a recolher e enfiar em um colar que se encompridava com o passar dos dias.

Sem ter a intenção de fazê-lo, começou a ganhar a confiança de Edgar desde uma vez que ele chegou tão perto que ela teve o impulso de oferecer-lhe um pedaço da maçã que estava comendo. Viu que ele o devorava com tanta vontade que continuou oferecendo todos os restos das maçãs que comia. Por sorte, o adubo havia surtido efeitos na macieira que Gabi transplantou ao pé da janela, e suas flores eram já maçãs menores do que o normal, mas com muito mais sabor. Dessa maneira, passava metade do tempo espiando e a outra metade arrancando as frutas antes que os esquilos as escondessem nas forquilhas das outras árvores, talvez junto aos abacates, que também roubavam para deixar que amadurecessem.

Quando se cansava de espiar, procurava sua mãe só para constatar a má companhia que era. Quando não estava no tanque rodeada de sanguessugas, permanecia em seu quarto rodeada de pedras que agora, além de olhos, tinham a boca pintada com o batom vermelho que Candelaria havia dado de presente para ela. Pensou que sua mãe se negava a aceitar que uma coisa é ter boca e outra muito diferente é usá-la para falar. Era curioso que sua mãe inventasse fantasias para viver enquanto ela, por sua vez, destruía as que seu pai havia se esmerado em inventar. Assim percebeu que ela estava crescendo e que sua mãe, pelo contrário, estava ficando velha.

Um esvoaçar despertou Candelaria nessa hora imprecisa em que não se sabe se é de dia ou de noite. Não era um esvoaçar forte como o do voo de Dom Perpétuo, capaz de sacudir o cabelo vermelho com o bater de suas penas ao passar sobrevoando sua cabeça. Também não era um esvoaçar ruidoso como o das abelhas nem agitado como o do corvo quando o senhor Santoro o chamava aos gritos. Não. Não era como nenhum esvoaçar de que Candelaria se lembrava. Este era delicado e coceguento. Da mesma cor dos céus de verão. Azul por um lado. Pardo pelo outro.

Aparecia e desaparecia, só para voltar a aparecer e a desaparecer.

Era um esvoaçar azul, do mesmo azul que os vitrais projetavam sobre os ladrilhos do pátio. Era imprevisível como as chuvas de verão ou como o percurso das folhas das árvores que se desprendem e se entregam ao vai e vem do vento. Tinha a sutileza de um suspiro e a cadência da dança. Era quase um jogo. Uma declaração de vida. Pousou em seu nariz. Agora não. Roçou sua mão. Roçou sua testa. Fez cócegas no dedão do pé.

Aberto, fechado. Brilhante, opaco.

Isso fez com que ela pensasse no vai e vem das janelas através das quais espiava os inquilinos. Ou na coordenação das mãos que se dispõem em aplauso. Junto, separado, junto, separado. Enredaram-se na trança desfeita que tinha por cabelo. Azul sobre vermelho. Fez cócegas no rosto e nos pés descalços e livres como os peixes do riacho.

Abriu bem os olhos e descobriu que não era um esvoaçar, não, estava enganada. Eram muitos esvoaçares juntos, suspensos nesse pedaço vazio entre a superfície da cama e o teto. Esvoaçares incessantes que reviravam o ar que agora respirava. Eram infinitos como tudo o que não se pode contar e haviam sido gestados entre uma lua cheia e outra. Mas nem sempre foram borboletas, primeiro tiveram que ser ovos, depois lagartas e mais tarde crisálidas. Por fim, saíram as asas que as condenaram a ser borboletas com todo o bom e o mau que fixar uma identidade acarreta. E essas foram as asas que nessa manhã esvoaçavam, azuladas, por todo seu quarto. Essas foram as asas que lhe lembraram quanto tempo havia passado.

Pensou em todas as coisas que acontecem de um plenilúnio a outro. E nas que não. Esse era o tempo exato que o espectro do qual nem sequer sabia o nome levava em Parruca. Gabi o chamava de Borja, mas agora que se detinha a pensar nisso não sabia se era um nome, um sobrenome ou um apelido. Durante esse mesmo período a águia sem asas que tinha por irmão tramava algo com a mulher da serpente. E Edgar começara a confiar nela ou talvez não passasse de seu interesse em receber o resto das maçãs que ela não comia. Muitas coisas aconteceram, era verdade, exceto a que mais esperava. Seu pai não havia voltado. Nem girinos nem crisálidas. Não voltaria a medir o tempo. Já não tinha ninguém a quem esperar.

Saiu da cama e abriu todas as janelas para que as borboletas saíssem. Viu-as mais azuis devido à luz do sol que mal começava a aparecer entre os galhos das árvores. Azul. Pardo. Azul. Pardo. Era difícil seguir o rastro do esvoaçar com o olhar. Seguiu-as costa acima até onde alcançavam os olhos e, quando menos esperava, as borboletas se esvaneceram por completo e ela estava no cume da montanha. Olhou ao seu redor e pensou que assim devia fulgurar o mundo quando foi inventado. O verde fosforescia de todas as cores e abaixo, no vale, a neblina ainda continuava abraçada à folhagem. Os aromas suspensos no ambiente eram tão intensos como o cheiro das coisas quando estão novas. Nas copas das árvores os macacos guinchavam e as aves cantavam, porque a função dos macacos e das aves, desde tempos imemoráveis, é dar as boas-vindas ao dia. A esse. A todos. A cada um como se fosse o último.

Depois se deu conta de que não estava sozinha. A águia sem asas olhava para o vazio, ou talvez fosse o vazio que olhava para a águia sem asas. Candelaria não tinha certeza de que seu irmão soubesse que as aves precisam de asas para voar. Não tinha certeza de nada ultimamente. E se ambos tinham asas e ainda não sabiam? E se viver era arremessar-se ao vazio somente para sabê-lo? E se seu irmão estava dormindo e ela era somente um sonho dentro do sonho do seu irmão? Não muito longe ouviu o som dos guizos dos coelhos. O tilintar era cada vez mais tênue, nem sequer conseguia ser uma canção. As raposas e as abelhas estavam acabando com eles. Era possível que não sobrevivesse nenhum. Tentou pensar em outra coisa para não concluir que tudo era culpa de seu pai. Ao colocar neles os guizos condenou-os a serem devorados pelas raposas e a invasão das abelhas aconteceu pelos defeitos no telhado. Parruca não era um bom lugar para os coelhos. Tampouco para os fracos.

Aproximou-se devagar de Tobias porque as águias costumam ser desconfiadas, além disso, na última vez que apareceu de surpresa ele havia perdido um dente. Atacou-o por trás, pegando-o pelas pernas, e ambos foram parar no chão. Ficaram bico contra boca. Tobias abriu os olhos e olhou para ela com estranheza. Seu olhar, através dos orifícios da máscara, pareceu adquirir de novo traços humanos. O bico comprido e curvado que antes a assustava de repente lhe pareceu ridículo.

— O que aconteceu? — perguntou Tobias. Candelaria pensou que ultimamente sempre perguntava o mesmo.

— Você não tem asas! Que merda pretendia fazer?

— Estava olhando as águias — disse apontando para o horizonte.

E era verdade. Duas águias imensas patrulhavam entre as montanhas. Sentaram-se juntos para observá-las sem dizer uma só palavra. Candelaria notou que nem sequer tinham que bater as asas para sustentar a firmeza de seu voo. Pertenciam ao céu e quando alguém pertence a um lugar, não tem que se esforçar para se encaixar nele.

— Não importa que não tenha asas. Não acho que precise delas — disse Candelaria.

— Sim, importa, mas, afinal, nesta vida quem se importa com o que alguém precisa? — disse olhando para sua irmã. Quando os olhos pousaram na altura de seu pescoço, cravou-os como se fossem garras. — Isso é um colar de peônias?

— Sim, eu mesma o fiz.

— Mas... Quer dizer, onde conseguiu as sementes?

— Santoro semeou um arbusto ao pé de sua muralha e está cheio de vagens.

Quando disse isso viu seu irmão ajeitar a máscara e sair correndo de volta para casa. Seguiu-o com o olhar até que se desvaneceu da mesma forma que as borboletas haviam desvanecido. Montanha abaixo só se ouviam seus gritos cada vez mais distantes:

— Encontrei! Encontrei!

As coisas ruins sempre acontecem no escuro. Pensou Candelaria enquanto espiava a atividade que estava acontecendo nessa noite no quarto de seu irmão. Tobias estava com a luz acesa e as misturas borbulhavam sobre o fogão de seu quarto. As rãs coloridas saltavam dentro de frascos de vidro improvisados encharcados pela umidade do ambiente. As vagens das peônias se confundiam com a monumental desordem de coisas jogadas no chão. Gabi entrava e saía. Saía e entrava de um quarto para o outro. Nunca a havia visto tão nervosa. Quando estava no quarto com Tobias, quase nem se falavam, certamente porque já haviam debatido o suficiente sobre o que podiam esperar um do outro. Depois passava pelo quarto de Borja e o silêncio era o mesmo, embora o interlocutor fosse diferente. Mais tarde, Candelaria a viu tentando se deitar algumas vezes, mas depois ficava de pé antes de dar tempo para que o sono a visitasse e Anastácia Godoy-Pinto se enrolasse em suas pernas. Candelaria se fundia na escuridão, escondia-se nos cantos, mimetizava as sombras. Conhecia todos os pontos cegos da casa. Havia aprendido a mover-se com a mesma cautela da serpente. Era invisível como os espíritos bons que, segundo seu pai, atravessavam os vitrais, embora ela nunca os tenha visto.

Antes do amanhecer Tobias chamou Gabi para entregar-lhe a mistura em que havia estado trabalhando: "Tem certeza? Tudo acontecerá muito rápido, não haverá tempo para se arrepender" disse, e Candelaria, intuindo que algo importante estava por acontecer, aproveitou a ausência de Gabi para deslizar para baixo da cama de Borja. Uma vez ali a viu voltar devagar, como quem quer deixar mais longo um encontro, e ficar de pé junto à cama do enfermo. Debaixo só se viam os tornozelos, um ao lado do outro, muito juntos, muito quietos. Na verdade um salto era mais alto que o outro para compensar a imperfeição, de perto a diferença era imensa. Estavam muito gastos, logo precisaria de novos. Ouviu o som que um copo de vidro fez ao ser depositado sobre a mesinha de cabeceira e as mãos indecisas de Gabi esfregando-se uma na outra. Ouviu o barulho de um beijo. Ouviu uma voz sussurrante:

— Você está pronto?

— Estou pronto. Não vai me perguntar se sou culpado? — disse Borja.

— Não preciso, já sei a resposta — disse Gabi.

— Já sabia que sabia. Não existe quem consiga te enganar. Conserve o manuscrito. Algum dia valerá muito dinheiro. Sei do que você gosta.

— Alguém na comunidade soube da verdade? — perguntou Gabi.

— Acho que não. Os artistas nunca sabem de nada. Não podem pensar em outra coisa que não seja em si mesmos.

— Adeus, Emílio Borja.

— Adeus, Mireya Sandoval — disse Borja tomando o conteúdo do copo.

— Você conhece todos os meus nomes, não me chame assim, sabe que esse é o que menos gosto.

Mas foi justamente isso que ficou na boca de Borja, essas foram as últimas palavras que pronunciou, talvez porque Gabi usasse esse nome quando se conheceram, pensou Candelaria, fria e imóvel como gelo debaixo da cama. Era impossível saber ao certo. Com Gabi ou Mireya ou como quer que se chamasse não era possível ter certeza de nada. Também ficou pensando nas razões pelas quais um manuscrito poderia chegar a valer tanto dinheiro; na verdade, nem sequer tinha clareza sobre o que era um manuscrito. Era um livro? Um diário? Um rascunho? Não, não sabia, então se deu conta de que era outra palavra que precisava procurar no dicionário. Várias já estavam pendentes, mas só se lembrava delas em momentos cruciais como esse em que se encontrava, escondida debaixo da cama e sem possibilidade de sair correndo para a biblioteca para procurar. Uma tosse fraca de Borja lhe arrebatou esse pensamento. Enquanto observava os saltos vermelhos quase encostando em seu rosto, começou a tirar conclusões.

Ouviu um suspiro e outro e outro mais. E depois um gemido que de repente teve a força de um pranto. Pensou que nunca havia sentido Gabi chorar, que as mulheres como ela não produziam lágrimas. Havia inclusive levantado a hipótese de ser uma mulher como ela, mas nesse momento se deu conta de que Gabi, como muitas mulheres, havia sido fabricada com uma madeira cheia de fissuras. Pensou que não era ruim ter fissuras, que o desafio era não permitir que chegassem a se juntar umas com as outras até derrubar a estrutura completa. Pensava coisas muito estranhas; por fim, não era todos os dias que alguém se escondia debaixo da cama de um homem que estava morrendo. E desta vez morrendo de verdade.

Do chão o mundo era muito diferente. Tinha que aprender a olhar de outros ângulos para não incorrer nas mesmas obviedades de quem se acostuma a observar sempre a mesma coisa, do mesmo lugar. Ali escondida, o tempo também era diferente. Esticava-se como se fosse uma borracha de alongamento indefinido. Pode ser questão de minutos. Pode ser questão de anos.

A gravidade do que acabava de presenciar a inclinou a pensar no segundo caso porque isso é o que acontece quando a realidade cospe em nosso rosto, quando a vida nos revela coisas cujo peso teremos que carregar para o resto de nossa existência. A mente adianta a passos largos o que, de outra maneira, levaria anos para avançar. Ignorava se isso era bom ou ruim. Supôs que havia um pouco de ambas as coisas. Supôs que ali, apesar de seu um metro e meio de altura e seus quase quarenta quilos, havia crescido um pouco mais. A única certeza que teve era que estava morrendo de frio e que não podia mexer-se até que Gabi saísse do quarto. Queria que fosse, mas não queria, porque isso significava que teria que ficar a sós com um homem possivelmente morto.

O tempo continuou se prolongando e Gabi não saía. Havia muito silêncio sussurrando-lhe coisas no ouvido. Um silêncio de vez em quando interrompido pelas corujas dos loureiros e pelos tatus cavando túneis infinitos bem debaixo de onde ela se encontrava, com um pouco de concentração podia sentir como arranhavam a terra. Um silêncio interrompido pelos ganidos das raposas sobre o cume da montanha e pelo eterno cantar dos grilos entre a grama. Sentiu o palpitar de seu próprio coração e a tepidez do ar que seu nariz expulsava. Pôde perceber a forma como acumulava saliva e o esforço que tinha que fazer para não a engolir sem que Gabi ouvisse. Parecia que todos os sons aumentavam. No meio de tanto silêncio pareceu que tudo por dentro dela produzia sons, que ela própria era uma canção que nunca havia se dado o trabalho de ouvir.Ficaria lembrando de muitas coisas nessa noite; entre elas, a imensa vontade de ir abraçar sua mãe. Quando a morte está próxima, o que mais se deseja é aferrar-se às pessoas mais queridas, como se necessitasse reafirmar que ainda estão vivas, que não vão morrer também. Finalmente, Gabi, vencida pelo cansaço ou pelo sono, levantou-se de sua cadeira, apagou a luz e saiu do quarto. A paciência fez Candelaria esperar alguns minutos para ter certeza de que não voltaria. Deslizou com a mesma cautela da serpente. Não queria fazer barulho, embora soubesse que os mortos não podem acordar.

A lua cheia pousava com sutileza sobre todas as coisas dando-lhes uma sombra débil. Aproximou-se da cama e viu o corpo coberto com uma manta. Necessitava pôr um rosto no homem que vinha imaginando desde o dia de sua chegada, quando as borboletas eram apenas crisálidas. Azul, pardo, azul, pardo. Como a própria vida. Como a própria morte. Estendeu a mão e puxou a manta com uma mistura de medo e fascinação. Eis aí um homem morto, pensou. Com o tremor de seus dedos encostou no rosto. Tinha a mesma palidez da lua, tinha os olhos fechados e a boca entreaberta. Estava gelado, como as mãos de Candelaria, as mesmas que encostaram nele por pura curiosidade de conhecer a textura da morte.

Assediada pelo medo, apressou a saída. Enquanto subia a escada rangeu mais que de costume. Os grilos, submersos entre o caos da grama, não pararam de cantar. Entrou no quarto de sua mãe e deslizou para dentro de sua cama. Era algo que fazia frequentemente quando seu pai ainda estava ali: se metia no meio desses dois corpos que sempre a recebiam com carinho. Não havia voltado a fazer isso desde que seu pai se fora e se perguntou por quê, se não há nenhum lugar em todo o mundo em que se sinta mais paz do que na cama dos pais.

— O que aconteceu, filha?

— Não quero que você morra nunca.

Gabi fez o anúncio no café da manhã. Comunicou-o assim como se não fosse nada, como quem diz: "Me passe o sal", "O clima está agradável", "Quero mais café".

— Emilio se foi ontem à noite — disse.

— O réprobo? Para onde foi, se não pode nem ficar em pé? — disse Teresa.

— Quero dizer que se foi para sempre.

— Mas se já havia adiantado o pagamento de vários meses, que saiba que aqui não se devolve dinheiro a ninguém.

— Ele morreu, entende? Morreu — disse Tobias.

— E você, como sabe? — perguntou Teresa.

— Porque eu vivo nesta casa.

— E o que vamos fazer com o morto? — perguntou no plural, talvez porque tivesse consciência de que enquanto um corpo sem vida estivesse em sua propriedade, ela era um pouco responsável.

— Pois enterrá-lo — disseram Gabi e Tobias em uníssono.

— Que seja bem longe, não quero saber onde — disse a mãe.

Candelaria ouviu toda a conversa sem dizer uma só palavra. Mastigava muito devagar porções minúsculas de broa de milho com manteiga que arranhavam sua garganta cada vez que tentava engolir. O que acontecia era que a simples menção ao corpo e a ideia de que ainda estava ali num quarto não muito longe de onde estavam tomando café da manhã lhe revirava o estômago. Olhou com desgosto para a mão que havia tocado o rosto. Fez um enorme esforço para pensar em outra coisa que não fosse o rosto pálido de boca entreaberta que havia lhe mostrado a diferença entre estar vivo e estar morto.

Viu sua mãe se levantar da mesa antes de terminar o café com que costumava prolongar o desjejum e ir escada acima para fechar-se em seu quarto, como cada vez que queria fugir de um assunto. Da mesa se ouvia o barulho de vômito, e Candelaria pensou que sua mãe tinha recaído na mania de vomitar tudo que engolia, mas depois pensou que, possivelmente, a ideia do morto também havia causado estragos em seu estômago e lhe pareceu quase normal que permitisse a seu corpo se expressar. Talvez ela devesse fazer o mesmo, porque sentia o corpo pesado e seco como se houvesse engolido um punhado de areia e a cabeça, por sua vez, era um disco riscado que ia e vinha sempre sobre os mesmos pensamentos. Um espelho que lhe devolvia a mesma imagem sem importar quantas vezes se olhasse nele. Quando estava nervosa, sempre tendia à recorrência. Decidiu que nadar no rio lhe serviria para espantar as ideias obsessivas. Ao levantar-se da mesa para ir buscar o traje de banho, percebeu o olhar de Gabi sobre ela e o impulso de sua respiração como quando se está a ponto de dizer algo, mas se conteve no último segundo. Um instante depois, com o impulso renovado, Gabi levantou tanto a voz que quase pareceu um grito e disse:

— Não vai nos acompanhar, querida?

— Em quê?

— Enterrar Emílio.

— Para envenená-lo me deixam de fora, mas como agora precisam que eu ajude a cavar...

— O que você está dizendo, querida? — interrompeu Gabi.

— Que eu não posso confiar em vocês.

— E as serpentes que se escondem debaixo da cama, você acha que são confiáveis?

— Teria que perguntar a Anastácia.

— Estou perguntando a você.

— Não. Não há ninguém confiável neste mundo — disse Candelaria antes de sair correndo para seu quarto.

Estava muito alterada. Não sabia se sentia vergonha ou raiva. Possivelmente era angústia por haver descoberto que a desconfiança que sentia pelos demais a afetava e, no entanto, ela também não podia deixar de causá-la. Era como ser vítima e verdugo ao mesmo tempo. Apesar de tudo, Gabi tinha mais direito de se aborrecer com ela por haver espiado um momento tão íntimo do que ela se aborrecer com Gabi por excluí-la de seus planos. Talvez tudo se resumisse a que sentiu ciúmes de que houvesse pedido ajuda a seu irmão e não a ela. Talvez fosse um pouco de todas as anteriores. O certo é que só havia uma forma de reabilitar seu comportamento e era ajudando a enterrar Emílio.

Candelaria reapareceu na sala de jantar usando botas e uma camisa folgada debaixo da qual vestia o traje de banho de duas peças que havia comprado e que a fazia sentir tão insegura. Quando Gabi ficou olhando para ela com esse olhar de aprovação que lhe fazia tanta falta, sentiu que havia tomado a decisão correta. Possivelmente participar do enterro era uma forma de tirar o morto da cabeça, talvez por isso os funerais sejam tão populares. Tobias não demorou em ir e voltar com a pá na mão.

Antes de partirem, Gabi mencionou que era necessário planejar um pouco o que fariam. Disse que, para os inexperientes, eliminar alguém poderia ser uma atividade muito complicada, que matar a pauladas era muito fácil nos filmes, mas que, na verdade, era muito difícil pela dureza do crânio. Também que facas, punhais e balas derramavam muito sangue. Depois dedicou seu monólogo às dificuldades específicas de desfazer-se de um cadáver, o que, segundo ela, era inclusive mais complexo do que matar. Assegurou que no verão tropical era imprescindível agir com mais rapidez ainda, pois os corpos se decompunham com maior facilidade. Tinha em sua cabeça dados exatos de quantos dias os corpos tardariam em cheirar mal em cada uma das latitudes e de quais eram os melhores métodos para se desfazer deles dependendo de onde se encontrassem. Que não era o mesmo estar numa cidade pequena ou em uma principal, em uma casa particular ou em um hotel, nas montanhas ou no mar. Detalhou os prós e os contras de incinerar, enterrar ou jogar na água os despojos e o fazia com tal naturalidade que parecia estar falando de desfazer-se de algo tão desinteressante quanto um saco de lixo.

Candelaria não se atreveu a questionar nada do que estava ouvindo porque temia ser excluída e porque não sabia ao certo se possuir esse tipo de informação era normal ou não. Se era possível ter acesso a ela através de filmes ou livros ou se poderia ser adquirida somente através da experiência em primeira mão de ter que se desfazer de um morto, ou de vários. Seu irmão também não dizia nada porque acreditava ser cada vez mais águia e as águias não falam, pensou Candelaria, ou talvez porque, como sempre, andava pensando em outra coisa. Possivelmente no dia seguinte se levantaria dizendo que havia sonhado que estava enterrando alguém, e talvez fosse uma boa estratégia, porque assim evitaria sentir a parte de culpa que lhe cabia. Lembrou que Gabi havia lhe mostrado que a culpa só existe se alguém permitir, e pensou que Tobias se guiava por esse mesmo princípio.

Envolveram o morto em suas próprias mantas, as quais, por sua vez, envolveram nos lençóis. Uma corda grossa fechou as duas pontas de uma forma muito similar à que se usa para envolver doces. Candelaria pensou que era uma boa ideia desfazer-se também das roupas de cama, porque lhe apavorava pensar que poderiam continuar em circulação, assim como se fosse nada, depois que sua mãe as lavasse. Para ela, sempre seria a roupa de cama de um morto, e isso era algo com que não queria voltar a ter contato. Tobias tentou levantar o corpo sem forma e sem alça, mas lhe escapava como areia. Candelaria tentou ajudá-lo porque, apesar de tudo, não parecia ser muito pesado, mas na primeira tentativa descobriu o significado de "peso morto". Descobriu também que o principal problema não estava no peso em si, mas na falta de pontos firmes para segurá-lo. Gabi, que certamente conhecia de sobra esse problema, estava procurando em seu armário uma tábua comprida, à qual terminaram amarrando a trouxa de lençóis e mantas com o resto da corda que havia sobrado.

— Por questões como estas, meninos, inventaram os ataúdes — disse.

Depois entenderiam que os ataúdes não eram apenas uma questão de praticidade, mas também de respeito ao corpo sem vida, pois no caminho a tábua virou e foi tantas vezes ao chão que Candelaria chegou a pensar que ainda bem que os mortos não se ofendem nem sentem. "Vamos enterrá-lo aqui", propunha a cada instante, porque já sentia cansaço e não estava certa do que estava fazendo, entrando na selva com uma coxa, uma águia e um morto, mas Gabi insistia em ir sempre um pouco mais longe.

— Por agir com a pressa do cansaço é que se fecham os olhos e se cometem erros que depois obrigam as pessoas a fugirem e se esconderem pelo resto da vida. Eu não quero saber disso — disse na primeira vez que estavam a ponto de jogar a toalha.

E dizia isso com tal convicção que ninguém era capaz de discordar dela, de modo que continuaram andando até que o sol estava tão alto que já nem as próprias sombras os perseguiam. De repente Gabi, movida por sabe-se lá que impulso ou sinal, parou num lugar qualquer, sem nada em particular que o qualificasse como um lugar propício para enterrar alguém. Um lugar com as mesmas árvores, as mesmas ervas daninhas que estavam vendo de forma reiterada há algum tempo. Não tinha nada de especial ou diferente. Mas a especialista em mortos parecia ser ela, e Candelaria estava esgotada e não precisava nem olhar para seu irmão para adivinhar que estava inclusive pior do que ela. Talvez Gabi houvesse escolhido esse ponto só porque estava cansada. O bom era que iam se desfazer de Emílio, que já fazia um tempo havia deixado de ser um homem para ser um fardo pesado e incômodo.

Candelaria pensou que todo mundo deveria carregar e enterrar seus mortos com a finalidade de atenuar a angústia e a dor da partida. Por fim, o cansaço termina por ganhar e você se sente feliz por poder dar a eles uma sepultura e não ter que carregá-los mais. No entanto, ainda faltava cavar o buraco, para o qual estabeleceram turnos. Candelaria nunca havia cavado tão fundo e lhe pareceu uma atividade tão ingrata que ficou pensando em quais razões o senhor Santoro teria para se enterrar tão fundo com tanta frequência, e chegou à conclusão que deveriam ser muito poderosas.

Quando Gabi considerou a profundidade adequada, pediu a Tobias que depositasse o corpo. A imagem desse peso lançado ao vazio sem nenhuma cerimônia fez Candelaria pensar se esse era o justo desenlace de uma vida.

— Não vamos dizer nada? Nem uma oração? Nem um discurso? — perguntou.

— Para quê? — disse Gabi.

— Para marcar o fim da vida de Borja.

— Não é necessário, querida. Os finais não passam de novos começos — disse jogando terra preta com a pá.

Candelaria ficou calada para demonstrar que já estava o suficientemente crescida para aceitar isso, embora, no fundo, ainda não pudesse compreender por que alguém precisaria andar pela vida aceitando finais assim como se não fosse nada. Mesmo que viessem disfarçados de novos começos. Era questão de tempo para que entendesse o aspecto cíclico da vida, a importância de encerrar capítulos para chegar a novas histórias, como nos livros. E que a imortalidade só podia ser atribuída aos deuses, embora estes só vivessem na cabeça de seres mortais como ela.

Abandonaram o lugar sem dizer uma só palavra. O mutismo de Tobias não fazia mais que confirmar que há tempos havia deixado de viver com os pés na terra, Candelaria se perguntou se a mente privilegiada de seu irmão tinha o dom de habitar mundos paralelos vedados a simples humanos como ela. Se ele tomava distância, como as águias, para ver a totalidade das coisas e não apenas fragmentos, ou se levantava voo para fugir dos próprios limites que a vida lhe impunha. Gabi, por sua vez, ia muito concentrada, calculando cada um de seus passos, talvez porque andar lhe resultasse mais difícil com o salto alto e seu manquejar, ou talvez porque uma mulher como ela não podia se dar ao luxo de caminhar sem saber exatamente em qual chão estava pisando.

Candelaria não queria se esquecer de onde haviam acabado de enterrar Borja, parecia que o simples fato de haver pisado neste mundo era mérito suficiente para que alguém se desse o trabalho de lembrar onde havia sido enterrado, embora já não fosse um homem, embora fosse apenas um nome. Por isso, ao desfazer o caminho, pôs-se a fazer marcas nos troncos das árvores sem que ninguém se desse conta. Sabia que voltaria antes que as ervas daninhas tapassem a terra remexida, voltaria para levar flores ou semear uma macieira ou um hibisco ou qualquer coisa que a fizesse sentir que estava se despedindo. Não lhe parecia correto negar a ninguém, por mais morto que estivesse, uma despedida. Um simples "Adeus", um "Até logo", um "Até nunca mais", algo, o que quer que pudesse deixar claro os termos da ausência, achava que era o mínimo que duas pessoas que já não voltariam a se ver deviam uma à outra. Por exemplo, se seu pai houvesse lhe dito "Até nunca mais", ela agora não estaria pensando em procurá-lo. Assim é como duas palavras diferenciam a resignação da esperança. Quando não há adeuses, a porta fica entreaberta e não se sabe se renunciar ou continuar com a procura.

Os gritos de Dom Perpétuo, que a essa hora observava o céu, interromperam a solenidade da caminhada. Candelaria deteve o passo, seguiu-o com o olhar e se perguntou por que tendo essas asas tão longas nunca havia ido embora de Parruca.

Candelaria deveria ter se impressionado mais com o morto Candelaria, mas não, não foi isso que ficou martelando em sua cabeça. Tampouco levar o corpo enrolado no lençol ou cavar um buraco profundo que deixou suas mãos cheias de bolhas. Seria lógico lembrar com maior impacto do que sentiu ao ver as pás de terra cobrindo um ser humano que naquele momento já não era ser nem humano. Mas nesse ponto de sua existência teve a sensação de que a fronteira entre o lógico e o ilógico estava borrada. Ou talvez, simplesmente, tudo se tratava de que, afinal, havia descoberto que viver é o ato mais ilógico do mundo.

O monólogo de Gabi sobre as formas mais eficazes de matar e desfazer-se dos cadáveres deveria tê-la sacudido, entretanto, atravessou-lhe a cabeça sem deixar marca, tal e como acontece com os filmes ruins. E a cumplicidade com Tobias para criar um veneno eficaz lhe pareceu restrita a um interesse pontual de Gabi, que agora a duras penas dava bom dia a seu irmão. Do sucedido ficou a lição de que os afetos humanos não existem, somente os interesses. Mas também não era isso que permaneceu dando voltas em sua mente. Se havia entendido bem as últimas palavras de Borja, em algum lugar do quarto de Gabi havia um manuscrito escondido. A palavra chamou tanto sua atenção que desta vez, sim, se deu o trabalho de procurar no dicionário:

1. Adj. Escrito à mão.

2. m. Texto escrito à mão, especialmente o que tem algum valor ou antiguidade, ou é da mão de um escritor ou personagem célebre.

3. m. Texto original de uma publicação.

Não havia nada que a fizesse pensar que o manuscrito tivesse algum interesse para ela; de fato, a princípio foi somente o encanto do proibido que chamou sua atenção. Mas através da procura da palavra no dicionário, o tema ganhou interesse devido à curiosidade que lhe causou saber se Borja era um escritor, um personagem célebre ou se o manuscrito que Gabi tinha era o original de um livro cujo conteúdo poderia chegar a lhe interessar. Foi somente um pressentimento e isso não significava muita coisa. Ou sim. Não era possível saber sem avaliar o manuscrito.

Ao menor descuido de Gabi, pôs-se a inspecionar seu quarto. Levantou o colchão por levantar, por pura falta de originalidade, como essa espécie de ato reflexo que fazem todos os que estão procurando por algo e não conseguem pensar num lugar melhor para fazê-lo que debaixo de um colchão. Ao não encontrar nada pensou que Gabi era uma profissional, uma mulher capaz de fazer homens desaparecerem, de ocultar o inocultável, capaz inclusive de ocultar a si mesma; portanto, era preciso esperar dela maior criatividade para esconder coisas. Definitivamente, tinha que aprender a deixar de obviedades se queria encontrar o que estava procurando.

Em um canto coberto por uma porção de folhas brilharam os olhos de Anastácia Godoy-Pinto, mas não sentiu medo quando a viu toda enrolada observando-a da improvisada guarida, ao contrário, pensou que a serpente era quem tinha razões para se assustar. Sempre havia pensado que eram animais incompreendidos: mordiam quando estavam assustados por pura necessidade de defender-se e, ao morder, ficavam sempre como os maus da história.

— Fique tranquila, Anastácia, isso não tem nada a ver com você. Você na sua e eu na minha — disse em voz baixa antes de que a serpente tirasse a língua, com certeza para inspirar um pouco de respeito.

Abriu o armário e xereteou no único vestido branco e mal dobrado que estava sobre a prateleira apenas para perceber que continuava sofrendo de criatividade. É preciso ser muito pobre de imaginação para esconder algo importante no armário, pensou. E é preciso ser ainda mais pobre para insistir em procurar ali logo depois de tê-lo feito debaixo do colchão. Definitivamente, ainda tinha muito que aprender. Ignorou a mesinha de cabeceira porque esse era o cúmulo do óbvio, além disso, sobre ela estava apenas o caderno em que Gabi costumava anotar seus descobrimentos botânicos. O livro de registro da procura de uma planta ideal, embora ainda ignorasse ideal para quê. O conceito de *ideal* varia enormemente de uma pessoa para outra, mas, conhecendo Gabi, o ideal botânico tinha mais jeito de sinistro que de benévolo.

Olhou dentro das gavetas, não porque acreditasse que ali poderia encontrar o manuscrito, pois as gavetas eram outro ponto de procura evidente e ela já não estava para esse tipo de obviedades. Se olhou foi só porque ouviu o som de patinhas arranhando com desespero a superfície lisa da madeira. Ali encontrou o que não estava procurando: um pote de vidro com dois camundongos moribundos pela falta de ar. O grito que deram ao vê-la foi tal que o pote caiu no chão e então quem gritou foi ela ao sentir a pancada contra o dedão do pé. Sua própria carne amorteceu a queda, mas não impediu que a tampa saísse rolando, porque neste mundo há gente — como Gabi — capaz de fugir, de envenenar, de se esconder, de trocar de nome e quem sabe que coisas mais, mas surpreendentemente incapaz de fazer algo tão simples como fechar bem os potes, pensou enquanto os camundongos fugiam apavorados diante de seu olhar. Anastácia Godoy-Pinto também os viu passar, mas não se mexeu nem um milímetro para caçá-los porque estava há tanto tempo sob os cuidados de Gabi que já não precisava se dar semelhante trabalho.

O dedão do pé inflamou e ficou preto como uma morcilha com a pancada. De noite, colocou-o em água morna com sal. Não consultou sua mãe sobre como diminuir a inflamação para não ter que responder perguntas incômodas. Mas, pensando nela, acrescentou bicarbonato. Quando todos já haviam ido dormir, percebeu Gabi perambulando pela casa e não teve dúvidas sobre o que andava perseguindo. Desejou que houvesse aprendido a lição e fechasse melhor os potes, porque pegar camundongos parecia ser uma atividade muito ingrata, especialmente para uma manca trepada em sapatos de salto alto.

No dia seguinte Candelaria amanheceu pior e durante o café da manhã, ao ser questionada pela mãe, disse que, sem querer, havia chutado uma pedra.

— Filha, tem que tratar as pedras com carinho, elas são muito boas companheiras — disse a mãe. — Deveria pôr o pé num balde com água morna e bicarbonato.

— Olhe, Teresa, — disse Gabi — eu ao contrário penso que é preciso chutá-las antes de que chegue a acontecer da gente ter que carregar as pedras, esses casos já aconteceram; mas, enfim, cada um é livre para fazer com seus pés o que lhe der na telha.

Candelaria não disse nada porque não estava com humor para discordar de ninguém. Além disso, já sabia que para sua mãe se podia falar mal do que fosse, exceto das pedras com olhos, do bicarbonato e de Deus. Aproveitou a caminhada matinal de Gabi para continuar procurando o manuscrito. À noite havia pensado em lugares mais ousados como dentro do travesseiro, debaixo das tábuas levantadas do chão e entre as folhas secas acumuladas nos cantos. Mas sua mente não parecia tão ousada como a de Gabi, porque o manuscrito não estava em nenhum desses lugares.

Esbarrou na bolsa de couro camuflada entre as floradas e sua mão tremeu para abri-la, não porque pensasse que o manuscrito estivesse em um lugar tão óbvio, mas porque a bolsa é a coisa mais pessoal que uma pessoa pode carregar. Nela estavam as coisas que são consideradas tão importantes a ponto de levá-las para qualquer lugar. E Candelaria já havia aprendido a importância da privacidade, tanto que havia colocado na porta de seu quarto esse aviso que dizia: "Não entre sem bater".

O respeito pelas coisas do outro era algo que seu pai lhe havia incutido desde que tinha memória, mas nesse momento duvidou se de verdade era tão importante ou se ele havia exagerado. Lembrou que se havia algo que o deixava furioso era que os outros metessem o nariz em suas coisas. "Não sei que diabos é o que você está escondendo", a mãe gritava frequentemente durante as discussões que terminavam com punhos nas paredes. Mas ele nunca respondia, ou pelo menos não o fez durante nenhuma das vezes em que ela esteve escondida escutando atrás da porta.

Ainda assim, com o sabor amargo que lhe causou a lembrança dessas brigas, abriu o fecho da bolsa devagar, muito devagar, como se ao fazê-lo dessa maneira a culpabilidade de estar pondo a mão numa bolsa alheia diminuísse. Até fechou os olhos quando ela estava escancarada e, ao abri-los, viu que estava cheio de maços de dinheiro amarrados com elásticos coloridos, desses com que as mulheres prendem o cabelo em um rabo de cavalo. Também encontrou vários potes cheios desses cremes com que Gabi costumava tapar a mancha que tinha no peito, aquela que delineava com precisão o mapa de "algum lugar".

Agarrou um maço e se deu conta de que as notas estavam reluzentes, pareciam recém-saídas da impressora, tanto que lhe ocorreu que poderiam ser falsificadas. Sentiu-se mal por pensar essas coisas de Gabi, mas dadas as últimas circunstâncias, já sabia que dela podia se esperar qualquer coisa. Levou o maço ao nariz para aspirar seu aroma, por essa mania inexplicável de cheirar as coisas que parecem novas. Havia tantos maços que se chegasse a pegar um, certamente Gabi não notaria sua ausência. Duvidou. Pôs o maço de novo na bolsa e quando a estava fechando voltou a tirá-lo, não para pôr no bolso o maço inteiro, mas somente umas quantas notas que esconderia debaixo de seu colchão, porque, depois de tudo, já havia renunciado à criatividade referente a esconderijos novos.

Passou o resto do dia evitando Gabi e notou que quanto mais a evitava, mais Gabi parecia se interessar por ela. Perguntou-se se suspeitava do roubo ou se por acaso a indiferença era a fórmula para atrair as pessoas. Desejou que fosse a segunda opção e também desejou não haver tirado o dinheiro porque, por alguma razão, não podia pensar em outra coisa e já estava cansada de carregar esse pensamento tão recorrente. Também se perguntou se o peso da culpa aumentaria se houvesse tirado o maço inteiro, ou se, pelo contrário, diminuiria se houvesse tirado apenas uma nota. Mas ficou sem saber a resposta porque nessa mesma noite, enquanto contava inutilmente as vigas do teto na tentativa de dormir, decidiu devolver todo o dinheiro que havia roubado. E essa foi a única forma que encontrou de conciliar o sono.

Na manhã seguinte apareceu no quarto de Gabi disposta a devolver o maço de dinheiro que levava no seu bolso, mas antes de entrar viu-a sacudindo as folhas secas com um desespero pouco usual nela. Estava a ponto de dar meia-volta quando a ouviu dizer:

— Venha, querida, ajude-me a encontrar algo.

Candelaria ficou vermelha porque essa era a cor que a delatava cada vez que sentia vergonha. Entrou devagar, convencida de que o que Gabi andava procurando eram as notas. Abriu-se um vazio em seu estômago quando sentiu os olhos sobre ela e ficou ainda mais vermelha só de imaginar o que poderia estar pensando.

— Aconteceu alguma coisa, querida?

— Não sei, me diga...

— Não encontro Anastácia Godoy-Pinto. Deve estar braba porque seu lanche desapareceu e à noite não pude encontrar nenhum camundongo. Ou eles são mais rápidos ou eu fiquei mais lenta...

— Talvez tenha saído procurar seu lanche por si mesma — disse Candelaria.

— Ela foi domesticada e nunca fez algo assim. Para isso sirvo eu.

— Sempre há uma primeira vez para se revelar, não acha? — perguntou Candelaria.

— O que eu acho é que a domesticação não tem volta... Por isso temos que andar com cuidado nesta vida, sempre haverá alguém tentando nos domesticar.

Candelaria suspirou ao saber que Gabi não havia descoberto o roubo. Pôs as mãos no bolso para acariciar o maço de notas que logo deixaria de ser seu. Antes de sair se encostou no umbral da porta como quem não quer ir embora. Na verdade estava esperando que ela saísse para fazer a devolução. Olhou para Gabi e Gabi olhou para ela. Começou a se sentir incomodada, porque quem carrega um pecado nas costas sempre imagina que todos os olhares são acusadores. Por isso e apenas por isso desviou o olhar para o teto.

— Aí está! — disse Candelaria apontando para uma das vigas de madeira.

— Quem sabe quanto tempo está aí trepada — disse Gabi ficando de pé — e eu procurando... Desça, desgraçada, desça — disse-lhe, mas Anastácia tirou a língua e não quis se mexer nem um só milímetro.

— E isso que foi domesticada — disse Candelaria com tom de brincadeira.

— Às vezes acho que ela é que me domesticou — disse Gabi sorrindo; não insistiu muito em que descesse porque já estava acostumada com o fato de que a única que não a levava a sério era a serpente. Talvez fosse disso que gostasse em Anastácia: que se atrevia a fazer exatamente o contrário embora dependesse dela até para algo tão necessário como alimentar-se.

Pegou o caderno de anotações, aquele que sempre deixava na mesinha de cabeceira. Saiu excitada, folheando anotações escritas com sua letra, balbuciando sobre as características de uma flor sonífera que havia acabado de descobrir e que revolucionaria sua maneira de proceder. Para Candelaria soou estranha a palavra *proceder*, mas não soube se foi porque Gabi a acompanhou com um piscar de olhos e um sorriso estúpido, ou porque quando uma mulher como ela "procedia" sempre havia consequências para lamentar. Mas não lhe prestou muita atenção, porque ali, sobre a mesa de cabeceira, estava o manuscrito. Olhou para ele sem piscar durante alguns segundos. Sentiu o sangue circulando nas veias, o ar morno entrando e saindo pelo seu nariz e essa emoção que se sente quando por fim se realiza um desejo. Queria agarrá-lo com seus dedos grossos, fechar-se no seu quarto e lê-lo. Perguntou-se se isso era um roubo e, para sua tranquilidade mental, a resposta foi não, que era somente um empréstimo.

Ali estava, à vista, sem nada que a impedisse de agarrá-lo, no mesmo lugar de sempre, a única diferença é que já não estava oculto sob o livro de apontamentos botânicos. Com partículas de pó e arranhões na capa, com as últimas impressões digitais de Borja certamente impressas no couro. Com as folhas enrugadas e a tinta gasta pela andança e pelos anos. A seis passos de distância, a cento e oitenta páginas para despejar o conteúdo dentro da cabeça, a cinco horas de leitura se as distrações fossem evitadas. Não o considerou um roubo, não, ela não era uma ladra. Tentou com o dinheiro, é verdade, mas havia falhado em sua primeira incursão delitiva. Só sabia uma coisa: ia devolvê-lo assim que o lesse, bem como devolveria o dinheiro. Mas, nesse caso, o que era realmente importante não era o que sabia, mas o que ignorava. E o que ignorava?

Que a sua vida não voltaria a ser a mesma nunca mais.

E que pela primeira vez em sua existência entenderia o verdadeiro significado das palavras *nunca mais*.

A turbidez do tanque deveria tê-la alertado, mas não o fez. Ou a putrefação do corpo de Emílio Borja, que já estava apodrecendo debaixo da terra há alguns dias. Ou a morte sucessiva de coelhos. Ou de abelhas. Ou a própria fuga das borboletas. Tudo ao redor de Candelaria parecia estar preparando-a para o que logo ia acontecer, como se alguém pudesse se preparar para algo assim. Quando as coisas já aconteceram é fácil rastrear os sinais, atar as pontas, dar sentido às premonições. Mas depois que acontecem, em geral, já não há mais nada a fazer.

Se Anastácia Godoy-Pinto não tivesse subido às alturas, Gabi não teria pedido o favor de que a ajudasse a procurá-la e depois não haveria saído com seu caderno de apontamentos botânicos embaixo do braço, deixando o quarto solitário o bastante para que Candelaria pudesse devolver o dinheiro e pegar o manuscrito. E se nada disso tivesse acontecido, não teria podido pegá-lo como empréstimo nem ler as cento e oitenta páginas durante cinco horas seguidas enquanto rezava, entre parágrafo e parágrafo, para que Gabi não a descobrisse.

Nunca havia lido tanto e tão rápido nem com um interesse medianamente parecido. No manuscrito, Borja confessava em primeira pessoa um assassinato tão brutal como literário que o levou a ser procurado com igual interesse pelo resto de sua vida pela polícia e por editoras, convertendo a história — a sua história — num livro literário e o autor — Emílio Borja — num personagem mais do que desejável para uns e para outros. Tudo estava registrado ali com riqueza de detalhes. O dicionário tinha toda razão, deveria consultá-lo mais frequentemente, pensou. O livro inteiro a cativou, e isso que ainda não havia chegado ao final onde leu a frase que mudaria sua vida. Uma só frase, duas linhas, dezessete palavras escritas por Emílio Borja: o mesmo em quem tinha roçado a bochecha segundos depois de sua morte, o mesmo que estava sendo comido pelos vermes em algum lugar de Parruca, o mesmo cujas impressões digitais ainda estavam na capa de couro que ela ainda tinha nas mãos. Esse mesmo havia escrito, de próprio punho, na parte posterior do manuscrito: "Este livro baseia-se numa história da vida real e foi escrito onde cantam as baleias".

Foi essa frase, essa última frase que ficou ecoando. Removeu lembranças prévias de sua cabeça. Fez eco aqui e acolá. O que antes eram notas soltas de repente pareceram formar uma melodia. Toda essa informação girou por um bom tempo diante de seus olhos. Primeiro tudo ficou muito difuso, como quando se entra num lugar escuro depois de uma caminhada debaixo do sol e é preciso esperar alguns minutos para que a visão clareie. A verdade sempre esteve diante dela, como o manuscrito na mesinha de cabeceira ou a serpente enroscada na viga do teto. Talvez as coisas sempre estejam aí, só que não sabemos vê-las.

Tobias soube dessa verdade desde o primeiro momento. Estava certa disso. Havia duas gerações de sapos e uma de borboletas que sentia saudades de seu pai porque seu meio-irmão havia ocultado essa informação. Lembrou-se que diante de suas perguntas, ele frequentemente zombava dizendo que não sabia para onde havia ido. "Certamente foi procurar baleias que cantem de verdade", disse certa vez em tom de brincadeira. Mas acontece que existia um lugar com essas características. Borja foi lá para esconder-se e escrever o livro, e algo lhe dizia que seu pai estava nesse mesmo lugar. Outro pressentimento. Tinha que levá-lo a sério, ainda mais agora que o primeiro a havia levado até esse ponto.

"É mais cômodo juntar-se aos seus semelhantes" disse um dia seu pai. Lembrava dessa conversa ao pé da letra e sentiu-se como uma idiota por não haver compreendido antes as coisas: "As raposas com as raposas, as abelhas com as abelhas, os doentes em hospitais, os loucos em manicômios, os escravos em escritórios, os artistas em comunidades". Teria que averiguar se existia uma comunidade de artistas perto do lugar onde cantam as baleias, mas onde cantam as baleias? Existe um lugar assim? Perguntou-se enquanto a inquietante sensação de que todos haviam zombado de sua ingenuidade bem debaixo de seu nariz se apoderava dela. Esse pensamento fez seu sangue ferver.

Saiu furiosa de seu quarto, devolveu o manuscrito ao mesmo lugar de onde o havia tirado e apressou o passo para procurar Tobias. Queria vê-lo e voltar a perguntar a mesma coisa para não esquecer como brilha um olhar que abriga meias verdades. Para aprender a diferenciar as certezas das zombarias. Encontrou-o deitado na grama, olhando para um casal de águias que, a essa hora, cortava o céu. Estava tão quieto que parecia morto.

— Onde o papai está?

— Já disse mil vezes que não sei, que de certo foi embora procurar baleias que cantem de verdade...

— E onde estão as baleias?

— Pois estão no mar.

— O mar é muito grande, Tobias, deve haver um lugar exato.

E foi o riso, foi o maldito riso que Tobias deixou escapar que precipitou os desafortunados acontecimentos que haveriam de ter lugar um instante depois. O riso, que é sinônimo de felicidade, estava a ponto de significar exatamente o contrário. Candelaria conhecia bem a forma como Tobias ria tinha certeza de que esse riso que aparecia entre seus lábios não queria expressar alegria, e sim zombaria. Era o riso daquele que saboreia um pedaço de informação que tem na ponta da língua e que é justamente a que o outro precisa saber. Sim, esse riso insinuado atrás da máscara, com um dente a menos e uma intenção a mais, estava a ponto de mudar as vidas de ambos.

Candelaria se agachou e tentou tirar a máscara dele. Lutaram. Ele ficou de pé e desferiu-lhe um soco no maxilar. Ela o empurrou contra aquela pedra afiada que se encaixou na parte detrás de sua cabeça. Um fio de sangue desceu pela parte posterior de seu corpo deixando as marcas do percurso em sua camisa branca. Viu-o deslizar a ponta dos dedos por esse caminho morno que lhe descia pelas costas e, quando as viu manchadas de vermelho, fez essa cara de angústia que Candelaria conhecia tão bem, a mesma que sempre fazia ao ver uma gota de sangue.

Estava tocando o maxilar para avaliar a magnitude do golpe quando Tobias se lançou sobre ela com toda a fúria de seu corpo. Ambos foram para o chão. Estavam tão perto que um absorvia o ar que soltava o outro. O bico comprido e curvado lhe roçava a boca. Ele apertou seu pescoço e lhe acariciou as bochechas com seus dedos vermelhos e viscosos. Ela foi ficando sem ar sob a força da mão que a oprimia. Empregou seu último fôlego para dar um chute que o obrigou a soltá-la. Candelaria aproveitou para sair correndo e Tobias, embora ferido, saiu perseguindo-a.

Um rastro de sangue deixaria claro o percurso que para ele foi curto. Candelaria, por outro lado, continuou correndo, embora fizesse certo tempo que ninguém a perseguia. À medida que avançava, ia plantando pepitas vermelhas com as peônias do colar que havia arrebentado na briga. Quando parou, ainda sentia em seu corpo os efeitos da adrenalina que a convidavam a continuar fugindo. Olhou ao seu redor. Nunca havia se sentido tão sozinha em sua vida. Borja estava enterrado muito perto dali.

Desfez seus passos com cautela seguindo a trilha das sementes vermelhas de seu colar. Pensava em Tobias, escondido entre os arbustos, que poderia saltar sobre ela a qualquer momento. Andava devagar, olhando para todos os lados, sentindo-se ameaçada pelo movimento dos galhos, pelos animais escondidos entre a folhagem, por sua própria sombra. Não teria sido capaz de dizer quais sons flutuavam a essa hora em Parruca, porque ela ouvia apenas as batidas de seu coração dando pulos em seu peito. Sentiu o maxilar entumecido. Estava com a boca seca e seu rosto repuxava pelos dedos ensanguentados com os quais Tobias havia marcado sua pele. Durante a fuga não teve a precaução de olhar onde pisava e não demorou a dar-se conta de que havia cortado os pés em pedras e galhos caídos das árvores. No entanto, não sentia dor, apenas uma angústia que ia aumentando e o pum pum pum de seu coração, descontrolado como um cavalo selvagem.

Bem na frente do tanque o caminho de peônias confluiu com o caminho de sangue que seu irmão havia deixado. Viu a borda de mármore tingida de vermelho. A água estava imóvel demais. Percebeu que algo flutuava. Fechou os olhos porque não desejava ver o que era. Apertou-os com força, porque uma coisa são os desejos e outra muito diferente é a realidade. E sua realidade estava diante dela, flutuando sobre a superfície turva da água. Intuía o que havia acontecido, essas coisas que são pressentidas antes de que se possa ver com os próprios olhos. Sua realidade estava de costas ensanguentadas para o ar. Não era possível ver seu rosto nem a ridícula máscara de águia, mas sem dúvida alguma era Tobias. Ainda que sua cabeça tentasse convencê-la do contrário, de que é preciso ver o rosto dos mortos para poder reconhecê-los. Como se um irmão não pudesse ser identificado pela planta do pé ou pela curvatura das costas, por mais que ela tentasse marcar sua distância referindo-se a ele como meio-irmão. Nada se mexia, exceto as meadas de cabelo que pareciam fios de mato e dois sapos que nadavam a seu redor. Estavam avermelhados. Ainda estava sangrando. As sanguessugas, animadas pelo banquete, começavam a povoar sua cabeça na altura de onde a havia batido, primeiro contra pedra e depois contra a borda de mármore do tanque em que, por fim, havia se afogado.

Petrificada como as baleias que nesse momento a observavam com seus olhos de granito, abria e fechava os olhos, uma e outra vez, achando que, ao abri-los, as coisas seriam diferentes: menos sangrentas, menos cruas, menos mortas.

Depois começou a tremer e suas pernas amoleceram, caiu no chão e machucou os joelhos e a palma das mãos sem ao menos se dar conta. Depois começou a sentir que se incendiava por dentro. Puro fogo, puro ardor, pura dor. Nesse mesmo fogo arderam suas lágrimas e, ao expulsá-las, queimavam tanto que sentia o caminho que abriam durante o percurso. Não se lembrou de contar. Nem sempre vale a pena tentar. Agitou a superfície da água tão somente para ver o corpo em movimento e fingir que continuava com vida. Tentou pular, mas sentiu que estava à beira de um abismo sem fundo. Nesse exato instante poderia situar o pânico que haveria de acompanhá-la dali em diante.

Gritou e os pássaros abandonaram os galhos das árvores. Gritou e a macieira deixou cair ao chão suas frutas. Gritou e as nuvens densas se dispersaram no céu da mesma forma como se dissolviam diante das balas do senhor Santoro.

— Eu matei ele! Eu matei ele!

Gritava batendo as mãos feridas em um charco de água sangue. E quanto mais gritava, mais se dilacerava por dentro. E quanto mais se dilacerava por dentro, mais queria continuar gritando.

A primeira a aparecer foi Gabi. A abraçou por trás para conter o tremor de seu corpo, para apaziguar a dilaceração de seus gritos. Foi Santoro quem se jogou na água e estendeu o corpo inerte de Tobias na borda do tanque. Tinha os lábios roxos e os olhos abertos, assustados, como quem é consciente de sua própria partida. Teresa apareceu enquanto Santoro tentava reanimá-lo com massagens no peito e respiração boca a boca. Estava mais pálida que ele, com os lábios roxos e os olhos abertos e assustados.

Tentou reanimá-lo uma vez, tentou muitas vezes, porque ao suspender a manobra, Candelaria lhe implorava que continuasse tentando, e ele continuava tão somente para alimentar sua esperança, porque às vezes é preciso continuar ainda que se saiba que é em vão. No entanto, uma vez que o senhor Santoro suspendeu a reanimação, ela continuou massageando seu peito, primeiro com uma força precisa e depois com batidas carregadas de uma violência que ninguém conhecia. Tobias se contraía com cada batida e depois se apaziguava ao contato dos lábios que lhe insuflavam ar, então ela voltava a bater nele com ainda mais força, apenas para sentir a ilusão do movimento.

— A máscara. A máscara! — gritou histérica ao perceber que não estava em seu rosto.

E como todos sabiam que Tobias nunca aceitaria ficar sem a sua máscara, começaram a procurá-la. Ninguém jamais a encontrou. "Deve estar no fundo, sim, no fundo", disseram todos para tranquilizar Candelaria, mesmo que soubessem que pelo material com que foi feita deveria estar flutuando.

Candelaria levantou o olhar para ver outra cor que não fosse o vermelho, para se serenar com a vastidão do céu. Nesse preciso momento, três águias rasgavam a monotonia de tanto azul. Planavam tranquilas, inserindo-se nas correntes de ar com habilidade, com esse voo firme de quem sabe que é dono do céu.

— Vamos avisar a polícia — disse Santoro ao corvo, que estava sobre um galho. O pássaro estava tão quieto que teve que olhar para ele duas vezes. Nesse momento, enrugava o nariz e a pele do canto dos olhos para tentar enxergá-lo melhor e descobrir a causa da letargia na qual estava submerso, tão cabisbaixo que o bico conseguia encostar nas patas.

— Não! — gritou Gabi. — A polícia não! Nem pensar!

— Sabe, Edgar, — disse Santoro ao corvo para que Gabi ouvisse — eu posso fazer vista grossa para um morto, mas para dois fica moralmente muito difícil. Estão enterrando as pessoas por aí como se fossem cachorros...

Candelaria continuava sentada ao pé de Tobias. Segurou sua mão durante algum tempo até que ficou tão fria e dura como um galho seco. Logo o branco de sua pele já não era branco, mas roxo, de uma intensidade maior nos lábios e nas unhas. Dom Perpétuo desceu ao sentir o alvoroço e se pôs entre o ombro e a cabeça do morto para acariciá-lo nas mechas de cabelo molhado. Era algo que fazia frequentemente para demonstrar afeto. Candelaria tentava seguir o fio da conversa entre Santoro e Gabi, mas as palavras chegavam distorcidas a seus ouvidos, como quando alguém está dentro da água e mal percebe a agitação exterior. Seu próprio corpo era mais pesado do que podia aguentar, parecia levar o mundo nas costas. Os pensamentos perambulavam perdidos e desconexos e a cada instante precisava olhar para Tobias para convencer-se de que era seu corpo que estava ali estendido, de que havia morrido. E então ficava olhando para ele, examinando cada centímetro de sua pele. Tentando se convencer de que não voltaria a vê-lo nunca mais.

Nunca mais. Que palavras tão fortes quando se chega a compreender o que significam no sentido mais rotundo: "Não voltarei a ver meu irmão nunca mais". Costumava dizê-las para expressar coisas sem importância: "Nunca mais vou pôr guizos nos coelhos", "Nunca mais tocarei num sapo". Parecia que apenas nesse instante havia conseguido entender o que significavam realmente. E não queria aceitar isso, porque agora essas duas palavras continham uma verdade inevitável. O resto era pura ameaça: certamente voltaria a apreciar o som dos guizos e quem sabe também a sensação de ter sapos na mão. Mas Tobias, ao contrário, jamais o veria de novo. E esse *Nunca mais,* de repente, jamais havia sido tão real e tão certeiro. Esse *Nunca mais* era a única coisa definitiva que existia em sua vida.

Sentiu náuseas e foi correndo para seu quarto em busca de um lugar em que se sentisse tranquila. Estava farta de ver ameaças por toda parte. Por outro lado, o interior de seu quarto era um lugar conhecido: as mesmas quatro paredes o delimitavam e as mesmas duas janelas pelas quais se filtrava um pedaço do mundo. Sabia que o teto era composto de doze vigas e o chão de vinte e quatro lajotas. Seu pai havia lhe ensinado a tabuada nelas.

Foi em busca de calma, mas se deparou com o espelho. Olhou-se sem pestanejar por um bom tempo até que ele lhe devolveu uma silhueta difusa na qual custou a se reconhecer. Ainda tinha no rosto as marcas de sangue dos dedos de Tobias, esses dedos que já não voltariam a tocá-la. Começou a chorar sem nem fazer uma mínima tentativa de contar até trinta. Jamais havia conseguido e não achava que esse seria um bom dia para tentar. Além disso, nunca havia tido uma razão tão válida para chorar. Pensou na vez que perguntou a Gabi se tudo sempre seria assim tão ruim. "Às vezes é pior", havia respondido. Olhou ao redor e notou que as garrafas de aguardente ainda continham os galhos em que havia posto as crisálidas. Agora estavam secas e sem uma só folha. Fora de si, pegou uma das garrafas e jogou contra o espelho. Viu como sua imagem se desfazia em mil fragmentos que caíram no chão. Ficou olhando para eles, mil olhos espreitando ao mesmo tempo. Encurralada nessa multiplicidade de visões, não teve outro remédio senão apressar a saída.

Quando voltou para o tanque, percebeu que sua mãe continuava perplexa no mesmo lugar. Nem sequer mexia as pálpebras. Tinha o olhar opaco e úmido. A saliva lhe escorria da boca sem que ela fizesse qualquer esforço para retê-la. Ao fundo Candelaria ouviu Santoro e Gabi, que continuavam discutindo se chamavam ou não a polícia. Interessou-se pela conversa. Era verdade que não queria jogar seu irmão num buraco sem nenhuma cerimônia. Já havia se sentido mal o suficiente quando deram esse destino ao corpo de Borja. E isso que Borja não significava nada para ela. Não podia permitir que fizessem o mesmo com seu irmão.

— Tem que avisar a polícia.

— Mas, querida... — disse Gabi.

— Sinto muito, eu não sou como você, quero fazer as coisas direito.

Para não correr o risco de receber uma contraordem, Santoro saiu montanha acima em busca de sinal para fazer a chamada. Quando voltou ia comentando com Edgar que a polícia estava muito ocupada e só viria no dia seguinte. Mencionou que havia recebido instruções de não mover o corpo para não alterar a cena. Gabi fui buscar um lençol para cobrir o morto, que parecia deformar-se a cada minuto que passava. O deslocamento de sua boca lhe alterava a expressão habitual do rosto e era preciso fazer um grande esforço para olhar para ele sem perder a compostura. Tanto odiou que usasse a máscara, pensou Candelaria, mas nesse momento teria dado o que fosse para cobrir seu rosto com ela. Não sabia se poderia aguentar até o outro dia.

Pensou na relatividade do tempo, em como a espera seria eterna. De repente, se lembrou de seu pai. Pareceu-lhe estranho que não lhe tivesse passado pela cabeça. Antes pensava nele quando estava com problemas e agora que andava imersa em um acontecimento tão lamentável, não havia pensado nele um segundo sequer. Tentou imaginar como reagiria diante da notícia. Tobias seria sempre seu filho. E ele sempre seria seu pai. Poderia esconder-se, poderia fugir o resto da vida, poderia não aparecer nunca mais. Inclusive agora que Tobias estava morto continuava sendo seu pai. Ainda que passassem os anos e os séculos, estariam inevitavelmente unidos por um laço de sangue que nada nem ninguém poderia cortar. Para não continuar pensando nisso pôs-se a discutir com Dom Perpétuo, que insistia em descobrir o rosto de Tobias puxando o lençol com o bico. Talvez as aves percebessem coisas que ela deixava escapar. Ou talvez não passasse de um pássaro estúpido, incapaz de se dar conta de que Tobias estava morto.

Na hora de sempre, a arara foi dormir na araucária. Sua particular forma de medir o tempo era de uma exatidão desconcertante. Sabia a que horas ficaria escuro e quando o sol estava a ponto de sair de novo. Anunciava a chuva antes de que ela chegasse e alertava sobre a intensidade dos vendavais com a histeria de seus gritos. Do galho em que costumava pousar tinha uma vista privilegiada desse vulto branco que Candelaria finalmente havia podido cobrir totalmente com o lençol. Era tão branco que ainda podia vê-lo quando a noite engoliu a paisagem inteira com seu pretume, mesmo que em pouco tempo tenham aparecido as manchas vermelhas produzidas pelos restos de sangue que ainda não haviam secado. Depois acendeu velas e rodeou o corpo de seu irmão, porque dessa maneira evitaria que as raposas andassem ao redor.

Levou sua mãe para a cama, que continuava sem dizer uma palavra, e depois foi tentar dormir, mas quando entrou em seu quarto encontrou os fragmentos do espelho refletindo todos esses olhos — seus olhos — espalhados pelo chão. Não paravam de observá-la. Lavou as marcas de sangue que ainda tinha no rosto, o ralo engoliu sem compaixão a água ensanguentada e, com ela, as últimas impressões digitais de Tobias. Ao tocar o maxilar sentiu dor, mas menos do que esperava, porque quando se carrega uma dor tão grande por dentro, todas as demais se minimizam.

Voltou para sua mãe e se deitou junto dela. Olharam-se sem dizer nada e estiveram assim por um bom tempo, com tantos sentimentos entalados na garganta e tanta incapacidade para expressá-los. Deveria poder falar com sua mãe dessas coisas: da morte, do pai, das razões de sua ausência, dos motivos de Tobias não haver partido com ele, mas justo nesse momento, olhando-a em seus olhos, percebeu que elas nunca falavam de nada transcendente. Não conhecia sua mãe e sua mãe não a conhecia. Tinham carinho por força da proximidade, acompanhavam-se, cuidavam-se, mas não se conheciam. Às vezes as pessoas mais próximas são as que menos conhecemos. Virou de costas e tentou dormir com a sensação inquietante de estar ao lado de uma estranha.

As raposas uivaram sem parar com esse choro queixoso e quase triste que ecoou do alto da montanha. A cada instante Candelaria despertava com o sobressalto de seus próprios pesadelos e saía para vigiar o corpo de seu irmão da sacada. As circunstâncias de sua morte davam voltas em sua cabeça. Tentava reconstruí-las e destruí-las, uma e outra vez, imaginando os mil desenlaces diferentes que poderiam ter tido lugar. Sem dúvida, eram todos melhores. O ar estava tão parado que as velas permaneceram acesas, consumindo-se devagar. Foi uma noite tão insuportavelmente longa que todos os girinos e crisálidas do mundo teriam conseguido se transformar.

O bruxulear das velas era fraco como o dos besouros de fogo cansados, e esse vulto branco com manchas avermelhadas em que Tobias havia se convertido mal se deixava ver à distância. À beira do amanhecer, extenuada pela recorrência de seus pensamentos, desceu à cozinha para beber água e, ao passar pelo quarto de Gabi, espiou. A cama estava vazia. Entrou. Não estavam a bolsa de couro nem os sapatos de salto alto nem a serpente nem o manuscrito, mas isso não importava porque tinha gravadas em sua mente as únicas palavras que necessitava saber e então as disse em voz alta para ter certeza delas:

— Este livro baseia-se numa história real e foi escrito onde cantam as baleias.

Aproximou-se e tocou os lençóis de Gabi com o dorso da mão. Ainda estavam mornos. Concluiu que estava fugindo. Pensou em alcançá-la e pedir-lhe que não a abandonasse, que ainda precisava de sua presença, que entre elas ainda não deveria haver um final. Mas depois lembrou que algo assim não se podia pedir a ninguém e menos ainda à mulher que lhe havia dito que os finais não eram mais que novos começos. Se crescer era aceitar que tudo tem um final, ela havia crescido um pouco por causa dos últimos acontecimentos. Ou muito. Talvez um novo começo a esperasse em algum lugar.

Saiu à calçada, recolheu algumas maçãs do chão e as mordeu a caminho do tanque. Dom Perpétuo continuava empenhado em descobrir o corpo e quase havia conseguido quando Candelaria chegou. Teria preferido não o ver, porque essa seria a última impressão que ficaria guardada em sua memória. Agora, quando pensasse no seu irmão, teria que lidar com essa imagem que conseguiu remexer suas tripas e expulsar o pouco que tinha no estômago. Toda uma vida em comum cheia de lembranças e de momentos memoráveis para terminar se lembrando dessa forma tão desagradável que tem a morte de apropriar-se de tudo o que alguma vez esteve vivo.

Santoro, que era madrugador, havia se enterrado depois de pôr uma rede ao pé da cerca onde a peônia trepadeira crescia com a mesma determinação das ervas daninhas. Candelaria ficou pensando de que diabos tentava se proteger o senhor Santoro, pois nenhuma cerca parecia suficiente. Viu o corvo cochilando no galho de um loureiro com uma preguiça muito imprópria para essa hora do amanhecer em que as aves estão particularmente ativas. Foi oferecer-lhe uma maçã e ele a recebeu mais por costume do que por vontade. Enquanto o observava mordiscar as sementes com desânimo, chegou a pensar na possibilidade de pedir ao senhor Santoro que a acompanhasse para procurar seu pai. Para isso, sem dúvida, teria que continuar ganhando a confiança do corvo. Ofereceu-lhe outra maçã, mas ele não quis pegar.

A manhã transcorreu entre a briga com Dom Perpétuo por manter o corpo de Tobias coberto e, mais tarde, quando o sol saiu e o sangue seco virou uma crosta, a luta foi encontrar a maneira de salvaguardá-lo dos raios solares. Ficou de pé para fazer sombra nele com seu próprio corpo, apavorada pela possibilidade de que se decompusesse. A sombra primeiro foi comprida e tênue, mas ao meio-dia adquiriu uma intensidade da qual nunca havia sido consciente. Não soube de onde provinha a força de sua sombra, de onde a contundência de seus contornos. Não soube por que estava inteira e decididamente compacta, tão diferente da forma que estava se sentindo, assim fragmentada como os pedaços de espelho no chão de seu quarto.

Aproximou-se do tanque para borrifar um pouco de água para manter o cadáver fresco e ficou olhando a superfície da água, como se fosse a primeira vez que a observasse. Era escura e sua quietude lhe lembrou animais selvagens antes de devorar suas presas. Sentiu-se tão ameaçada que não pôde tocá-la com a ponta dos dedos. A água na qual sempre havia sido feliz agora era a fonte de seus medos.

As sirenes romperam a letargia do meio-dia com a estridência de seu som. Dois policiais grandes desceram da caminhonete. Grossas gotas de suor se desprendiam das testas até que terminavam se escondendo dentro de suas camisas. Eram tantas e tão copiosas que já não faziam nenhum esforço para limpá-las. Suas roupas molhadas davam a sensação de que haviam se metido embaixo do chuveiro sem se darem o trabalho de tirarem a roupa. Candelaria notou que a fisionomia deles estava cheia de similitudes, como costuma acontecer com as pessoas que passam muito tempo juntas. Lembrou de seu pai e a teoria das comunidades e então concluiu que, diante de seus olhos, tinha um bom exemplo disso.

— Boa tarde, senhorita — disseram quase em uníssono. Candelaria se surpreendeu não tanto pelo coro, mas pelo fato de que ambos, ao mesmo tempo, a chamassem de senhorita.

— Fomos informados de um óbito. Há algum adulto responsável com quem possamos falar?

— Eu.

— Veja, senhorita, preferimos falar com alguém mais adulto — disseram rindo ao mesmo tempo.

— Eu também.

— Onde está sua mãe?

— Deve estar vomitando ou falando com as pedras.

— E seu pai?

— Está procurando baleias que cantem de verdade. As que temos aqui nunca conseguiram.

— Onde está a pessoa que ligou ontem para denunciar o acontecido?

— Acho que o senhor Santoro está enterrado em algum lugar. Se o céu estivesse cheio de nuvens escuras, diria que está entrincheirado atirando contra as nuvens, mas hoje não é o caso.

— Podemos falar com ele?

— Se o encontrarem, sim, mas já vou avisando que toda a conversa deve ser feita através de Edgar.

— Quem é Edgar?

— O corvo do senhor Santoro.

— Quem é o morto?

— Uma águia.

— Uma águia? — perguntaram os dois ao mesmo tempo. — Nos informaram que era um jovem. Veja, senhorita, estamos muito ocupados para esse tipo de brincadeira, a senhorita parece que...

— É que meu irmão se achava uma águia — interrompeu Candelaria.

— E se pode saber o que aconteceu com a águia, digo, seu irmão?

— Acho que eu matei ele.

Candelaria percebeu que os policiais não sabiam se riam ou ficavam brabos, talvez a primeira opção, porque há léguas se notava que tinham os lábios tensos como quando se reprime um sorriso. Viu-os trocando olhares para transmitirem códigos que somente eles entendiam. Sabia bem que quando um conhece bem o outro, basta um olhar para adivinhar seus pensamentos.

— De verdade, senhorita, precisamos falar com esse tal de senhor Santoro. Acreditamos no que a senhorita diz, é claro, não há mais nada a acrescentar, mas o protocolo exige que a gente fale com a pessoa que reportou o acontecimento — disseram a duas vozes. — Também precisamos ver a cena e tirar algumas fotos antes de levar o corpo.

— Vamos, meu irmão está logo ali, — disse, dirigindo-se ao tanque — e quanto ao senhor Santoro, basta chamar o corvo aos gritos. Edgar! Edgar! — gritou. — Quem sabe por onde andará, agora mesmo estava por aqui.

Dom Perpétuo havia levantado o lençol novamente e continuava arrumando as mechas de cabelo de Tobias. Um dos policiais tentou cobrir o corpo e recebeu uma bicada. Ambos gritaram ao mesmo tempo.

— Desculpe, — disse Candelaria — ele tem estado confuso. Os senhores tiveram sorte. Esse pássaro tem tanta força no bico que poderia arrancar seu dedo se quisesse.

O policial ficou olhando o dedo, talvez imaginando sua mão sem ele. Depois perguntou:

— Por que tem tanto sangue? Nos disseram que se tratava de uma morte por afogamento.

— Antes de se afogar, Tobias bateu a cabeça.

— Você o atingiu?

— Eu o empurrei, a batida foi a pedra que deu.

— Aposto que estavam brincando...

— Não, ele me deu um soco no maxilar e depois tentou me asfixiar. Sabe, ultimamente era difícil para ele fazer coisas simples como controlar sua força, bater suas asas ou distinguir os sonhos da realidade. Culpa dos cogumelos.

— Veja, senhorita, — disseram bocejando juntos — nós estamos muito ocupados e, além disso, já é hora do almoço. Não temos tempo para esses disparates. Exigimos a presença de um adulto.

Não haviam terminado a frase quando o senhor Santoro apareceu. Tinha o corpo cheio de terra e uma bola de penas pretas nas mãos.

— Querem me envenenar! — disse com uma voz lastimosa que Candelaria custou a reconhecer.

Os policiais bufaram como cavalos. Candelaria se aproximou para ver Edgar mais de perto: não estava pousado em suas patas, tinha os olhos fechados e um leve tremor sacudia seu corpo de vez em quando.

— Façam alguma coisa! Querem me envenenar!

— Senhor, por favor, acalme-se, a ave é que foi envenenada.

— Por isso, por isso!

Candelaria não soube se foi a fome que obrigou os policiais a agirem com pressa. Talvez a negligência própria dessas comunidades que outorgam a seus integrantes uma autoridade que não merecem. Possivelmente as coisas ficaram claras depois do testemunho que ela deu. Embora seja mais provável que não. Se houvesse mentido, teriam dado maior credibilidade para suas declarações. Nesse dia entendeu que na vida também é preciso aprender a mentir na medida certa. Notou que não a haviam levado a sério e isso a indignou, mas depois se deu conta de que também não levaram Santoro muito a sério. Pelo menos sua mãe não havia aparecido em nenhum momento. O fato é que tiraram algumas fotos. Tobias deve ser o único morto fotografado com uma arara a seu lado. Não houve jeito de afastá-lo. Se a situação não fosse tão trágica, teria sido cômica, pensou Candelaria.

— O passo seguinte é levarmos o corpo, fazer a autópsia e abrir uma investigação — disseram os policiais ao mesmo tempo, uma conversa gasta de tanto que a repetiam.

— Investigação? — perguntou Santoro.

— Claro, temos um morto, nossa função é encontrar um culpado e fazer com que ele pague por suas ações, se for o caso.

— Estamos falando de dinheiro ou de cadeia? — perguntou Candelaria, desta vez limpando a garganta.

— Bom, normalmente se paga com cadeia, — disseram em uníssono enquanto trocavam olhares — ainda que estejamos abertos a propostas...

— O senhor Santoro sempre tem propostas interessantes no bolso — comentou Candelaria, assim como quem lança uma frase ao ar à espera de que alguém a entenda.

— Somos todo ouvidos — disseram os policiais olhando para Santoro.

Como o senhor Santoro não reagiu, Candelaria se aproximou para acariciar as penas do corvo moribundo e disse:

— Edgar, é verdade que o senhor Santoro tem uma proposta no bolso?

Santoro remexeu na calça, que ainda estava cheia de terra, e tirou uma das pepitas de ouro. Os olhos dos policiais brilharam. Tinham um sorriso amplo, desses que não cabem na boca. Um deles a pegou e começou a avaliar seu peso. Depois a mordeu e declarou:

— Vinte e quatro quilates. Nada mal. O único problema é que somos dois — disse colocando a pepita no bolso.

— Edgar, é verdade que o senhor Santoro tem uma proposta adicional?

Santoro suspirou e remexeu de novo no bolso. O outro policial arrebatou a pepita mal a viu e disse:

— Parece que aqui o que temos é um caso comum de afogamento. Pobre rapaz, por isso é importante aprender a nadar.

— Sim, muito importante — disse Candelaria.

Embrulharam Tobias como uma múmia, contornando as bicadas de Dom Perpétuo, e o puseram sem nenhuma cerimônia na parte de trás do carro.

— Sugiro que seja cremado, — disse um dos policiais — dessa maneira não teremos que explicar o sangue.

— Faremos com que as cinzas cheguem até vocês. Não parece que vocês tenham como ir pegá-las. Como a vida de seu irmão chegou ao final, estamos pensando que possivelmente queira dizer umas palavras de despedida.

— Não acredito em finais — disse Candelaria.

Os policiais se olharam contrariados, tentando adivinhar se eles tinham tanta clareza sobre as coisas da vida, pelo menos no que se referia a finais.

— Claro — disseram tirando alguns cartazes do porta-luvas do carro. — Conhecem esta mulher? Acreditamos que pode andar por esta zona.

Candelaria olhou com atenção a foto impressa. Era Gabi, embora no cartaz tivesse o cabelo vermelho e estivesse com outro nome diferente. Viu os olhos de Santoro abertos como boca de canhão. Viu-o tomar ar e impulso para falar, mas antes que pudesse fazê-lo, disse:

— Não, nunca a vimos.

— Se chegarem a vê-la, liguem para nós — disseram ao mesmo tempo. — É muito perigosa.

Uma espécie de neblina envolveu o ar de Parruca nos dias que se seguiram à morte de Tobias e à partida de Gabi. Ou pelo menos essa foi a impressão de Candelaria enquanto perambulava sem rumo entre as árvores. De tempos em tempos, quando precisava descansar, decidia deitar-se sob os galhos. Costumava empoleirar-se nelas há apenas alguns anos, mas agora lhe pareciam inalcançáveis. Via tudo diferente e fora do lugar. Tudo opaco e difuso. Tudo borrado por fora dos contornos que ela acreditava conhecer tão bem. Frequentemente se perdia em suas fantasias e vinham lembranças desses dias felizes ao lado de seu pai, quando Parruca não era um lugar, mas uma canção. Nessa época em que os coelhos batiam seus guizos para compor melodias e as colunas de madeira falavam com as demais árvores da floresta. Ou quando a promessa do canto das baleias estava em uma baldada de água salgada, os espíritos bons atravessavam os vitrais e os abacates cresciam nas mangueiras, nas dragoeiras, em todas as árvores.

Agora essas mesmas coisas lhe pareciam tão disparatadas que lhe custava imaginar que algum dia houvesse acreditado nelas. Pensou em seu pai e lhe ocorreu ir olhar a foto que mantinha exposta no canto da janela, grudada entre o vidro e a moldura de madeira. Precisava se certificar de que não o estava imaginando. Lembrava com exatidão de quando sua mãe a tirou. Nela, ele a segurava com seus braços de aço, compridos como trampolins, para catapultá-la na água. Ficou surpresa com a claridade da antiga piscina. Podia ver o fundo azul e a maneira como os raios do sol se decompunham em uma luminosidade que cegava a vista. Agora, ao contrário, era um abismo turvo em que nunca mais seria capaz de entrar. Voltou a olhar a foto e, desta vez, parecia que os braços de seu pai eram finos, sem nenhum encanto em particular. Talvez não passasse de um homem normal, pensou. Um homem como todos os outros.

Depois prestou atenção no rosto dessa menina da foto, pareceu-lhe familiar e estranha. Seu sorriso era tão genuíno que quase podia ouvi-lo. Havia perdido a prática do ato de sorrir. Apalpou os lábios como se quisesse se assegurar de que continuavam sendo tão elásticos para que coubessem sorrisos de considerável longitude. Era curioso, preferia sua antiga forma de estar no mundo e não a de agora, mas ainda assim não sentia nenhum desejo de voltar atrás. Baixou a vista e encontrou seu próprio olhar nos fragmentos de espelho que ainda não havia recolhido. Sentiu-se um pouco como sua mãe e saiu em busca de uma vassoura para varrer, de uma vez, todos esses olhos.

Santoro se protegeu em sua fortaleza: na tela, atrás do aramado, do outro lado do vidro à prova de balas. Já não saía nem para se enterrar, mas a cada instante levava o balde cheio de terra para pôr os pés nele. E diante da ameaça de tempestade, atirava através de um orifício que havia deixado na janela para tal fim. Candelaria notou que saía apenas para colher frutas das árvores. Não comia outra coisa cuja origem não fosse suscetível de comprovação por parte de Edgar, mas o problema era que o corvo não podia comprovar nada, certamente estava doente e com falta de apetite.

Santoro andava mais calado que de costume, menos ativo, mantinha o corvo doente sobre a palma de sua mão e a cada momento lhe sussurrava: "Essa maldita serpente vai me pagar. E a dona também. Embora seja difícil dizer quem é uma e quem é outra". Candelaria não pôde conter um sorriso porque sabia que Anastácia Godoy-Pinto não era venenosa e, por outro lado, estava certa de que Gabi já estava muito longe dali. Talvez houvesse roubado outro carro. E é possível que seu nome já não fosse Gabi e que estivesse estreando sapatos de salto alto que algum sapateiro lhe havia feito sob medida. Os vermelhos haviam ultrapassado em muito sua cota de passos.

A mãe não saiu da cama por uns bons dias. Isso Candelaria não estranhou. Estranho teria sido que saísse. Por isso ficou alerta quando, de maneira espontânea, começou a sair para fazer longos passeios. Evitava o tanque a todo custo e não necessariamente porque já não acreditasse nos benefícios das sanguessugas. O que acontecia é que havia voltado a recolher pedras.

Passava o dia todo procurando-as e depois as arrumava sem ordem nem controle no interior do quarto. A duras penas havia espaço para caminhar sem tropeçar em alguma. Candelaria não sabia se a ajudava na procura ou sugeria que parasse. Gostava de vê-la ativa, mas não dessa maneira. Perguntou-se por que diabos não podia ser uma mulher normal, dessas que têm amigas de verdade com as quais poderia tomar um café para comentar os assuntos domésticos, como seus filhos são inteligentes e como estão chateadas com seus maridos. Isso era o que fazia quando a esperava na saída do colégio junto com as outras mães. Depois passava todo o caminho de casa perguntando:

— É verdade que Juanita é um gênio em matemática? E que Lucía vai pular uma série?

— Não, mamãe, Juana é tão retardada quanto a mãe dela. E Lucía, como pegavam muito no pé dela por ser vesga, vai mudar de sala, não se adiantar.

— Essas mães interioranas nunca entendem as coisas como elas são...

— Ninguém entende quando não quer. E você? O que disse de mim e de Tobias?

— Disse que Tobias havia descoberto uma rã e que o mencionaram no *Science Journal.*

— Quando papai contou isso, sempre duvidei se era verdade ou não...

— Ah! Minha filha! Nunca é preciso duvidar dos homens. Sempre estão enganados! Não falamos inglês. E, por sorte, as interioranas também não.

A mãe estava tirando um cochilo e Candelaria limpando a cozinha quando notou movimentos pendulares da lâmpada do teto. Apressou o passo convencida de que era um tremor de terra. Antes havia ouvido as colunas de madeira rangerem um pouco mais que de costume. Pela correria, não teve tempo de olhar as lajotas, mas estava certa de que não tinham se livrado das novas frestas devido à sacudida. Quando esteve suficiente para ter uma visão geral da casa, notou uma leve inclinação para o lado direito. Junto a ela apareceu Santoro de repente, com a respiração agitada pela correria e com os olhos abertos que pareciam a ponto de sair disparados. Candelaria imaginou-o fazendo cálculos mentais para avaliar o dano estrutural da casa enquanto maquinava formas de repará-la. Mas, contrariamente, o que disse foi:

— Agora querem jogar a casa em cima de nós, Edgar.

Ao dizer isso, atravessou correndo a sucessão de obstáculos que havia levantado para proteger-se, mas paradoxalmente, pensou Candelaria, se a casa fosse ao chão, o abrigo que havia construído procurando segurança adicional seria o primeiro a ficar sob os escombros. Santoro deve ter feito uma reflexão similar porque saiu correndo com suas coisas e foi embora fugindo com a mesma mochila com a qual chegou.

Foi embora ainda vestindo a roupa de seu pai e certamente com a pistola carregada para defender-se dos raios. Foi embora com o corvo debilitado nas mãos e com todas suas pepitas de ouro no bolso da calça. Depois da partida do inquilino, Candelaria ficou no piso de pedra tentando se convencer de que a nova inclinação da casa não chegava a preocupar, que possivelmente serviria para uma melhor drenagem do teto e para evitar as poças nas lajotas em época de chuva. Estava pensando nisso quando viu sua mãe aparecer na sacada com um sorriso amplo e luminoso. Saíam chispas de seus olhos como quando se recebe uma boa notícia, se resolve um problema complexo ou se tem uma ideia original.

— Minha filha, você não vai acreditar, mas as pedras estão se mexendo.

O ruído de um motor distante interrompeu a paz da manhã. Candelaria ficou alerta. Jamais admitiria, mas no fundo mantinha a esperança de que fosse seu pai. As partículas de pó inundaram o ar e foram cair sobre sua língua seca. Desta vez estava lendo deitada na rede. Já não se empoleirava no telhado. Talvez por falta de costume à nova inclinação da casa, mas na realidade subir ao telhado havia deixado de ser atrativo. Às vezes, até lhe parecia perigoso. A rede balançava de maneira previsível, tinha a ilusão de controlar a velocidade dos movimentos; com a casa, por outro lado, não sabia a que se ater. Observou as cadeiras e sua natural tendência a se deslocarem para o lado direito como se tivessem vida própria.

Não queria sair de onde estava, mas o barulho do motor se aproximava cada vez mais e, de repente, foi inegável que havia parado na parte traseira da casa. Um encontro estava a ponto de acontecer e já não estava certa de querer encontrar alguém. Queria poupar-se do desgaste de relacionar-se com outras pessoas. Sentia falta de sua vida de antes, do minúsculo grupo que constituía o mundo inteiro, seu pequeno grupo familiar de época em que ainda se sentiam à vontade uns com os outros. Agora estavam incompletos, desarticulados. Iam à deriva como o pó vai à mercê do vento. Ultimamente as pessoas entravam e saíam de sua vida, despojando-a de camadas que revelavam seu interior e que suscitavam comportamentos nos quais, às vezes, nem sequer se reconhecia. Perguntou-se se algum dia, atrás de todas essas camadas, a verdadeira Candelaria viria à tona. Pensou em sua mãe e suas instabilidades emocionais; em Tobias e seus vícios; em Santoro e seus medos; em Gabi e sua crueza. Pensou também em seu pai. Todos estavam cheios de sombras. Talvez ninguém tivesse uma versão final de si mesmo, somente um caminho diante de si. E era preciso percorrê-lo na falta de um plano melhor. Era preciso percorrê-lo por mais que não levasse à parte alguma.

Quando o barulho do motor parou, Candelaria ouviu alguém assobiando e, de alguma maneira, isso a fez pensar em seu pai. Não havia quem ganhasse dele na hora de assobiar. Costumava assobiar para Dom Perpétuo todo o tempo, embora nunca lhe desse atenção. Ou quando bebia muita aguardente e, devido ao excesso de entusiasmo, começava a tocar o tambor. Descartou a ideia de permitir que um assobio revivesse falsas esperanças. Sentiu-se como uma criança boba dessas que esperam coisas impossíveis. Pôs-se de pé e foi descobrir a origem dessa melodia que parecia tanto ao canto dos pássaros. Caminhou até a parte de trás onde viu um carro desconhecido estacionando.

Deteve-se a uma distância prudente para observar o homem que havia chegado nele. Era alto e corpulento. Não parava de assobiar enquanto se olhava no espelho retrovisor para pentear o cabelo e verificar se o repartido ao lado estava perfeito. Quando terminou, continuou assobiando ao mesmo tempo em que sacudia com um pano o pó acumulado no carro durante o caminho. Deixou-o tão brilhante que teria podido olhar-se na lataria como se fosse um espelho. De sua garganta saíam melodias iguais às dos tordos e dos caciques candelas. Imitava o repicar das aracuãs e empatava com a delicadeza dos corrupiões. Alguns pássaros respondiam de algum lugar impreciso entre as árvores e ele voltava e replicava até que se engrenavam em complexas conversas. Candelaria estava fascinada porque nunca havia conhecido ninguém que pudesse imitar o canto de tantos pássaros. Talvez sim, havia alguém que pudesse ganhar de seu pai na hora de assobiar e era esse desconhecido que neste instante estava na parte traseira da casa.

Observou-o em silêncio e pensou no muito que as coisas haviam mudado. Antes Parruca recebia seus visitantes com uma melodia e agora eram os visitantes que tinham que compô-las com seus próprios meios. Lembrou-se dos coelhos, mas quando olhou ao redor não viu nenhum. Há muito tempo não os via nem ouvia o tilintar dos guizos.

— Olhe para você! Parece um cardeal! — disse o homem quando a descobriu. — Hoje é meu dia de sorte, os cardeais são aves solitárias e sabem se esconder muito bem, apesar do vermelho de sua plumagem.

Candelaria tentou cumprimentá-lo e pôr sua melhor cara, embora houvesse algo no visitante que fizesse a faceta tímida que tanto odiava sair à tona. Tentou se sobrepor ao vermelho que lhe incendiava as bochechas, ainda que isso fosse justamente a primeira coisa que ele notou, mas não fez mais que se tingir com mais intensidade. Talvez fossem os olhos da cor das amêndoas que a deixaram assim. Não paravam de olhar para ela com uma estranha mistura de curiosidade e complacência. Parecia um homem confiável, possivelmente porque estava muito bem barbeado e usava roupas limpas e meias decentes que combinavam muito bem. Sua mãe o aprovaria, sempre andava reparando nas meias de todo mundo. Frequentemente dizia: "Saber combinar bem as meias é uma habilidade que pouquíssimas pessoas têm". Por outro lado, os sapatos que calçava não só combinavam com as meias, mas também estavam tão limpos que pareciam novos em folha. Só de vê-los se sentiu mal por estar descalça, ainda mais quando sentiu que o homem cravou os olhos em seus pés.

— Desculpe, estava no rio — mentiu.

— Não há por que se desculpar, meu cardeal, no final das contas...

— Me chamo Candelaria.

— Como vinha dizendo, meu cardeal, nunca vi uma ave com sapatos.

Mal tinha se desculpado pelos sapatos quando percebeu que tinha muitas outras coisas pelas quais se desculpar. A trança desfeita, por exemplo, obrigou-a a pensar há quantos dias não se penteava, mas não foi capaz de calcular. Ele, por outro lado, tinha acabado de retocar o repartido do cabelo e tampouco era preciso acariciá-lo para adivinhar sua maciez. Era escuro e brilhante, ligeiramente ondulado, nem muito comprido nem muito curto. Notava-se que jamais faltava à hora marcada com o cabeleireiro. Quando pensou nisso, constatou que ela nunca ia à cabeleireira. Não por um motivo específico, simplesmente era algo em que não havia pensado antes. Sua mãe cortava seu cabelo e lhe fazia a trança. Isso costumava ser mais do que suficiente, ainda que, justo nesse instante, ocorreu-lhe pensar em como ficaria com o cabelo escovado ou com um corte de cabelo convencional. Com dissimulação tirou o elástico que prendia a trança e passou os dedos entre as madeixas de cabelo para desfazê-las.

Tentou imaginar sua idade sabendo que nunca conseguia acertar. Especialmente com os homens. A única coisa que sabia ao certo é que não era tão jovem quanto Tobias nem tão velho quanto seu pai. Segundo seu parecer, tinha uma idade intermediária entre os dois únicos pontos de referência, mas isso não indicava quase nada, porque a brecha entre esses dois pontos era muito ampla. Notou os braços definidos e sentiu vontade de tocá-los. Pensou em todas as roupas que havia comprado com Gabi e que agora estavam em alguma prateleira de seu armário à espera de uma estreia. Pensou nisso porque vestia uma camiseta sem graça alguma e uma bermuda que havia herdado de seu irmão. Ainda que ficasse larga nela e tivesse que ficar ajeitando-a na cintura porque caía ao andar. Sabia que era preciso convidar o recém-chegado para entrar e até oferecer-lhe um quarto, sobretudo agora que todos os demais inquilinos haviam ido embora, mas o simples fato de pensar em tê-lo por perto todos os dias fez com que ela ficasse ainda mais vermelha que um cardeal de verdade. Desejou transformar-se em um para sair voando e esconder-se na folhagem.

— Sabia que os andorinhões reais podem voar duzentos dias sem parar? Imagine! Até dormem no ar! — disse o homem.

— Podem voar mais que as galinhas japonesas?

— Mas o que está dizendo? Qualquer ave voa mais que uma galinha. Essas coitadas têm asas que não servem para nada.

— E os pombos-correios que não voltam nunca mais?

— Todos temos o direito de nos perder de vez em quando, não acha? — Candelaria ficou ruminando essas palavras enquanto arrumava distraidamente o cabelo. — A propósito, — continuou — quando a polícia ficou sabendo que eu vinha para cá me pediu o favor de entregar isso — disse tirando do carro uma caixa de madeira dessas em que se depositam as cinzas dos mortos. — Me asseguraram que tem uma águia aqui dentro. Você acredita? Não paravam de rir. Podem acusar esses policiais de qualquer coisa, menos de falta de imaginação.

— Não é uma águia. É meu irmão — disse Candelaria abrindo a caixa.

— Desculpe, não sabia — disse o homem inclinando-se para espiar o interior.

— E de que mais deram risada? — perguntou Candelaria fechando a caixa no nariz dele. O baque levantou um pozinho fino que ficou suspenso no ar. Ambos espirraram ao mesmo tempo.

— Da arara que saiu no jornal. Por favor, diga que a arara existe de verdade. A propósito, meu cardeal, posso continuar te chamando assim?

— No jornal?

— Sim... Procurei muito por ela... Não sei se você sabe, mas a *Ara ambiguus* está em vias de extinção — fez uma pausa e suspirou longa e profundamente, depois começou a puxar o cabelo com uma força que Candelaria achou excessiva e continuou — O caso é que justamente quando eu ia saindo do povoado, vi a notícia de um afogado. Na fotografia aparecia seu corpo coberto por um lençol branco manchado de sangue. Quando vi esse corpo inerte guardado por uma arara, eu disse para mim mesmo: "Facundo, você a encontrou". Depois fui à delegacia de polícia para averiguar onde haviam tirado a foto.

— Se chama Dom Perpétuo — disse Candelaria agarrando a caixa de madeira — E meu irmão se chamava Tobias, não mencionaram seu nome no jornal?

Abriu de novo a caixa e tocou as cinzas esbranquiçadas com a ponta do dedo. Eram tão finas que ficavam grudadas na pele. Aproximou o nariz e percebeu o novo cheiro que seu irmão havia adquirido. Não podia acreditar que tanta vida terminasse reduzida a um espaço tão diminuto.

— Não acha que essa caixa é muito pequena para uma águia? — perguntou Facundo.

— Muito pequena — disse Candelaria — havendo tanto céu…

— Não sei se você sabia que quando as águias se tornam adultas o bico fica curvado demais e dificulta a alimentação — disse Facundo. — Fora isso, perdem a dureza das garras e não podem segurar bem suas presas. E como se não bastasse — prosseguiu — as penas das asas engrossam e ficam tão pesadas que é difícil voar.

— E então morrem? — perguntou Candelaria.

— E então decidem.

— Decidem?

— Veja, algumas escolhem ficar assim até que morrem de fome; outras, por sua vez, voam até os penhascos de pedra e começam a bater com o bico até que o arrancam. Quando um novo e forte sai, o usam para arrancar, uma a uma, as garras debilitadas e as penas velhas. É um processo de renovação que dura cinco meses.

— Parece muito doloroso…

— É muito doloroso, mas as que decidem fazer isso podem chegar a viver setenta anos; as que não, apenas quarenta.

— E acha que vale a pena fazer isso? — perguntou Candelaria.

— O que eu acho — disse Facundo — é que esse tipo de decisão cada um tem que tomar a sua.

Os dois levantaram a vista ao mesmo tempo. O céu estava tão azul que parecia recém-pintado. O calor do ambiente parecia uma dessas carícias que chegam até os ossos. O silêncio era hipnótico, quase sagrado.

— Sabia, meu cardeal, que o condor dos Andes é uma das aves que voa mais alto? Se tivesse um nos sobrevoando agora, estaria tão alto que não conseguiríamos vê-lo. Por outro lado, ele, com seus olhos potentes, nos veria como dois pontinhos insignificantes.

— Talvez seja isso que somos — disse Candelaria.

— Tudo depende de onde se olha, meu cardeal.

— Você tem equilíbrio, Facundo?

— Bom, não sou propriamente um flamingo, bem que eu gostaria, nessa vida não se pode ser mais elegante e mais rosado do que eles. Embora não sejam sempre assim. De fato, enquanto alcançam a maturidade, não têm graça nenhuma, mas sabe qual é a melhor parte da adolescência? Que ela termina, e então eles adquirem esse tom rosado.

Candelaria ficou calada olhando para esse ponto invisível que as pessoas costumam olhar quando estão pensando em algo importante. Ela, enquanto ajeitava a bermuda, estava pensando nos flamingos, em sua falta de graça, em que tudo tem um fim, inclusive a adolescência. Facundo prosseguiu:

— Por que perguntava por meu equilíbrio?

— Você vai ver, a casa tem um ligeiro desequilíbrio. Nada com que se preocupar.

— A casa é o de menos. A única coisa que me importa é a arara. Você me apresenta?

— É você que tem que se apresentar a Dom Perpétuo e não o contrário. Sabe? É levado por sua opinião e quando não gosta de alguém, se esforça para demonstrar. Quase arrancou o dedo de um dos policiais.

— É verdade, — disse Facundo sorrindo — estava com um curativo no dedo, por isso me pediu o favor de trazer até aqui a caixa de madeira.

— E a entregaram sem mais nem menos?

— Ou a credencial de biólogo interessado em salvar uma espécie em extinção é muito convincente, ou eles são muito preguiçosos. Acho que a segunda opção, porque, afinal, até se deram o trabalho de pegar um mapa e me mostrar o caminho. Nesse momento pensei em quão certeira é essa frase de Rumi que diz: "Aquilo que você está procurando também procura por você". Não acha, meu cardeal?

Candelaria não respondeu.

— Não acha, meu cardeal? — voltou a perguntar, mas Candelaria não respondeu porque estava ponderando a frase enquanto pensava que, provavelmente, ninguém procurava por ela porque ela não estava procurando ninguém.

— Pode me chamar de cardeal, — disse Candelaria depois de alguns segundos — as aves me fascinam. Venha comigo, vou te mostrar a casa.

Começou a caminhar e logo percebeu que Facundo frequentemente ficava para trás, apesar das tentativas de mantê-lo a seu lado. Depois de algum tempo notou que a loquacidade que demonstrou em sua chegada havia passado ao mutismo absoluto. "Está olhando para meu traseiro", pensou enquanto tentava manter a bermuda no lugar e se lamentava por não haver posto um vestido decente. No entanto, a hesitação em usar vestidos era algo de que se sentia orgulhosa no passado. Não gostava de vestidos porque com eles não podia subir nas árvores nem perseguir coelhos nem se empoleirar no telhado. Ainda que, pensando bem, há dias não realizava nenhuma dessas atividades. O silêncio de Facundo se tornou tão incômodo que não pôde evitar de virar a cabeça para procurá-lo. Apesar de tudo não estava olhando seu traseiro, mas uma laranjeira carregada de flores. Tinha os olhos muito abertos, como se dessa maneira pudesse abarcar mais coisas com o olhar.

— Nunca havia visto tantos colibris na minha vida — comentou. — E olha que é difícil... São minhas segundas aves favoritas.

— Vamos — disse Candelaria interrompendo-o. — Não temos o dia todo.

Contraditoriamente, o que a incomodou foi que não estivesse olhando para ela. Ainda que se fizesse isso ela também haveria se incomodado. De um tempo para cá podia se incomodar com coisas tão paradoxais como essa.

Acelerou o passo para obrigar Facundo a caminhar mais rápido, mas seu único interesse pareciam ser os pássaros. Tinha uma atitude quase reverencial para observá-los. Com uma fascinação que em outra pessoa lhe pareceria maravilhosa, mas nele não. Como podia um estúpido pássaro roubar toda a atenção?

Esperou por ele de pé no piso de pedra. Sentiu que demorou horas. Olhou ao redor quase desejando que Dom Perpétuo não estivesse ali para que não roubasse o protagonismo. Depois reparou na erva daninha que havia voltado a crescer entre as pedras e se lembrou de Tobias. Ainda o levava nas mãos. Abriu a caixa, como se ao fazê-lo pudesse sentir de forma mais latente sua presença. Queria falar com ele sobre a persistência das ervas daninhas, mas se calou diante da possibilidade de que Facundo a visse falando com algo tão inanimado quanto um pedaço de madeira, isso era algo muito próprio de sua mãe, não dela, por isso fechou a caixa com força. Enquanto esperava por ele ficou observando a fila de formigas carregadeiras que cruzava a calçada, uma atrás da outra, sem parar jamais, sem se atreverem a questionar a ordem estabelecida que as fazia andar sempre da mesma maneira. Pensou no que aconteceria se um dia cada formiga decidisse sair da fila e seguir seu próprio caminho.

Quando Facundo chegou, entrou com essa atitude que oscila entre o assombro e a expectativa e que torna impossível se concentrar em outra coisa que não seja o objeto que a desencadeia. Atravessou a porta devagar como se estivesse cruzando um portal para outro mundo e, uma vez dentro, sua excitação aumentou à medida que ia descobrindo cada canto da casa. Justo nessa hora o sol bateu contra os vitrais e a cúpula do telhado pareceu se acender como uma tocha. Caminhou com respeito entre as raízes fazendo enormes esforços para não pisar nelas. Admirou o limoeiro, em que não cabia um único limão a mais, e depois parou diante da mangueira, que havia crescido o suficiente para obrigar alguém a pensar no que fazer quando seus galhos superiores chegassem à parte mais alta da casa.

— Tem que fazer um buraco no telhado — disse. E Candelaria pensou que Facundo era um homem com o qual podia chegar a se entender. — Sabe como me sinto, meu cardeal? Como um pássaro que acaba de se libertar da jaula em que viveu durante toda a vida. Este lugar é o que mais se parece à liberdade.

— Liberdade? — perguntou Candelaria.

— Sim, nunca havia visto um ambiente com tão poucas restrições.

— Poucas restrições?

— Bem, por enquanto o único limite que vejo é o telhado, mas estou certo de que poderemos solucionar isso.

Candelaria olhou ao redor perguntando-se como ambos podiam perceber coisas tão diferentes a respeito de um mesmo lugar.

Só o fato de subir as escadas demorou uma grande quantidade de tempo, porque Facundo alucinava com as trepadeiras que haviam tomado conta do corrimão. Reparou em cada movimento realizado pelos tentáculos vegetais para tecer uma estrutura que lhes permitisse continuar subindo. Cada broto era uma espécie de degrau para o seguinte e deste para o de cima. A porta do quarto da mãe estava entreaberta e Candelaria bateu com suavidade antes de entrar, quase desejando que sua mãe estivesse dando um passeio. De fora Facundo conseguiu ver um par de pedras redondas e pretas que o fizeram exclamar:

— Mas se parecem com ovos de galinha de Java!

— São da minha mãe — disse Candelaria, com certo alívio, ao reparar que o quarto estava vazio.

— De maneira que pertencem à rainha-mãe. É estranho que uma rainha saia de sua colmeia, onde está?

— Procurando mais — disse Candelaria.

— As rainhas nunca têm o suficiente — disse Facundo enquanto pegava algumas pedras para observá-las de perto. Quando as pôs no chão novamente saíram rolando. — Sabe por que a casa está inclinada, meu cardeal?

— Pelo tremor de terra, suponho.

— Não, é porque os tatus sacudiram as bases. Certamente não são muito firmes porque a madeira estava verde quando a instalaram, isso é perceptível à primeira vista.

— E isso é bom ou ruim?

— Isso é o que é. Sabe? Com os animais não se pode brigar. Eles chegaram aqui primeiro. Por isso andam por aí sem complexos, como se o mundo lhes pertencesse. Por outro lado, nós sempre precisamos nos impor porque sabemos que nada nem ninguém nos pertence. — Candelaria ficou olhando para ele como se houvesse acabado de descobrir que o sol nasce de noite, e ele, percebendo sua contrariedade, perguntou: — Não acha?

— Sim, só que não havia pensando dessa maneira — disse, e se fechou em um longo silêncio.

— Por que tão calada? O que está pensando, meu cardeal?

— Que o sol nasce de noite sim, só que no outro lado do mundo onde não conseguimos ver.

A presença de Facundo em Parruca trouxe uma calma que há muito não se percebia na propriedade. Suas gargalhadas ecoavam como uma melodia das que costumavam invadir a casa nos tempos felizes. Candelaria notou o impacto, inclusive, no estado de ânimo de sua mãe. Bastou olhar para Facundo uma única vez para atribuir a ele o mesmo valor que às pepitas de ouro com que o senhor Santoro costumava pagar o aluguel do quarto. De repente era uma mulher participativa e animada. Por ele, saía da cama para preparar suas melhores receitas com ingredientes recém-colhidos da horta. Adorava gritar seu nome: "Facundo, Facundo!", e depois vê-lo correr até ela para ajudá-la com o que lhe pedisse. Desde pegar as frutas mais altas das árvores, adubar as plantas e pôr bananas por toda parte para atrair pássaros até tirar as lesmas das alfaces e outros vegetais da horta. O problema das lesmas era uma briga que nunca acabava. Sentavam-se os três juntos para tirá-las com a mão e colocá-las dentro de um saco que depois incineravam.

— Já basta ter que compartilhar as alfaces com as aracuãs — disse a mãe como uma forma de explicar o extermínio massivo a que submetia as pobres lesmas.

— Se seguirmos essa mesma lógica, teríamos que exterminar também os esquilos, pois me parece mais grave ter que compartilhar os abacates — comentou Candelaria para que sua mãe ficasse malvista por Facundo.

— Como diabos você vai comparar uma lesma com um esquilo, filha. As lesmas nem devem sentir, são pura baba. Daí seu nome: ba-bo-sa[2].

— Não dá para comparar uma alface com um abacate, mamãe.

— Vamos ver, vamos ver, — mediava Facundo — aqui o que temos é um problema de apreciação estética e gastronômica. Por que matamos as lesmas e, por outro lado, admiramos os esquilos? A resposta é gostamos mais dos abacates que das alfaces e achamos os esquilos mais bonitos que as lesmas. Adoramos a beleza porque ela não precisa de explicações.

E assim, cada vez que Facundo intervinha, os três ficavam calados e a discussão morria de morte natural.

Quando menos esperavam, haviam se transformado numa pequena família, na qual Facundo tinha um papel neutro: com seus trinta anos, era muito jovem para agir como pai, mas muito adulto para ser filho. Era de um entusiasmo quase infantil para muitas coisas; mas, em outras, demonstrava

---

[2] Em espanhol, lesma é *babosa*. (N.T.)

a sabedoria e a capacidade de mediação de um homem mais velho. Mantinha-se na comodidade de um ponto médio porque sabia dar um jeito de se entender com os dois extremos e de dar a ambas, mãe e filha, a atenção que cada uma demandava. Se a mãe queria recolher pedras, Candelaria se oferecia para levá-lo até os ninhos dos *gulungos*, e se era Candelaria quem desejava sair para caminhar, a mãe começava a preparar o almoço mais elaborado que conseguisse imaginar para amarrá-lo perto da casa. Rivalizavam de maneira constante, mas Facundo se arranjava para que nenhuma se desse por ganhadora.

Ambas pareciam necessitar da companhia de Facundo da mesma maneira que as árvores necessitam do sol. Nenhuma sabia explicar o magnetismo que ele exercia sobre elas. Simplesmente queriam mais. Mais conversas, mais caminhadas, mais perguntas que as fizessem pensar. E ao obtê-las queriam ainda mais. Mais atenção, mais adulações, mais cuidados. Ambas pediam o que há tempos haviam deixado de ter. E ao conseguir o que queriam, pareciam florir e expandir-se e abranger. Subiam com o mesmo ímpeto das trepadeiras, que desconhecem a agonia do corrimão ao qual se seguram ante a impossibilidade dele se expressar. Eram invasivas e exigentes. Como a chuva que não pede ao pasto permissão para derramar-se sobre ele. Facundo respondia a todas essas exigências porque elas, por sua vez, respondiam às suas. Se proporcionava atenção era para obtê-la, se oferecia cuidados era porque sabia que receberia o mesmo em troca. Era hóspede e parasita ao mesmo tempo. Todos de alguma forma o eram, e por isso o triângulo funcionou desde o primeiro dia. Continuaria funcionando enquanto cada uma de suas pontas puxasse com força para seu próprio lado para satisfazer as próprias necessidades.

O entusiasmo de Facundo era contagioso. Mantinha-se impecável e limpo. Suas calças jamais tinham rugas porque ele mesmo as passava antes de vesti-las. Todas as suas camisas pareciam novas em folha e, no final do dia, continuavam parecendo tão limpas como de manhã. Não importava que houvesse subido nas árvores para pegar frutas, instalar ninhos ou estudar Dom Perpétuo em seu estado mais natural. Dava a sensação de que nem sequer suava. E isso que todo dia fazia flexões para conservar a firmeza de seus músculos. Empenhava-se em limpar até as solas do sapato. Lavava a roupa antes de que ficasse suja, tomava banho sem falta antes de se vestir e outra vez à noite antes de se deitar. Sua maior obsessão era o cabelo, a cada instante o tocava com a mão e não podia passar por uma janela sem contemplar seu próprio reflexo para comprovar que todos os fios estivessem em seu devido lugar. Candelaria, que era a encarregada de varrer, começou a notar que pela casa toda havia mais fios de cabelo de Facundo que dela, o que era muito improvável, mas quando tentou fazer uma brincadeira a respeito disso não foi muito bem recebida por Facundo.

Começou a se esforçar para manter suas unhas bem cortadas quando reparou nas mãos dele. Eram quase femininas de tão macias e impecáveis que as mantinha. Começou a sentir vergonha dos pelos de suas pernas, porque não era somente a barba que ele mantinha sempre bem-feita, também depilava todo o corpo. Nunca havia visto um homem fazer isso, achava que era um assunto restrito ao universo feminino e aos nadadores profissionais. A questão é que aparentemente Facundo não podia ver um pelo sequer que ia correndo tirá-lo com uma mania quase doentia, e isso a fez pensar que talvez fosse feio ter pelos e que ela também deveria começar a tirar os seus. Pediu permissão a sua mãe para se depilar, não porque se importasse com sua opinião a respeito, mas porque necessitava de lâminas. Também começou a se preocupar excessivamente com combinar as roupas só de ver a forma tão acertada que ele tinha de combinar as suas. Era ousado, mas jamais cruzava a linha que poderia afastá-lo do plano estético para levá-lo ao plano da extravagância.

Candelaria começou a sentir falta do espelho, mas nunca quis admitir e também ninguém lhe perguntou; olhava-se então no espelho do quarto de vestir de sua mãe e, de tanto frequentá-lo, acabou por experimentar a roupa dela só para descobrir que já começava a servir. Passavam horas ali fechadas provando roupas e contando coisas sem importância. Nunca falavam de Tobias nem do pai. Era como se jamais houvessem existido. Candelaria, até esse instante, entendeu a palavra *matar* como conceito e não como ato. Tanto ela quanto sua mãe haviam "matado" os dois homens da casa, simplesmente deixaram de lembrar deles, de falar deles, de mencionar seus nomes. Facundo tentou perguntar detalhes várias vezes, mas nessa época ambas já eram especialistas em mudar de assunto. Eles já não eram eles: eram sombras, eram espectros, eram seres sem nome.

Na estreiteza do quarto de vestir brincavam de ser amigas, mas no fundo rivalizavam de maneira permanente. Às vezes lançavam mão da velha estratégia feminina de usar críticas como uma maneira de minimizar umas às outras.

— Se você se descuidar seu traseiro não vai caber em nenhum vestido, filha.

— Você está insinuando que eu deveria aprender a vomitar ou que deveria usar vestidos?

— Talvez seja melhor aprender a respeitar os outros antes de se preocupar com teu traseiro.

— Tirou as palavras da minha boca, mamãe. Pelo menos concordamos em alguma coisa.

— Não dá para falar com você.

— Já são duas coisas em que estamos de acordo, parece que estamos melhorando.

Facundo madrugava para instalar microfones nas árvores e gravar o canto das aves. Depois passava o resto do dia tentando aprender os sons que havia gravado. Nas tardes de chuva, Candelaria e sua mãe o punham à prova pedindo-lhe que imitasse este ou aquele pássaro e nunca conseguiram que se enganasse, nem sequer quando lhe faziam armadilhas. Sabia mais de *Ara Ambiguus* que de si mesmo, tanto que sempre lembrariam da tarde que chegou a Parruca e conheceu Dom Perpétuo.

Estava acomodando suas cinco malas repletas de roupas no closet quando reconheceu um dos típicos gritos da ave e saiu correndo como um louco para localizá-la. Candelaria foi atrás dele e, no caminho, desejou que um dia alguém corresse assim por ela. E lhe bastou ver a forma com que sua mãe olhava para Facundo para saber que ela também almejava o mesmo. Encontraram-no comendo as flores de um guayacán ao mesmo tempo que brigava com um melro-amarelo que pretendia fazer ninho em um dos galhos. Facundo levantou a vista e, ao vê-lo, tão alto, tão imponente e tão decididamente verde, agarrou o cabelo com as mãos. Candelaria notou a tensão em seu rosto, o tremor dos lábios e depois as lágrimas, mas não disse nada porque não queria estragar esse momento. Mas sua mãe, que frequentemente ficava calada quando tinha que falar e se punha a falar quando tinha que ficar calada, talvez para livrá-lo do incômodo de ter que admitir que estava chorando, ou por pura falta de originalidade em seus comentários, disse:

— Entrou um cisco no seu olho, Facundo?

— Não, de jeito algum, estou chorando porque estou emocionado e se há alguma coisa pela qual vale a pena chorar é por isso, não acha?

— Contemplar as aves é muito emocionante — disse Candelaria para bajulá-lo.

— É verdade. Mas com as aves acontece o mesmo que com todas as demais coisas na vida. Basta sentir que não se pode tê-las, que estão se extinguindo, para desejá-las ainda mais. É preciso encontrar outro exemplar o quanto antes e levá-los a um lugar com condições controladas para que se reproduzam.

— Sabe onde procurar esse outro exemplar? — perguntou Teresa.

— Sei onde não procurar. Tenho um mapa em que marquei todos os lugares de distribuição natural da espécie para visitá-los e verificar com meus próprios olhos se ainda há algum exemplar, mas minha busca terminou num beco sem saída. Já não resta nenhum.

— Nenhum lugar no mapa? — perguntou Candelaria.

— Não, nenhuma *Ara Ambiguus*. Não existem mais. Despareceram.

— E então?

— E então aparecem pessoas como vocês com um exemplar isolado, em um lugar que nem sequer é nativo para eles. De onde o tiraram?

— Sempre esteve aqui. Nem sequer sabia que era tão raro — disse a mãe.

— Pois olhe bem para ele, do jeito que as coisas vão, sua extinção será muito rápida.

E todos ficaram olhando para ele com uma atitude circunspecta enquanto a ave, vaidosa e despreocupada, acariciava as penas das asas. Candelaria ficou pensando que há coisas que é melhor não saber para conservar a tranquilidade mental. Agora teria que se preocupar e se sentir um pouco responsável por sua extinção cada vez que olhasse para Dom Perpétuo.

Quando não madrugava para observar ou gravar os pássaros, fazia-o para caminhar ou nadar no riacho. Também gostava de subir nas árvores para estudar os ninhos. Tinha uma vitalidade contagiosa, dava vontade de pôr-se em movimento só de observá-lo. Candelaria, frequentemente, acompanhava-o porque tinha a sensação de que a beleza natural das coisas ganhava mais encanto quando ele fazia com que ela a notasse. As árvores eram as mesmas de sempre, também o rio e as flores, mas ele de alguma maneira conseguia que ela os visse de modo distinto e encontrasse formosura até mesmo nos insetos mais repulsivos, nas larvas, nas fendas da terra ou nos troncos podres.

Um dia, depois de notar que Candelaria sempre o acompanhava para nadar, mas nunca entrava na água, perguntou:

— Não sabe nadar, meu cardeal?

— Não. Prefiro tomar sol.

— Deveria aprender, sobretudo vivendo aqui com tanta água ao redor. Não vai querer que te aconteça o mesmo que com seu irmão... E como vai pegar cor se nem sequer tira a camiseta?

— Não gosto muito da cor do biquíni que estou por baixo.

— A cor ou o corpo? Porque são coisas difere...

— Você abre os olhos debaixo da água? — interrompeu-o para fugir do assunto.

— Claro, meu cardeal. A água dispersa o ambiente de uma maneira bonita. É como estar imerso em uma obra de arte, não acha?

Mas ela não respondeu porque nunca havia aberto os olhos debaixo da água. Deitou-se sobre uma pedra morna e entrefechou-os. Pequenas gotas espirraram nela quando Facundo mergulhou em uma grota próxima, mas Candelaria não protestou porque estava certa de que ele havia feito de propósito, e já sabia que a melhor forma de enfrentar as zombarias é ignorar quem as faz. Achou melhor tentar concentrar-se nos brilhos de luz sobre as pálpebras. Era fascinada pela sensação do sol na pele e pelo modo com que os sentidos iam adormecendo à medida que seu corpo se abandonava ao repouso. Ao fundo, ouviu o barulho dos respingos de água que Facundo agitava com o movimento vigoroso de seus braços. Continuou espirrando nela gotas frescas que, em vez de incomodá-la, lhe fizeram sentir saudade. Lembrou de Gabi e, em geral, de todos os momentos felizes que haviam passado nadando juntas. De vez em quando um impulso a empurrava a jogar-se na água, mas, ao mesmo tempo, lembrava da imagem do corpo inerte de Tobias flutuando no tanque e então o pânico a obrigava a ficar imóvel sobre a pedra.

Tentou controlar a respiração para minimizar esse sentimento potente, capaz de imobilizá-la e acelerar ao máximo as batidas de seu coração, mas só foi capaz de fazê-lo depois de aspirar o ar com força muitas vezes. Depois de um tempo percebeu que já não escutava o chapinhar na água. Abriu os olhos para verificar se por acaso Facundo também estava tomando sol quando o viu flutuando de boca para baixo. Chamou seu nome várias vezes com a inquietante sensação de estar revivendo exatamente a mesma cena da morte de Tobias.

Paralisou-se durante um instante que lhe pareceu eterno, só para comprovar a frouxidão do corpo de Facundo e os fios de cabelo sacudindo lentamente ao som da corrente. Caminhou até a beira decidida a se jogar, mas assim que sentiu o contato da água nos pés deu um salto para trás e começou a chamá-lo. Nada, voltou a tentar, aumentando o volume dos gritos: "Facundo, Facundo!". Foi então que o viu levantar a cabeça e respirar o ar com toda a força que os pulmões lhe permitiam.

— Não gosto de brincadeiras — disse olhando-o nos olhos enquanto contava mentalmente: doze, treze, quatorze foi o máximo que aguentou antes de que a primeira lágrima rolasse.

Ele se aproximou com a delicadeza de quem se sente culpado e tentou envolvê-la com os braços, mas Candelaria começou a bater em seu peito com os punhos. Facundo lhe impôs seu abraço com o corpo úmido e pesado. Tinha a pele arrepiada, e Candelaria gostou de senti-la assim vulnerável. A pele se arrepia para se proteger, refletiu, e só o fato de pensar que Facundo também necessitava de proteção a fez sentir-se melhor. E então se rendeu a seu abraço e pensou que fazia muito tempo que ninguém a abraçava dessa maneira.

Depois do episódio no rio Candelaria se esforçou para demonstrar certa irritação com Facundo e, como resultado, descobriu que essa era uma boa forma de capitalizar toda a sua atenção. Agora era ele quem a convidava para as caminhadas e lhe levava mangas maduras. Era ele quem fazia cócegas nas solas dos pés, embora sempre protestasse porque estavam cheios de terra e a obrigasse a pô-los num balde com água para lavá-los. À noite pedia a ela que jogassem o jogo que seu pai lhe ensinara, ele consistia em ler, por turnos, parágrafos de seus livros favoritos. Os dela sempre eram melhores. Quando Facundo ia ao povoado para reportar as análises que estava fazendo em Dom Perpétuo ao laboratório para o qual trabalhava, voltava carregado de guloseimas e presentes para todos.

— Para a rainha-mãe: cinzel com ponta de diamante, para ver se sairão olhos em todas as pedras. Para meu cardeal: um biquíni tão vermelho que os outros cardeais vão morrer de inveja. Para a arara: uma lixa para as unhas e o bico. E falando de Dom Perpétuo, tenho uma notícia muito importante para dar. Sentem-se e tratem de ouvi-la com compostura.

— Apareceu alguma coisa nos exames? — perguntou Teresa alarmada.

— Há tido fases de depressão. Arrancar as penas é uma coisa que certas aves fazem quando estão deprimidas e solitárias. Se chama bicagem ou autodepenar e é mais frequente quando permanecem sozinhas durante longos períodos em jaulas ou espaços pequenos. Algumas fazem isso por nervosismo, outras por puro e físico tédio.

— Vai morrer? — perguntou Candelaria, que ultimamente andava obcecada com a morte de todo mundo.

— Por hora, parece estar bem, embora, como disse antes, é urgente encontrar uma companhia para ele. Mas não é isso o que queria contar. Acontece que, depois de analisar os exames, cheguei à conclusão de que Dom Perpétuo é, na realidade, Dona Perpétua.

Fazer um buraco no teto é uma boa ideia em teoria, principalmente se há uma mangueira crescendo no meio da casa. Mas na prática era, claramente, uma ideia "descabelada". Literalmente. Trepado no telhado, Facundo começou dando batidinhas tímidas com um martelo e terminou cravando com violência um machado, em meio a um ataque de histeria que fez com que arrancasse os cabelos no sentido mais estrito da palavra. Foi a primeira vez que Candelaria o viu arrancar o cabelo. Punha a mão dissimuladamente por trás da orelha, não muito perto do pescoço nem do topo da cabeça para que não notassem os buracos que ele mesmo se fazia cada vez que uma situação o incomodava. Depois, com as mechas de cabelo na mão, parecia se sentir culpado e esse sentimento lhe gerava mais ansiedade, o que, por sua vez, fazia com que arrancasse mais mechas de cabelo. "Facundo, depois terminamos o buraco!", gritou Candelaria lá de baixo quando percebeu o que estava acontecendo, mas o que ela não sabia era que deixar as coisas por fazer acrescentava uma carga adicional aos ataques de ansiedade e, por isso, ainda mais vontade de continuar se auto-lesionando. Se Facundo fosse uma arara, lhe dariam um diagnóstico de bicagem, pensou.

Candelaria subiu ao telhado para tentar ajudá-lo, e no fim da jornada de trabalho conseguiram abrir o buraco não sem antes rachar a cúpula e quebrar alguns vitrais pela vibração do martelo. Terminaram banhados em suor e pó, razão pela qual Facundo sugeriu que fossem nadar no riacho. A princípio, Candelaria achou uma boa ideia, talvez porque o fosse, talvez porque o calor não a deixasse se lembrar das razões pelas quais evitava a água ultimamente. Ou possivelmente estava pronta para mostrar suas pernas recém-depiladas, tão lisas e brancas que pareciam de plástico. Estreou seu biquíni vermelho, aquele que, supostamente, despertaria inveja nos demais cardeais, mas ninguém pôde admirá-lo porque vestiu uma camisa larga que não deixava evidência de como havia ficado. Odiou os triângulos que lhe cobriam os peitos porque pareciam balões vazios.

Facundo mergulhou de cabeça em sua grota favorita, levantando uma infinidade de gotas que brilharam sob o sol como besouros de fogo. Ela ficou na beira, e assim que seus pés tocaram a água, sentiu a respiração se agitar e as pernas amolecerem de tal maneira que precisou se sentar. "Para a água, meu cardeal, prometo te segurar bem forte!", ele gritou enquanto espirrava água alegremente. Haveria dado o que fosse para aceitar o oferecimento de seus braços, mas o mais adequado para atenuar o pânico que a estava consumindo e evitar a pressão de Facundo para que entrasse na água foi fingir que estava dormindo.

Algum tempo depois ouviram gemidos quase humanos. Não o tipo de gemido que provém da vontade de ser ajudado, mas do cansaço de aguentar uma dor ou uma situação insustentável. Questionaram-se com o olhar, mas como um não encontrou resposta nos olhos do outro, decidiram ir procurar quem os emitia. Demoraram um pouco porque os gemidos eram precedidos por períodos longos de silêncio. Mas mesmo no silêncio havia uma insuportável carga de agonia. Por fim, foi o cheiro que os conduziu pelos matagais. Ali descobriram um mico agonizante. Alguém havia cortado, vários dias atrás, suas duas patas da frente e o rabo. Souberam disso pela decomposição que exibia nos tocos e pelo enxame de moscas que rondavam enlouquecidas o banquete da putrefação. Dois abutres o bicavam para arrancar pedaços de carne, e o mico olhava para eles com uma mistura de dor e impotência por não poder sequer se dar ao luxo de espantá-los para que não o devorassem vivo.

— Vamos resgatá-lo? — perguntou Candelaria.

— Vamos matá-lo.

— Mas... ainda está vivo.

— Por isso mesmo.

— Podemos curar suas feridas, não sei, ao menos dar a ele outra oportunidade.

— Um mico sem patas e sem rabo não tem nenhuma oportunidade nesta vida, meu cardeal. Está sofrendo muito, basta olhar nos olhos dele.

E então Candelaria olhou para o mico e o mico olhou para ela. Seu olhar era quase humano. Havia tanta esperança nesses olhos pretos implorando por ajuda.

Me ajude a procurar um tronco grosso ou uma pedra — disse Facundo pondo a mão no cabelo.

— Não — disse Candelaria chorando. — Olhe para ele, acha que vamos ajudá-lo.

— Mas nós vamos ajudá-lo. O melhor que pode acontecer com ele é que a gente encurte seu sofrimento. Talvez seja melhor você ir para casa — disse enquanto pegava a maior pedra que encontrou.

Candelaria recuou. Queria ir embora e queria ficar. Optou por afastar-se um pouco mais e fechar os olhos. Sentiu um golpe seco e um gemido. O gemido continuou aumentando e de maneira duradoura. Entreabriu os olhos e viu-o pegar a pedra outra vez e levantá-la tão alto quanto seus braços lhe permitiam. Jogou-a de cima com toda a força, mas não a viu cair porque fechou os olhos de novo, justo antes de que esmagasse sua cabeça. Continuaram ouvindo o gemido enfraquecer cada vez mais até que parou por completo.

— Vamos, meu cardeal. — disse agarrando-a pelas costas.

Candelaria tentou se desvencilhar quando viu que Facundo tinha respingos de sangue ao longo do braço. Já estavam voltando para casa quando ouviu um gemido muito fraco. Sentiu um redemoinho no estômago e a boca se enchendo de saliva. Facundo ficou de costas ao ouvir as ânsias de vômito.

— Fique tranquila, já vamos chegar em casa.

— Não, ainda está vivo, acabei de ouvir.

— É tua imaginação, meu cardeal, tenho certeza de que está morto.

— Eu tenho certeza de que está vivo.

Ficou vomitando enquanto Facundo voltava para se certificar. Com o canto do olho o viu desferindo vários golpes com a mesma pedra e isso a fez vomitar mais.

— Agora sim, vamos — disse.

Candelaria caminhou atrás de Facundo e se deu conta de que, além dos braços, também tinha as pernas respingadas de sangue. Como seu cabelo úmido estava grudado ao crânio, pôde detectar os pontos específicos onde o cabelo já não crescia. Eram mais abundantes do que havia imaginado. "Com razão se esforça tanto para arrumá-lo", pensou.

Lembrou-se de Gabi nesse momento. Ela saberia matar o mico de maneira menos sangrenta. Caminharam sem dizer nada. Ouvia-se apenas o som de passos sobre a folharada e a respiração agitada de ambos. Os olhos do mico não saíam da cabeça de Candelaria. Se abria os olhos os via e se os fechava também. Sacudiu a cabeça, como se ao fazê-lo pudesse fazer com que seus pensamentos escorregassem. Mas era impossível. Não encontrava forma de se livrar deles.

Chegou em casa chorando e se fechou no quarto. Não saiu para jantar. Não falou com ninguém. Ao longe ouviu a voz de sua mãe e de Facundo conversando na mesa da sala de jantar. Perguntou-se como conseguia fazê-lo com tanta animação depois dos acontecimentos da tarde. Para ela, o mico ainda a perseguia com esse olhar humano que pedia somente um pouco de compaixão. Evidentemente havia sofrido muito pelos membros mutilados e, no entanto, quando ela olhou para ele, viu como brilharam seus olhos diante da possibilidade de receber ajuda. Mas o haviam matado, e ela não havia feito nada para impedir.

Custou muito para dormir e, quando conseguiu, seus sonhos se tornaram pesadelos nos quais o mico não parava de olhar para ela. Ainda não havia amanhecido quando o ouviu gemer ao longe e não soube se eram gemidos reais ou se os havia sonhado. Sentiu-se um pouco como seu irmão. E depois um pouco como sua mãe quando precisou ir ao banheiro para vomitar e, mais tarde, um pouco como Facundo quando arrancou toda a pele da borda dos dedos até aparecerem gotas de sangue. Talvez não houvesse muita diferença entre arrancar a pele e arrancar o cabelo. Ficou acordada e voltou a ouvir os gemidos, então foi correndo acordar Facundo. Discutiram. Chamou-a de obsessiva, de demente. Disse que era uma menina com muita imaginação, e para ela foi mais doloroso que a chamasse de menina que de paranoica. Estavam nesse ponto quando ouviram outro gemido. Muito distante, muito apagado, mas ambos o ouviram.

— Merda! — disse Facundo. — Não sabia que matar alguém era tão difícil.

— É difícil para os inexperientes — disse Candelaria lembrando-se de Gabi. — Vou procurar uma lanterna, não podemos deixar ele assim — acrescentou com dificuldade para terminar a frase.

Antes de sair Candelaria passou pela cozinha, pegou uma faca e, entregando-a a Facundo, disse-lhe:

— Tem que ser no coração, o crânio é muito duro. — viu a angústia no rosto de Facundo e a mão que estava desocupada remexendo o cabelo.

— Não sou capaz, meu cardeal.

— Eu também não.

Cada um ficou contemplando sua própria angústia nos olhos do outro. A lâmina afiada da faca brilhou nas mãos de Facundo. O vento trouxe até eles o sofrimento do mico em forma de lamento. Eram tão tristes que ambos tinham os olhos cheios d'água.

— Vamos — disse Candelaria.

— Merda, não sou capaz — disse Facundo devolvendo a faca para Candelaria.

Ela a pegou com suas mãos sardentas. Pensou na diferença que havia entre a sensação de pegá-la para cortar tomates e a de fazê-lo para matar alguém. Parecia mais pesada, mais afiada. Saíram devagar para deixar que os olhos se acostumassem com a escuridão. Apressaram o passo na noite negra. Não havia lua e, se não fosse a lanterna, não teriam conseguido ver nem as palmas de suas mãos. A coruja cantava ao longe seus presságios. A folharada estalava sob seus passos indecisos. Não sabiam nem onde estavam pisando. À medida que avançavam, ouviam os gemidos cada vez mais fortes.

Quando chegaram encontraram alguns abutres cochilando ao redor. Esperavam que amanhecesse para continuar o banquete. As moscas, enlouquecidas, não paravam de zumbir. O cheiro era ainda mais insuportável que antes. Candelaria sentiu que suas mãos tremiam. Iluminaram o mico e viram os olhos fechados e a cabeça deformada pelos golpes. Os besouros de fogo desenhavam linhas no ar. Facundo pisou em uma poça de sangue que havia se formado ao redor do corpo mutilado e então lamentou as manchas que ficariam em seus sapatos. Candelaria acariciou o mico com uma mão e com a outra apertou a faca sabendo que não seria capaz de enterrá-la. Nem sequer sabia o lugar exato em que fica o coração. O mico abriu os olhos e olhou para ela. Fechou-os, depois voltou a abri-los e sem deixar de olhá-la soltou um último estertor. Seus olhos ficaram muito abertos.

— Agora sim está morto — disse Facundo, aliviado.

— E a última coisa que pensou foi que eu ia enfiar uma faca nele — lamentou-se Candelaria.

— Teria sido capaz, meu cardeal?

— Claro que sim — mentiu.

Depois que a mãe talhou olhos em todas as pedras com o cinzel que Facundo lhe dera de presente. Depois que ganhou uns poucos quilos e as bochechas ficaram da cor dos hibiscos. Depois que pintou o cabelo de escuro como as pedras redondas que a olhavam de um canto do quarto e que cortou as pontas ressecadas e o prendeu em um rabo de cavalo alto e apertado. Depois e só depois de tudo isso, um dia a mãe pôs o vestido vermelho e apareceu na sacada com uma solenidade que ninguém conhecia. O corpo firme, a postura ereta e o olhar cravado em uma paisagem que, por sua vez, parecia olhar para ela. As pedras pretas no interior do quarto a contemplavam de trás em contraste com as plantas de fora que o faziam de frente. Elevada e inalcançável, ali em sua sacada para observar e ser observada, pôs a todo volume a ópera que, segundo ela, fazia as plantas crescerem.

Havia feito uma dieta de vários dias em que só consumiu alimentos que houvessem brotado da terra. Executou exercícios de respiração e banhos de bicarbonato e arruda. Esfregou todo o corpo com o resto de mel que havia coletado com a invasão das abelhas. Dormiu fora na noite de lua cheia para recarregar e equilibrar os polos magnéticos do corpo. Durante algum tempo não encostou em nenhum aparelho elétrico nem usou luz artificial para iluminar o ambiente. Cumpriu na totalidade o voto de silêncio e ficou de cabeça para baixo cinco minutos a cada hora para oxigenar cada canto de seu cérebro. Depois de tudo isso, segundo ela, havia conseguido a desejada "desintoxicação definitiva" e isso era algo digno de celebração.

O sol estava começando a nascer e, do piso de pedra, a luz oblíqua dos raios atravessava a mãe como se ela estivesse flutuando, ou talvez de fato estivesse, porque ninguém pode sobreviver a semelhante tipo de desintoxicação sem converter-se em um ser etéreo como os dentes-de-leão que flutuavam no ar. Facundo e Candelaria encontraram-se fora da casa para ver o que estava acontecendo. A música ressoava de tal maneira que fazia eco ao eco. As flores ficaram mais florescidas e o canto dos pássaros soava mais forte. Todos em Parruca pareciam contagiados por uma embriaguez coletiva. Dona Perpétua se contorceu de forma tão estranha sobre os galhos da araucária que Facundo se assustou ao pensar que talvez houvesse assaltado a macieira e devorado as sementes. "São letais para aves porque têm cianureto", explicou, e então a que se contorceu foi Candelaria ao lembrar-se do corvo e de todas as maçãs que havia dado a ele.

Nesse mesmo dia Candelaria viu as primeiras gotas de sangue manchando sua roupa interior. Tão vermelhas, tão chamativas, tão escandalosas.

Eram apenas algumas gotas, mas para ela a sensação era a de estar se esvaindo, de que se continuasse assim não ia ser capaz de ocultá-las. Não lembrava de onde havia tirado essa ideia tão absurda de ocultar o inocultável, de sentir vergonha por algo que nem sequer estava em suas mãos controlar. Jogou-se na rede com o casaco amarrado na cintura para que ninguém se desse conta e a cada cinco minutos ia ao banheiro. Ali ficava um longo tempo contemplando seu próprio sangue com uma mistura de nojo e fascinação que não conseguia compreender inteiramente. Pensou em suas colegas e se perguntou se todas já haviam passado por isso.

O mistério da menstruação é um grande mistério. Primeiro ninguém quer que venha e depois se transforma num tópico obrigatório de conversa no recreio. Os absorventes são compartilhados com uma generosidade inusitada e quando é preciso levantar-se da cadeira, deve-se perguntar sempre à da fila de trás se por acaso há algum vazamento. Às vezes, porque há uma suspeita; mas, em geral, porque há a necessidade de deixar claro para as colegas que já é mulher e que a saia do uniforme poderia estar manchada. E então todas correriam para lhe oferecer um casaco para amarrar na cintura, poucos temas geram tanta solidariedade entre as mulheres como uma mancha vermelha no lugar errado. De repente, essa é a questão mais importante do mundo. Tem que sangrar para ser mulher. Tem que manchar a calcinha.

O curioso é que há poucos meses eram crianças que ficavam nervosas quando a colega de carteira pegava sem permissão um lápis de cor do estojo. Umas pequenas egoístas convencidas de que o mundo inteiro lhes pertencia sem ter tido ainda nenhum mérito para apropriar-se da mais mínima coisa. Talvez houvessem visto televisão demais ou dado mais atenção do que deveriam aos discursos de suas mães que lhes asseguravam que em algum lugar existia um príncipe encantado disposto a estender um tapete para que não sujassem seus pezinhos. Mas em vez de um príncipe o que chegou foi um sangramento com o qual teriam que lidar até que os príncipes fugissem e elas estivessem velhas e invisíveis. Um sangramento desagradável que deveriam ocultar a todo custo do resto do mundo, mas que fazia com elas, como mulheres, se aproximassem um pouco e questionassem, pela primeira vez, as diferenças de gênero. De um momento para o outro todas falavam da mesma coisa, porque isso era o que diferenciava as meninas que foram das mulheres que haviam se tornado. Faltavam à aula de esportes com a desculpa da cólica e das dores de cabeça.

O mundo, de um dia para o outro, dividia-se entre as que já haviam menstruado e as que não. E as que ainda não haviam menstruado não tinham outra opção a não ser sorrir como bobas no recreio e se perguntar quanto tempo seus corpos tardariam em demonstrar aquilo que haveria de catalogá-las como mulheres. Apenas nesse momento e por essa razão sentiu saudade do colégio. Esse era um bom lugar para perder sangue, era um lugar seguro. Mas em casa, com Facundo a bordo, não era. Fez as contas, em dez dias faria treze anos. "Treze", disse em voz alta. Era um número que lhe parecia bonito, embora as pessoas se empenhassem em dizer que trazia azar.

Quando percebeu que não poderia ocultar o sangramento por muito tempo, subiu para contar para sua mãe. A ópera continuava tocando. Ao entrar ficou um tempo de pé, junto das pedras, tão imóvel que parecia uma delas. Não se lembrava que a geometria das costas de sua mãe fosse tão perfeita. Talvez Facundo tivesse razão e sua mãe era a rainha da colmeia, enquanto ela não passava de um zangão. Sua mãe havia se livrado das demais aspirantes ao reino, havia se livrado do homem que lhe serviu de companheiro. Talvez, com a desintoxicação, o que sua mãe desejava era apagar os últimos restos do pai, as migalhas de lembrança.

Candelaria se perguntou se era sua mãe que ostentava o poder dentro de casa e se a aparente fragilidade atrás da que costumava se escudar não era mais do que uma das armas com as quais manipulava os que viviam ao seu redor. Pensando nisso ficou admirando suas costas. Desejou estar magra assim. Desejou ter essas mesmas pernas longas e que, quando pusesse um vestido, ficasse bonito assim. Custa aceitar que os pais possam ser vitais e desejáveis. Que seus corpos cansados à força do uso sejam capazes de continuar preservando o que se chama de beleza. Reparou no poder que o vestido vermelho lhe dava, em seu cabelo escuro e abundante. Candelaria viu-a na sacada, por trás, concentrada olhando a paisagem. Parecia que a qualquer momento sairia voando. Em momentos como esse, sua mãe parecia uma canção.

Candelaria chamou-a várias vezes pelo nome, mas ela não a ouvia, talvez estivesse muito concentrada, talvez por causa do volume da música. De repente ficou com vergonha ali de pé sentindo o sangue quente que descia de seu interior. Quis sair correndo, mas ficou com medo de encontrar Facundo no caminho. Não queria que a visse assim. Não soube por que sentiu uma vontade imensa de chorar. Desta vez contou até vinte e dois antes que a primeira lágrima rolasse, o que era um triunfo. Por experiência sabia que a primeira abre o caminho a todas as demais. Basta soltá-la para que caiam sem controle e sem medida. Quando a canção terminou sua mãe se virou para colocá-la de novo e reparou nela agachada e indefesa em um canto. Agora a mancha era visível e escandalosa. Fixou o olhar nessa mancha sem forma e disse:

— Filha, isso só indica que haverá muitas mudanças em tua vida.

— Mais?

— Sim, o importante é que não faça nenhuma estupidez, a maioria...

— Como me apaixonar? — interrompeu Candelaria, porque de alguma maneira associava os conceitos de ser uma mulher e estar apaixonada.

— Não, como ficar grávida — esclareceu sua mãe.

— Não quero que conte isso para ninguém.

Na hora do almoço notou que sua mãe exibia uma excitação fora do comum. Depois dos exercícios de desintoxicação tinha um apetite extraordinário. Preparou cogumelos recheados, assou pão de milho e serviu vinho, embora quase nunca tomasse. Candelaria, por fim, estava estreando um dos vestidos que Gabi a fez comprar e isso a ajudou a recuperar parte da confiança em si mesma. Gostaria de vestir um tom mais alegre, talvez o amarelo porque tinha mais a ver com sua personalidade, mas nesse momento as cores escuras a fizeram sentir-se mais tranquila.

Nunca havia se sentido tão feia como ao ver sua imagem refletida na vidraça com esse vestido idiota que nem sequer servia nela. Teve ciúmes de sua mãe. Ela ganhava em tudo. As coisas não podiam funcionar dessa maneira, deveria ser ao contrário, as filhas têm que fazê-las sentir saudade do que um dia tiveram e não poderão recuperar jamais. Supõe-se que as mães são velhas, que sacrificam sua beleza e seu corpo pelos filhos. Que são absorvidas e consumidas por eles e que perdem sua individualidade ao ponto de que ninguém sabe ao certo onde começa o filho e onde acaba a mãe. Em que momento os papeis foram invertidos?

Notou que, pela primeira vez, tinha uma taça de vinho no lugar da mesa em que ela costumava se sentar e pensou que isso lhe viria bem porque andava furiosa, mas não sabia contra quem projetar seu descontentamento. Pelo menos isso era o que dizia seu pai cada vez que uma situação o tirava do sério: "Preciso de um trago", e as garrafas de aguardente começavam a se esgotar até que a situação se solucionasse ou até que acabasse a aguardente: o que acontecesse primeiro. Facundo pegou a garrafa e com um olhar perguntou a ela se queria. Candelaria assentiu. O som do jorro amarelado batendo no cristal fez cócegas em seu ouvido. Esperou que ele pegasse a própria taça para que ela pudesse fazê-lo da mesma maneira. Não queria parecer inexperiente. Alegrou-se de que Facundo a visse beber e, embora tenha odiado aquele primeiro gole, fez grandes esforços para que ninguém percebesse.

Era estranho, mas nunca havia se sentido tão incluída. Era como se de um momento para o outro houvesse começado a se encaixar, embora não soubesse muito bem onde. Sentiu que Facundo e sua mãe olhavam para ela como se esperassem um pronunciamento, mas não tinha nem ideia do que esperavam que ela dissesse. Então preferiu ficar calada. Pôs-se a pensar em Gabi, gostaria de tê-la a seu lado nesse momento. Haveria sido ela com um de seus comentários inoportunamente oportunos quem deixaria sua mãe e Facundo sem nada para dizer.

— Bem, senhoritas, se pode saber o que estamos celebrando? — perguntou Facundo com uma ingenuidade tão falsa que seria possível notá-la a quilômetros.

Candelaria tomou um gole do vinho para não ter que dizer nada. Ficou vermelha como um cardeal ao notar que Facundo estava olhando para ela com o canto do olho, ansioso para ver sua reação.

— A vida, Facundo, a vida — disse Teresa piscando o olho.

— Eu sei onde tem mais araras como Dona Perpétua.

Disse isso assim, sem mais explicações. Como essas coisas que são ditas para que se possa ponderar o impacto que causam e, dessa forma, calcular o benefício que poderia ser obtido com elas. Facundo estava deitado tomando sol à beira do tanque. Candelaria havia notado que era um lugar que frequentava quando queria estar sozinho, porque possivelmente já havia notado que ninguém mais na casa se aproximava dali nem por engano. De fato, era inclusive um lugar que haviam deixado de mencionar, como se assim pudessem apagar tudo que havia acontecido na quietude de suas águas.

Facundo cochilava sem camisa. O corpo inteiro brilhava pelo óleo com que se besuntava para se bronzear. Viu-o abrir os olhos e procurar os dela com uma expressão entre interrogativa e ansiosa. De pé se sentiu imensa, imponente devido à luz do sol que a essa hora brilhava alto no céu. Deitado percebeu-o na sombra — à sua sombra —, diminuto e indefeso, uma formiga que poderia esmagar com a sola suja de seus pés.

— Eu sei onde tem mais araras como Dona Perpétua — repetiu.

Sem deixar de olhar para ela, Facundo capturou seu tornozelo direito em uma tentativa de segurá-la. Tentou se levantar e então ela pôs o pé esquerdo sobre seu peito. Estava quente e liso. Era duro como uma pedra. Não tardou em dar-se conta de que ele estava vendo por baixo da bermuda, mas mesmo assim não retirou o pé.

— Vai me levar? — perguntou Facundo.

— Vou pensar — disse ela pondo mais peso no pé esquerdo. Ao fazê-lo se sentiu poderosa, como se estivesse esmagando uma formiga indefesa.

Ambos sorriram. Candelaria havia posto todas as suas cartas na mesa. Se se enganasse, perderia a única oportunidade de sair de Parruca. Facundo soltou o tornozelo e ela tirou o pé de seu peito. Ao sentir-se livre começou a caminhar até a casa e voltou a sorrir, desta vez para si mesma, em especial quando ouviu o desespero com que Facundo a chamava: "Não vá embora, meu cardeal", "Meu cardeal, vem para cá...". E então apressou o passo. Não teve que se virar para saber que estava arrancando fios de cabelo.

Facundo a seguiu durante o resto do dia como um cachorro fiel. Levou para ela suco de tangerina que ele mesmo teve o trabalho de espremer. Deu-lhe de presente um besouro de ouro, um trevo-de-quatro-folhas, um pêndulo e um ninho abandonado de colibris, perfeito e diminuto como uma escultura. Pôs as penas coloridas que ele colecionava dentro de uma garrafa vazia de aguardente que colocou na mesinha de cabeceira de Candelaria, junto às cinzas de Tobias.

Quando escureceu saiu para capturar besouros de fogo dentro de um pote e, quando juntou o suficiente, voltou ao quarto e os libertou na frente dela. Brilhavam como luzinhas de Natal e ao voar faziam figuras no ar que desapareciam em um piscar de olhos, tão rápido que se podia atribuir-lhes qualquer forma sem que o outro tivesse opção de comprovar ou refutar. "Viu? Um tubarão", ele dizia. "Um urso", ela dizia. "Um barco", ele dizia. "Uma baleia", ela dizia. E assim permaneceram até que adormeceu e sonhou com o canto das baleias. Embora no dia seguinte voltasse a se lembrar de que nunca as havia ouvido cantar e, além do mais, nem sequer sabia onde diabos cantavam.

— Perto do mar — disse-lhe Candelaria durante o café da manhã.

— O que acontece perto do mar? — perguntou Facundo.

— Tem mais *Aras Ambiguus*.

— Onde exatamente? O mar é muito grande, meu cardeal — disse desenhando um mapa imaginário sobre o guardanapo. Esmerou-se em assinalar a longitude da linha de praia para que ela visse como era longa.

— Nem tanto — disse ela percorrendo com os dedos um pequeno fragmento dessa praia imaginária.

— Visto assim parece uma porção pequena, mas é imenso, imenso. Por acaso não conhece?

— Claro que conheço — mentiu.

— Mas é que..., não sei, preciso de mais garantias para ir até lá.

— Quer que eu te leve ou não? Porque do jeito que eu sou, já estou me arrependendo — disse Candelaria pondo-se de pé. Estava certa de que não demoraria em chamá-la. Não atenderia ao primeiro chamado nem ao segundo nem ao terceiro. Ele mesmo havia dito que as coisas ficam mais desejáveis quando a pessoa acha que está a ponto de perdê-las.

— Volte, meu cardeal — chamou uma vez. — Venha! — chamou outra vez. — Por favor! — gritou enquanto começava a arrancar alguns fios.

Ela se deitou na rede amarrada entre duas palmeiras e começou a se balançar suspensa no ar. Facundo a alcançou correndo e perguntou:

— O que acontece agora? Farei o que me pedir.

— Agora quero cócegas nas solas dos pés.

E os estendeu sobre os joelhos de Facundo. Estavam sujos e ásperos, mas dessa vez ela não estava disposta a lavá-los nem ele em condições de exigir que o fizesse.

— Para onde vocês vão? — perguntou a mãe alguns dias depois quando lhe deram a notícia.

— É uma missão científica, mamãe. Não vamos demorar.

— Sim, científica. — Confirmou Facundo.

— Vai ficar bem? — Candelaria perguntou à mãe.

— Vai ficar bem? — A mãe perguntou a Candelaria.

As duas ficaram caladas olhando-se nos olhos. Candelaria notou que fazia muito tempo que não tinha uma conversa tão profunda com sua mãe. Estas três palavras, *Vai ficar bem*, continham tudo o que tinham que dizer. Não necessitavam mais. Eram pergunta e resposta ao mesmo tempo. Eram um anúncio de carinho que cada vez expressavam com maior fingimento, mas que ambas sabiam que estaria ali para sempre. Eram o que desejavam uma à outra: que "ficassem bem", porque quem deseja isso a alguém sente-se bem pelo simples fato de desejar. Eram a confirmação de que estavam prontas para que cada uma se tornasse responsável por suas coisas e eram também a medida de quanto haviam mudado. Eram o mesmo que dizer: "Confio em você" e acreditar nisso inteiramente. Eram o mesmo que dizer: "Confio em mim" e fazer grandes esforços para acreditar. Eram três palavras, apenas três palavras, mas ambas as haviam pronunciado quase ao mesmo tempo, e isso tinha que significar alguma coisa.

Facundo insistiu que precisava gravar mais alguns dos sons que Dona Perpétua emitia. Decidiram não a levar em uma viagem tão incerta. Embora tivesse centenas de minutos de gravação, disse que era necessário compilar outros mais para atrair um possível exemplar quando o encontrassem. Não podia falhar, era a razão de sua existência. O sol mal despontava e ali estava ele olhando para cima da araucária, disposto a gravar com seu aparelho os alaridos matinais. Quando apareceram os melros, gravou-a defendendo o seu território com o som seco que emitia em situação de briga. Gravou-a sobrevoando o leito do riacho. Gravou-a fascinada partindo caroços. Gravou-a em pleno alvoroço do banho com água da chuva.

— Qualquer um pensaria que são gritos sem sentido — explicou Facundo — mas é necessário ver a cena completa para entender que os gritos também podem ser melodiosos.

— Como uma canção? — perguntou Candelaria.

— Como uma canção — disse Facundo.

Seguiram Dona Perpétua em seu percurso por todas as árvores. Frequentemente visitava as mesmas, à mesma hora. No final da tarde despedia-

-se de mais um dia na parte mais alta da montanha, empoleirada em cima de um carvalho grande e velho que deveria estar ali desde que o mundo é mundo. E gritava, como se soubesse que era a última de sua espécie.

Lembrou-se de quando Tobias se empenhou em procurar um companheiro para Dona Perpétua e embarcava em excursões e ela o acompanhava, mais para desfrutar da companhia de seu irmão do que por partilhar do objetivo delas. Mas é que antes ela era diferente e não entendia esse tipo de objetivos, agora, por outro lado, pareceu-lhe que sabia um pouco mais sobre os seres solitários. De fato, todos os que havia conhecido recentemente o eram. Repassou-os um por um: Gabi, Santoro, Borja, Facundo. Sua mãe, seu pai, seu irmão. Ela mesma estava sozinha.

Ficou pensando em Tobias. Nesse momento compreendeu que ele havia sido a pessoa mais solitária do mundo. Um garoto à deriva sem pontos fixos aos quais se agarrar. Uma ave sem asas. Um punhado de pó. Quantas rãs coloridas ficariam sem ser descobertas, quantas orquídeas, quantos poemas de Poe já não entrariam em sua memória. Já não vivia para levá-la em seus braços, para cruzar trechos de areia movediça que só apareciam nos livros; para brigar contra plantas carnívoras capazes de ingerir apenas uma mosca ao dia. Mas isso ele jamais admitiria, e justo ali residia o encanto de se lembrar dele, não pelo que havia sido, mas pelo que ele mesmo chegou a imaginar que era. Um projeto de vida que ficaria sem resolução. Uma viagem psicodélica a lugar nenhum. Um sonho dentro do sonho. Assim era Tobias. Um punhado de cinzas imóveis sobre a mesinha de cabeceira. Seis letras formando um nome que ninguém voltaria a pronunciar: Tobias, Tobias, Tobias, disse em voz alta três vezes antes de descer correndo montanha abaixo. Entrou em casa e pegou a caixa de madeira com as cinzas. Voltou ofegante até o alto.

Facundo olhou para ela com o canto do olho sem dizer nada. Talvez porque ainda estava gravando sons e não queria interromper a gravação. Talvez porque intuiu a importância desse exato momento. Dona Perpétua não parava de gritar. Candelaria abriu a caixa pensando na maneira mais cerimoniosa de jogar ao ar as cinzas de seu irmão, mas o vento as arrebatou de um sopro antes que ela pudesse fazer alguma coisa para impedi-lo. Foram nos seus olhos, no cabelo, na boca. Desapareceram na imensidão do céu em menos de uma piscada. Candelaria preferiu pensar que as cinzas voaram por vontade própria e não por capricho do vento. Era o mínimo que esperava de uma águia como seu irmão.

— Você estará de volta para o teu aniversário? — perguntou a mãe quando estavam saindo.

— Acho que sim — mentiu Candelaria, porque, segundo seus cálculos, passaria seu aniversário número treze ao lado de seu pai ouvindo o canto das baleias.

Mentiu porque já havia entendido que era mais fácil mentir.

Se tivesse prestado atenção às aulas de matemática, haveria calculado melhor, não só a distância como também as variáveis, a forma de fazer equações com incógnitas e os resultados. Dessa maneira haveria sabido que num cálculo diferencial os resultados sempre são exatos; na vida, raramente o são.

Pela primeira vez desde que a haviam expulsado do colégio calçava um par de sapatos. Não se lembrava de que fossem tão desconfortáveis. Apertavam como um mau presságio. Facundo inspecionou as solas antes de permitir que ela subisse no carro e, como não passaram na prova de limpeza, ele mesmo se deu o trabalho de esfregá-las com uma escova até deixá-las tão brancas que parecessem novas. Depois de alguns minutos, Candelaria olhou pelo espelho retrovisor o pó que se erguia ao longo da estrada; o pó expandindo-se sem limites pelo ar; o pó composto por milhões de partículas diminutas e insignificantes e, no entanto, capazes de nublar até a visão mais aguda.

O pó era o que deixavam para trás enquanto ela esticava e encolhia os dedos dos pés. Não conseguia acomodá-los dentro dos sapatos, ou talvez fossem os sapatos que não se acomodassem a eles. Sentiu os dedos aprisionados como aves enjauladas. Depois percebeu que os dedos não eram os únicos que estavam aprisionados, ela inteira se sentia dessa forma devido à angústia de não saber o que a esperava agora que estava a ponto de sair de sua jaula. Presa ao medo de ter que seguir adiante durante tantos quilômetros até chegar a um final incerto. Talvez não fossem tantos quilômetros, nunca foi boa com números, o que estava acontecendo, por um lado, era que ela ainda não sabia exatamente para onde iam e, por outro, que Facundo não sabia que ela não sabia.

— Por que está tão quieta, meu cardeal?

— Pelos pássaros nas gaiolas.

— Eu também vi, tem um montão... Estaria de acordo se...?

— Sim. Estou de acordo. Serei rápida, não desligue o carro, por via das dúvidas.

Pararam em frente à próxima casa rural que encontraram. Estava pintada com cores vibrantes que as pessoas da montanha usam para romper a monotonia do verde. O rosa era tão rosa e o azul tão azul que parecia um bolo de aniversário. Não se via ninguém nas varandas. Dois tordos voavam em duas gaiolas contíguas que balançavam pelos movimentos desesperados das aves. Candelaria desceu do carro, caminhou sigilosamente até as gaiolas e olhou para os lados. No interior da casa havia um casal no meio de uma discussão acalorada, e isso a obrigou a agir mais rápido. Abriu as portas das gaiolas para que os tordos saíssem e correu até o carro. Facundo pisou no acelerador e quando ela virou a cabeça para vê-los livres, os pássaros já haviam desaparecido na imensidão do céu. Os sapatos, ao contrário, continuavam aprisionando os pés.

Fizeram o mesmo em outra casa amarela e laranja: libertaram quatro corrupiões antes de que um cachorro a perseguisse em sua fuga até o automóvel. Em uma casa azul deixou livres cinco periquitos australianos, por sorte não havia cachorro, somente um gato obeso que preferiu continuar dormindo na comodidade do degrau. Em outra casa vermelha abriu a porta da gaiola na qual se encontrava um papagaio que não quis sair do confinamento. Ou era teimoso ou teve as asas cortadas e seu instinto lhe indicava que sem elas não chegaria longe. Talvez quem leve muito tempo preso termine por se atemorizar diante da possibilidade de ser livre. Como o papagaio começou a assobiar e falar, o dono pensou que o estivessem roubando e saiu para parar o carro a pedradas.

Mais tarde Facundo parou, não para libertar ninguém, mas para contar os amassados. Eram quatro e um vidro rachado. Arrancou vários fios de cabelo enquanto Candelaria continuava esticando e encolhendo os dedos dos pés nos seus sapatos. Ambos tiveram o bom senso de não fazer comentários. Era a primeira regra da viagem e, embora não a houvessem combinado de maneira explícita, pareciam respeitá-la.

Quando pararam para pôr gasolina e comprar alimentos, Facundo aproveitou para tirar o pó do carro com um pano limpo que tinha no porta-luvas. Candelaria achou que ele se esmerou em procurar coisas que não tivessem muita farinha nem muito cheiro de comida. Também era importante que não derretessem nem engordurassem nem pudessem ser derramadas dentro do carro. Assim que se absteve de pedir que comprasse iogurte, chocolates e picolés. Pareceu sensato evitar discussões, porque a viagem era longa e apenas estava começando. Teve que se conformar com balinhas de goma duras como pedras e maçãs insossas cujas sementes cheias de cianureto lhe lembraram Edgar.

A adrenalina os manteve despertos e excitados até bem tarde da noite. Por um momento, Candelaria se esqueceu de que os sapatos apertavam seu pé e Facundo de que andava em um carro com quatro amassados, um vidro rachado e uma companheira de viagem que, às vezes, dava a sensação de não saber muito bem para onde iam. Mas, de novo, nenhum dos dois disse nada, porque no início das viagens é melhor respeitar as regras.

A noite os pegou no meio do nada. Facundo teve que parar o carro na beira da estrada quando as mariposas negras começaram a se chocar de maneira consistente contra o vidro dianteiro. Começou a procurar algo entre suas malas, as quais pareciam conter em seu interior o mundo inteiro e todas as coisas necessárias para sua sobrevivência. Com um sorriso nos lábios começou a tirar fio dental, escova de dentes, enxaguante bucal, pijama, máscara para tapar os olhos e tampões para o ouvido.

— Precisa de algo, meu cardeal?

— Algo como o quê...?

— Não sei..., pasta de dente, sabonete... Sabe? Na tua idade deveria começar a se importar com as cáries, os cálculos, a limpeza facial, as vitaminas, as sardas... — disse engolindo o comprimido que sempre tomava à noite.

— Estou bem assim — disse Candelaria enquanto pensava se, na verdade, ela deveria se importar com esse tipo de coisa. — Para que o comprimido?

— Para apagar certas lembranças.

— Como quais?

— Olhe, a verdade é que não me lembro.

— Então está funcionando!

— Suponho que sim, meu cardeal. Quer um?

— Não..., acho que ainda não há nada que eu queira esquecer.

— Ainda... — disse Facundo enquanto terminava de escovar os dentes, colocava a máscara e punha os tampões nas orelhas.

Candelaria ficou olhando para a máscara e isso a fez lembrar de Tobias. Não via nenhuma graça em se cobrir, era melhor enfrentar a realidade com a cara limpa e os olhos bem abertos, mesmo se aquilo que se tem que enfrentar é algo tão simples como a luz. Pensou em todas as vezes que Gabi lhe disse que deveria abrir bem os olhos, mas apenas nesse momento entendeu que ela se referia a muito mais que um ato reflexo, mais que a uma necessidade fisiológica, mais que a uma expressão de assombro. Abrir os olhos era uma maneira de estar no mundo. Ocorreu-lhe que havia dois tipos de pessoas: as que os tinham bem abertos e as que não. Aquele que fecha os olhos ou os tapa acaba adormecendo e corre o risco de acreditar em seus próprios sonhos em vez de correr atrás deles.

Tentou se lembrar de quanto açúcar havia comido no dia ou se por acaso tinha alguma deficiência vitamínica de que não sabia. Também se perguntou se lavar o rosto era algo exclusivo de mulheres que usam muita maquiagem, ou se era um dever de todo aquele que tivesse um rosto. Depois ficou ruminando sobre os cálculos e chegou à conclusão de que os únicos cálculos que conhecia eram os que as freiras, sem êxito, haviam tentado ensinar no colégio.

Mais tarde se lembrou das balas de goma duras e considerou sua quantidade de açúcar, isso a fez desejar escovar os dentes, mas Facundo já estava dormindo e não quis despertá-lo. Começou a passar a língua sobre eles, o que aumentou ainda mais a vontade de escová-los. Esse maldito vício de querer as coisas quando já não é possível. Foi quando os sapatos começaram a apertar, mas cumpriu a promessa de deixá-los nos pés. Ainda pensava que poderia chegar a se acostumar com eles. Como se não houvesse se dado conta de que há certas coisas com as quais as pessoas jamais se acostumam.

Começou a olhar pela janela e a brincar com o vidro embaçado pelo seu próprio hálito. Com o dedo, desenhou o que todas as pessoas pouco criativas sempre desenham em circunstâncias parecidas: dois traços verticais e uma curva para baixo são uma cara feliz, enquanto os mesmos traços e uma curva para cima são uma cara triste. Na verdade, o que queria era desenhar uma cara com medo, mas não soube como, porque requeria traços mais finos do que os que conseguia fazer com os dedos grossos de roer as unhas. Talvez nem sequer fosse culpa dos dedos, mas da mania que temos de expressar aquilo que nos atemoriza. Temos medo de nosso próprio medo. Pensou na guarida impenetrável de Santoro, com todas as muralhas, vidros blindados e peônias trepadeiras venenosas e desejou estar resguardada e segura dentro dela. Perguntava-se se algum dia Santoro, por fim, encontraria um lugar em que pudesse sentir-se a salvo de si mesmo.

Quando o vidro voltou a ficar embaçado, beijou seu próprio reflexo. O vidro estava frio e frio continuou, mesmo quando lhe ocorreu imaginar que os lábios que beijava eram de Facundo. Nunca havia beijado ninguém e tinha curiosidade de saber como era. Então reteve o ar e foi se aproximando do adormecido, devagar, muito devagar para não o acordar. Quando encostou em seus lábios, percebeu um arrepio atravessando as costas de cima a baixo. Seu cabelo cheirava a brilhantina e a pele lisa e suave do rosto, a creme de barbear. Pela boca ainda exalava a frescura da pasta de dente. Candelaria a inspirou e, ao fazê-lo, sentiu cócegas no estômago. As bochechas se tingiram de vermelho, ainda bem que estava tudo escuro. "Se ninguém viu é como se não houvesse acontecido", pensou. Depois disso ficou acordada pensando se o ocorrido contava como um primeiro beijo ou não. Decidiu que não. Ninguém havia visto, e enquanto guardasse esse segredo seria como se não houvesse acontecido. Encostou-se no banco e ficou olhando para ele. Havia algo nesse tipo de contemplação que lhe deu uma calma enorme. Ver o outro tão plácido e indefeso a fez sentir-se dona de uma superioridade com a que não estava muito familiarizada. Antes todas as pessoas ao seu redor velavam seu sono e estavam atentas a ela. Agora as coisas eram diferentes. Agora era ela que estava de olhos abertos. Agora estava desperta.

Não soube que horas eram quando entre a neblina do amanhecer pareceu ver a silhueta de um velho. Vestia um paletó elegante e uma gravata borboleta vermelha que destoavam enormemente das formas selvagens do entorno. Ultrapassou o carro com os passos lentos de quem já não tem entusiasmo e, ao fazê-lo, acenou com a mão enrugada e cheia de pintas em sinal de despedida. Embora também fosse possível que estivesse espantando algum inseto. Candelaria o seguiu com o olhar, prestando atenção às mechas de cabelo branco curtido pelo sol, pelos anos, pelo pó do caminho.

Lembrou-se de Gabi porque o velho também coxeava ao caminhar, embora sua forma de fazê-lo fosse diferente, mais por cansaço de viver que por uma má-formação física. Olhou bem para ele tentando decifrar em que consistiam essas diferenças e entendeu que uma coisa era carregar o peso dos anos e outra muito diferente carregar um pé mais comprido que outro. Ou, talvez, os sapatos que calçava também apertassem seus pés, pois pareciam claramente impróprios para a ocasião: eram de funcionário de escritório e ascensorista e não de caminhante de trilhas empoeiradas. Ficou olhando para ele até que a neblina baixa e espessa das primeiras horas da manhã o engoliu e então o homem não era mais que uma silhueta difusa mais pertencente ao mundo dos sonhos que ao da realidade. Nesse instante de cochilo, Candelaria conseguiu pensar em como era fácil aparecer e desaparecer. Às vezes basta um pouco de neblina. Às vezes, até, só é preciso fechar os olhos.

— Bom dia, meu cardeal — disse Facundo quando acordou. — Não cantou esta manhã para anunciar o dia.

— Foi por causa dos tampões..., havia um milhão de pássaros cantando lá em cima daquela árvore, mas você não pôde ouvi-los.

— Tive um sonho bonito, sabe? Sonhei com um beijo de cardeal e a...

— Sonhei com um velho que ia para uma festa — disse Candelaria interrompendo-o.

Claro, a simples menção ao beijo já lhe acelerou o coração e tingiu de vermelho as bochechas. E já não estava escuro para que passassem inadvertidas. Ficou pensando se Facundo sonhou de verdade com o beijo ou se tentou insinuar que havia se dado conta de sua tentativa de beijá-lo.

— E onde era a festa? — perguntou Facundo.

— Não sei. Não consegui perguntar a ele. Desapareceu muito rápido.

— O beijo?

— Não, o velho.

— Todos nós desaparecemos muito rápido, meu cardeal. No fim, só ficam os que ficam. E não para sempre.

Seguiram viagem enquanto Facundo se queixava da sujeira dos pássaros acumulada sobre a capota, porque a história dos milhões de pássaros que amanheceram cantando em cima da árvore era verdade. Enquanto detalhava seus planos de procurar um lugar para o café da manhã, lavar-se e limpar o carro, mencionou que já estavam saindo da zona montanhosa e que com um pouco de sorte tomariam nesse mesmo dia a estrada para o mar. Candelaria sentiu um frio no estômago, porque sabia que, no fim da estrada, teria que saber exatamente para onde se dirigiam. Ele, até o momento, tinha sido muito paciente e ela muito hábil em desconversar. Estava há muitos dias pensando nisso e suas duas únicas opções eram tentar averiguar onde cantavam as baleias ou esperar que, quando a verdade viesse à tona, estivessem suficientemente perto do mar para pensar sequer em voltar sem arara, sem baleias e sem notícias de seu pai.

— Veja, meu cardeal, parece que teus sonhos são reais — disse Facundo dando cotoveladas para acordá-la, embora, na verdade, ela não estivesse dormindo, somente estava com os olhos fechados para evitar perguntas incômodas e poder pensar melhor. Abriu-os quase junto com a freada.

— Olá, vovô, agora mesmo estávamos perguntando onde é a festa.

— Não vou a nenhuma festa.

— Então por que está vestido assim?

— Por que não haveria de estar?

— Puxa, tem gente estranha neste mundo! — disse Facundo coçando a cabeça.

Candelaria ficou pensando em como esse comentário foi impróprio, porque entre um velho vestido de gala no meio do nada e um homem que procura uma arara prestes a ser extinta não havia tanta diferença. Questionou-se se ela também era estranha, se todo mundo era à sua maneira e se a estranheza é algo que vemos nos outros, mas não em nós mesmos.

— É melhor eu ir adubar as plantas — disse Facundo. Parou o carro à beira da estrada e se perdeu entre a folhagem com uma tira longa de papel higiênico nas mãos.

— O senhor sabe onde cantam as baleias? — Candelaria perguntou ao velho.

— Mas que absurdo você está dizendo, criança. Debaixo da água não é possível cantar.

Irritada, quis dizer que o absurdo era ele, que era um ignorante na arte de se vestir e que esses ridículos sapatos não iam levá-lo muito longe. E também quis acrescentar que já não era uma criança e que, de fato, no dia seguinte faria treze anos. No entanto, fez um exercício de imaginação pondo-se dentro da água e a verdade é que não se poderia cantar ali. Duvidou por um instante, mas logo pensou que se as baleias comiam dentro da água, certamente também poderiam cantar, então retomou os insultos mentais direcionados ao velho tão carente de imaginação. Não lhe disse nada porque discutir com gente pouco criativa era entediante e porque se distraiu vendo um pedaço de coentro que tinha entre os dentes. Nisso Facundo voltou e disse:

— Vamos lhe dar uma carona, vovô, para onde vai?

— Até o final — respondeu o velho enquanto retomava o caminho.

Candelaria se perguntou como alguém sabe quando é o final, mas não achou nenhuma resposta que a deixasse satisfeita.

Ficaram sem saber como o vidro se partiu em mil pedaços. Não havia carros na frente nem atrás. Também não havia ninguém no caminho nem sentiram uma batida de pássaro ou de pedra. Candelaria se emocionou pensando que o impacto foi produzido por um meteorito caído do céu enquanto Facundo chegou a pensar que haviam atirado. Mas o certo é que nem a suposta bala nem o suposto meteorito jamais apareceram entre todos os pedacinhos de vidro que ficaram espalhados pelo carro. Incrustaram-se no tapete, meteram-se entre cada fenda e entre cada buraco grande, médio, pequeno e diminuto. Ao longo dos anos continuariam aparecendo, porque há coisas, como o pó, o vidro quebrado, os desejos não cumpridos e os maus pensamentos, que são impossíveis de eliminar.

— Isto será como andar de moto — disse Facundo tirando do porta-malas do carro dois óculos e capacetes como os que os motociclistas usam.

— Você tem moto? — perguntou Candelaria.

— Não, não tenho.

— Então por que tem capacetes?

— Para não arrancar o cabelo em momentos de crise.

— Devo considerar que estamos em crise? — perguntou Candelaria.

— Deve considerar que estamos sem vidro — respondeu Facundo.

E continuaram sem vidro, acumulando, desta vez em sua própria pele e em seu próprio cabelo, o pó de mil caminhos descobertos. Acrescentando camadas às camadas que logo viraram crostas pelo suor e a umidade natural do ambiente. No final do dia, Facundo estava desesperado para tomar um banho no primeiro lugar que aparecesse diante dele. Chegaram a um hotel em más condições tão, mas tão sujos que pareciam estátuas de barro. O único sinal humano era a pele ao redor dos olhos por causa dos óculos e o sorriso de ambos que ainda conservava a animação da viagem intacta.

— Me sinto como o senhor Santoro depois de entrar nos buracos que costumava cavar — disse Candelaria.

— Ah! Então os buracos na terra eram para isso! — comentou Facundo com a mesma emoção de quem faz uma grande descoberta. — Sabe por que se enterrava?

— Porque era um medroso.

— E tinha medo de quê?

— Das pessoas, de veneno na comida, de misturar os alimentos e dos lugares sem proteção suficiente. Mas tinha medo das nuvens negras acima de tudo. Cada vez que as via tentava desfazê-las a tiros. E eu juro pela minha mãe que funcionava! No fim das contas as nuvens negras se dispersavam e as tormentas elétricas iam embora.

— Me parece, então, que Santoro é o tipo do homem propenso a atrair raios.

— E isso significa o quê? — perguntou Candelaria.

— Que ele precisa se enterrar com regularidade para descarregar a estática do corpo.

Candelaria ficou pensando que a sua falta de criatividade era preocupante, pois tinha mil teorias na cabeça sobre o porquê de Santoro ter o costume de se meter debaixo da terra e nenhuma nem de longe se parecia com a explicação de Facundo. Mas se ele dizia, certamente era verdade, porque Facundo era um homem que sabia muitas coisas, embora a maioria fosse inútil.

Estavam tão sujos e cheios de terra quando desceram do carro que o dono do hotel os obrigou a ficarem parados contra um dos muros de trás para jogar um jato de mangueira neles. Lavou-os, os fez virar de costas e voltou a lavá-los, uma e outra vez, até que a água turva ficou mais clara e se desvaneceu em um redemoinho formado pela insaciável sede do ralo. Facundo pediu quartos separados e ficou tomando uma aguardente na mesa bamba do terraço. Candelaria achou fabuloso dormir em um quarto de hotel só para ela justo no dia em que amanheceria fazendo treze anos, já estava na idade de ter um pouco de privacidade. O cansaço fazia seus olhos se fecharem e ainda sentia a vibração do carro e o vento zunindo nos ouvidos e, por isso, terminou esparramada sobre o colchão sem escovar os dentes; de fato, percebeu que nem sequer tinha uma escova de dentes para fazê-lo. Deitou-se com a angústia de não ser capaz de escolher o caminho correto, com medo da reação de Facundo quando se desse conta de que ela o havia usado para satisfazer seus desejos, fazendo-o acreditar que estava ajudando a satisfazer os dele. Fora isso, levou para a cama a triste sensação de que esse seria o primeiro aniversário que não passaria com a família.

Várias razões haviam alimentado sua esperança de passar esse dia com seu pai. Uma delas era sua ignorância no que se refere a longas distâncias. O que acontecia era que nunca havia feito uma viagem tão longa e todos os seus cálculos falharam, precisamente porque tudo aquilo que tivesse a ver com números estava fora de seu entendimento. Isso sem contar que quando chegassem ao ponto em que a estrada para o mar se bifurca em dezenas de caminhos secundários, já teria que saber qual era o que tinha que tomar.

Sonhou que um pombo-correio a despertava batendo na janela para entregar-lhe uma mensagem. Ela desenrolou o papel com delicadeza, por puro medo de rasgá-lo, ansiosa por escrever uma resposta. As cartas sem resposta eram próprias dos covardes, e ela não era. Isso jamais. Responderia com sua letra mais bonita para que o interlocutor pudesse entendê-la, nisso era boa, sempre fez todas as páginas de caligrafia que a professora de espanhol a obrigou a fazer no colégio. Conhecia muito bem a ansiedade de esperar uma resposta que nunca chega. Acaba-se perguntando se cada pombo que aparece é culpado de não haver entregado a mensagem que alguém lhe encomendou. Chega-se a odiar todos os pombos porque semearam a desconfiança e, pior ainda, a perda da esperança. Menos mal que em seu sonho o pombo que a olhava do parapeito parecia confiável, pelo menos não era branco como o Espírito Santo, e isso já era um bom indício. Quando terminou de desenrolar o papel, se deu conta de que não havia nada escrito e nesse momento acordou. Primeiro sentiu uma grande desilusão, era absurdo receber uma carta vazia, depois pensou que os lugares vazios têm algo de bom, pois podem ser preenchidos com qualquer coisa. Esqueceu de imediato o assunto da carta quando se lembrou de que era seu aniversário, e esse pensamento se impôs em sua cabeça e foi ganhando importância de maneira progressiva, deixando para trás a angústia dos pombos extraviados e das cartas sem mensagem. Concluiu que a ausência da mensagem era uma mensagem por si mesma.

Saiu da cama sentindo-se mais alta do que nunca. Enrijeceu a barriga, esticou o pescoço e passou os dedos pelos fios desordenados de cabelo com a finalidade de pentear-se. A caminho do chuveiro, olhou-se no espelho e avaliou o tamanho das bolinhas de gude que tinha no peito, mentindo a si mesma sobre o muito que tinham crescido. Depois se virou para examinar o traseiro e viu todas as guloseimas que havia comido no dia anterior acumuladas nele. Uma vez no chuveiro teve que tomar banho na ponta dos pés para evitar a colônia de fungos que crescia entre as lajotas. Decidiu lavar o cabelo por pura vontade de usar o secador que pendia de uma das paredes do banheiro. Nunca o havia escovado, mas havia visto como sua mãe fazia e achou que poderia conseguir fazer isso sem maiores contratempos. Salvo algumas queimaduras no couro cabeludo, nas mãos e alguns nós que teve que desatar com a ponta da tesoura, conseguiu domar esses fios vermelhos até que estivessem lisos, suaves e brilhantes como uma manta.

Pôs o vestido amarelo com flores azuis que havia comprado com Gabi. Desde que tinha memória os dias de aniversário significavam duas coisas: uma, que receberiam muitos presentes, e dois, que sempre haveria roupa para estrear, e como nesta ocasião a vinda de presentes era muito incerta, sua única alternativa foi pôr o vestido novo para não perder o costume. No entanto, ao olhar-se no espelho se sentiu ridícula. Por que diabos alguém usaria um vestido amarelo que chamava a atenção por cima de um peito inacabado e um traseiro que não parava de crescer.

Esse amarelo era como um dedo que lhe apontava para que ninguém a perdesse de vista; era um incêndio desses que se veem de longe quando ardem nas montanhas. Fora o vestido odiou também os sapatos rígidos que dependeriam sempre dos pés de quem ousasse calçá-los. Antes de sair de casa, pensou que chegaria a se acostumar a eles, mas passavam os dias e os quilômetros e cada vez os sentia mais apertados. No entanto, desta vez também não se atreveu a tirá-los, porque não cumprir uma promessa feita aos outros era muito diferente de não cumprir uma a si mesma.

Foi até o quarto de Facundo pedir uma escova de dentes de sobra, pois considerou que o correto e necessário era escovar seus dentes. Entrou sem bater, a porta estava encostada e o viu no banho, semidesnudo e paralisado pela colônia de fungos que invadiam o chuveiro. "Se considere sortudo se não pegou um fungo entre as unhas", pensou, mas não disse nada porque lhe pareceu que já estava suficientemente contrariado.

Passou a pasta nas escovas e ambos escovaram os dentes olhando-se no espelho, com o canto dos olhos um para o outro, pensando em quem sabe que coisas que não se atreveram a expressar. Escovaram como se fosse a única coisa que tivessem para fazer na vida, como se uma escova pudesse remover todas aquelas coisas que os incomodavam, como se pudessem limpar algo mais que os dentes.

Na saída pediu um copo de água e empurrou para Facundo o comprimido para esquecer não-sei-o-quê. Quando pagou o café da manhã, percebeu que o dono do hotel recebeu o dinheiro com a mesma mão com a que servia os alimentos e coçava o traseiro. E como se não fosse pouco, olhou-a de cima a baixo e teve o descaramento de sorrir maliciosamente, mas Candelaria não demorou a perceber que o sorriso era porque não tinha dinheiro trocado e precisava convencê-la a receber pacotes de balinhas como troco. Ela, é claro, recebeu-os, e ainda que tenha pensado no traseiro, também se lembrou de que o lanche que a esperava se resumia a maçãs insossas e balinhas de goma duras. Por fim, não apenas recebeu as guloseimas, mas acabou convencendo-o a lhe dar um picolé de cortesia. Escolheu o de maracujá porque a fazia se lembrar de Tobias.

Já em um território conhecido e seguro como o automóvel, Facundo foi recuperando seu encanto original, talvez por efeito do comprimido ou por haver deixado para trás os fungos ameaçadores do banheiro. Candelaria, por outro lado, estava furiosa, porque os parabéns por seu aniversário foram mornos e insípidos como o café com leite que haviam tomado no café da manhã. Além disso, Facundo não disse nada sobre seu cabelo escovado nem sobre o vestido novo, e isso a fez voltar a se perguntar se o amarelo era uma cor inadequada ou se por acaso estava gorda, feia e deformada, pois estava se sentindo exatamente assim. Ignorava que com uma reação oposta de Facundo teria se sentido igualmente miserável, porque aos treze anos as mulheres se sentem perdedoras sem importar de que lado caia a moeda ou que cartas tenham recebido. Qualquer elogio a teria feito pensar que estava sendo sarcástico ou que era um falso, um mentiroso ou um adulador desses que açucaram o ouvido da outra parte com a finalidade de obter algo em troca.

Além de furiosa, também estava preocupada porque já estavam perto do mar e ainda não sabia onde cantavam as baleias. E, como se isso não fosse suficiente, tinha uma sensibilidade no ouvido, certamente pelo excesso de vento e porque Facundo não parava de tagarelar, parecia um louro debaixo da chuva. Admirava todas as flores, todos os pássaros e todas as árvores com as que cruzava e não parava de dar dados inúteis sobre cada um deles. Também voltou a sorrir e tentar explicar o mundo à custa de digressões animais:

— Sabia, meu cardeal, que o beija-flor é capaz de bater suas asas duzentas vezes por segundo? E isso que pesa somente dois gramas. Você imagina? Dois gramas!

— Isso significa que é a menor ave do mundo? — perguntou Candelaria.

— Isso significa que não se pode subestimar ninguém.

Faltava pouco para chegar à bifurcação da estrada quando Facundo caiu em si e percebeu não tinha uma gaiola adequada para capturar os supostos pares que capturaria para acasalar com Dona Perpétua. Há vários quilômetros não parava de falar deles: como iria localizá-los, como faria a sexagem e os reproduziria nesse lugar imaginário sob condições controladas ao qual planejava levá-los. Tinha tudo resolvido em sua cabeça: iria construir caixotes com tábuas de madeira e cercá-las com redes para que não escapassem. Colocaria termômetros para que sempre estivessem a vinte e quatro graus de temperatura e lhes daria sementes, frutas e grãos para que tivessem uma dieta balanceada. Poria uma câmera dentro do ninho para monitorar a evolução dos ovos e depois dos filhotes. As imagens dariam a volta ao mundo, impulsionariam sua carreira e imprimiriam seu nome no *Science Journal* e demais revistas de divulgação científica.

— É muito difícil publicar nessas revistas?

— É quase impossível, meu cardeal. Mas eu só preciso encontrar uma arara ambígua, sabe? Estou a um passo de consegui-lo. Ou a uma pena, para ser mais exato.

Ela ficou calada pensando em Tobias e em suas descobertas de rãs coloridas e de orquídeas. Nesse instante entendeu por que nunca teve em suas mãos um exemplar do *Science Journal*.

Facundo, por sua vez, continuava falando sem parar e, quando não falava, reproduzia os sons de Dona Perpétua no gravador e ficava ouvindo-os e tentando imitá-los com um sorriso bobo nos lábios. A vontade dela era lhe dar um tapa que o apagasse do mapa, fingir que era um desconhecido com quem não tinha nenhum tipo de compromisso. Havia amanhecido com a cabeça confusa e uma pontada de culpa por ter empreendido uma viagem que claramente não ia dar em lugar nenhum. Tentou pôr em prática aquele conselho de Gabi segundo o qual a culpa existe se permitimos que exista, talvez fosse hora de lançar suas culpas ao vento para que uma corrente de ar as levasse bem, mas bem longe.

Enquanto ele fazia planos, ela os derrubava em sua mente, sabedora, como era, de que não haveria nenhuma possibilidade de que ele pudesse concretizá-los. No entanto, esticou e encolheu os dedos presos em seus sapatos, cruzou as mãos sobre o estômago, tamborilou com um dedo sobre o outro. Mexia-se de forma constante tentando encontrar uma posição cômoda, sem saber que isso é algo impossível quando o incômodo está dentro de nós.

Nesse ponto da viagem, o capacete começou a lhe apertar a cabeça e os óculos a embaçar a vista. O contato do pó na pele a irritou e, pela primeira vez, receou que arruinasse seu cabelo recém-escovado. Também lhe custava respirar e lhe doía a garganta ao tentar engolir sua própria saliva. Estava farta do vento, farta de encontrar pedaços de vidro onde quer que se apoiasse, farta de Facundo. Lembrou que apenas um dia atrás imaginou que o beijava e agora a mesma ideia lhe pareceu repugnante. Não é que Facundo tivesse mudado de maneira tão drástica de um dia para o outro, mas é que ela havia começado a vê-lo de outra maneira.

Devoravam quilômetros sentados um ao lado do outro com dois estados de ânimo completamente opostos. Candelaria tinha a impressão de estar andando com um completo desconhecido e se perguntava se por acaso ele pensava o mesmo dela. Lembrou-se do que Gabi havia dito, que a gente não conhece as pessoas de todo e que um dia talvez olhasse para ela e não a reconhecesse. E era verdade, agora que pensava nela parecia que não a conhecia em absoluto, que nunca a conheceu e que já não a reconheceria jamais. Mas não se importou. No fim das contas, Gabi nem sempre tinha razão, mas quase sempre; e o que ela dizia de novos começos parecia ser uma verdade que valia a pena aprender de cor. "Todo final é um novo começo", "Todo final é um novo começo", "Todo final é um novo começo", repetiu mentalmente três vezes como sempre fazia quando queria aprender algo de cor.

Avançavam sem arrebatamentos e sem certezas, revirando o pó, agitando as folhas das árvores, quebrando os galhos que ousavam atravessar o caminho. Candelaria o observava com o canto dos olhos para não precisar encará-lo. Parecia que quanto mais avançavam, menos o conhecia, e quanto menos o conhecia, menor e mais sufocante era o espaço que estavam obrigados a compartilhar. Eram dois seres discordantes avançando até "algum lugar" que nem sequer sabiam qual era. Não soube se ria ou chorava diante do absurdo da situação.

Com razão seu pai insistia em afirmar que todos nós terminamos nos juntando com as pessoas que se parecem a nós: "Não há nada mais incômodo neste mundo que estar fora de lugar. E os seres humanos gostam da comodidade", isso era o que dizia. A julgar pelo nível de sua atual incomodidade, podia assegurar que seu pai havia revelado uma grande verdade a ela. Se houvesse prestado mais atenção nisso, não andaria num carro sem para-brisas com um maluco que arrancava os próprios cabelos como se fosse uma arara deprimida das que terminam arrancando suas penas com o bico.

Mas ainda assim não tinha outra opção a não ser seguir em frente, porque havia deixado para trás muito mais do que pó. Ia adiante porque a inércia e as setas da estrada assim o indicavam. Lembrou-se do velho coxo que a havia chamado de criança, aquele de gravata borboleta dissonante e sapatos de funcionário de escritório que pensava que debaixo da água não era possível cantar. E essa lembrança a obrigou a perguntar-se novamente como alguém pode saber qual é o final. Mas não encontrava a resposta.

Este mundo é repleto de gaiolas, mas quando Facundo mencionou a urgência de comprar uma, todas as lojas desapareceram do caminho. Pararam em meia dúzia de lugares e em todos estavam esgotadas; ou, se havia alguma, eram muito pequenas ou as grades não eram suficientemente fortes para suportar a força do bico de uma ave especialista em destruir o indestrutível. Enquanto Facundo arrancava os cabelos, Candelaria roeu as unhas tentando perguntar com dissimulação aos vendedores se sabiam onde cantavam as baleias.

O primeiro riu da pergunta e nem sequer sabia que baleias cantavam. A segunda era muda e vendia os produtos de sua loja apontando-os com o dedo e anotando o preço num quadrinho que estava pendurado no peito. O terceiro estava bêbado e a duras penas era capaz de se sustentar em pé detrás do balcão ao mesmo tempo que dizia um amontoado de incoerências mais dignas de riso do que de pena. O quarto caiu no lugar-comum de dizer que obviamente as baleias cantavam no mar, mas não especificou onde com exatidão. A quinta confundiu baleias com sereias e disse que estavam extintas. Ou que, talvez, nunca houvessem existido.

Entraram na sexta loja, não porque tivesse cara de vender gaiolas, mas porque ficaram sem gasolina. A vendedora indicou a Facundo a existência de um posto de gasolina a dois quilômetros e ele, resignado, começou a caminhar sob a inclemência do sol do meio-dia. O calor era tanto que a estrada dava a sensação de estar derretendo. Tinham deixado para trás o pó dos caminhos de terra e o que teriam dali em diante era o triunfo do pavimento.

Candelaria o obrigou a pôr o capacete porque, caso contrário, intuiu que voltaria sem cabelo. Estavam tão perto do mar que as montanhas já não eram visíveis e o sol atacava sem compaixão por ninguém. Não havia se distanciado muito quando reparou que a silhueta de Facundo cada vez era mais difusa, como a de um espectro. Não tinha sombra, o sol estava a pino. Candelaria seguiu-o com a vista até que suas formas pareceram desvanecer-se sobre o pavimento e em segredo desejou que assim o fosse. Que derretesse, que não voltasse nunca com seu estúpido sorriso perguntando a rota a seguir. Enquanto o esperava, pôs-se a percorrer aquela loja à qual o acaso a havia levado.

Do teto pendiam móbiles feitos por mãos artesãs com caracóis e conchas coloridas. Havia todo tipo de móveis e utensílios que antes foram troncos descartados pelos lenhadores ou árvores que não sobreviveram aos temporais dos rios. Depois viajaram correnteza abaixo até chegar ao mar, onde foram curados pela combinação de salitre, sol e o constante bater das ondas. Agora eram cadeiras, prateleiras, mesas e luminárias porque alguém os havia recolhido da beira do mar e depois polido até se transformarem em utensílios de grande beleza, mas de duvidosa comodidade. Alguns nem sequer haviam sido polidos e bastava imaginar suas formas para pô-los em uso. Aquele com forma de cadeira era vendido como cadeira, mas se alguém o imaginasse como mesinha de cabeceira então terminava sendo isso. Candelaria pensou que a razão pela qual eram realmente especiais se devia à impossibilidade de fabricar dois exatamente iguais.

Perambulou também entre pinturas com paisagens marinhas, animais embalsamados, esculturas de corais, cascos de tartarugas e peles de iguanas e serpentes coloridas que a fizeram lembrar de Anastácia Godoy-Pinto. Encontrou fragmentos de barcos, âncoras, timões e canoas que pareciam tão velhas como o próprio mar. Quando a vendedora se aproximou para perguntar se procurava algo em especial, aproveitou para perguntar se sabia onde cantavam as baleias. Tinha um bom pressentimento. Uma mulher comandando uma loja como essa tinha que saber, por isso ficou petrificada quando a resposta foi negativa. Nunca um *não* a havia arrasado tanto. Atravessou-a como uma espada, atordoou-a com a mesma força que os sinos gigantes de uma igreja atordoam. O toque de um eco ficou ressoando em seu interior: não, não, não.

O mundo desabou em cima de sua cabeça, sentiu seu ser se dissolver da mesma maneira como havia feito a silhueta de Facundo sobre o pavimento quente. Pensou em sair correndo, em desfazer os passos que a haviam levado até ali. Saiu ao estacionamento e tirou sua mochila do carro enguiçado. Ao sacudi-la se viu envolvida por uma nuvem de pó que lhe arrancou vários espirros. Depois apressou o passo até a autopista com o único plano de pedir carona e entrar no primeiro carro que a levasse de volta a Parruca. A única coisa que desejava nesse momento era a tranquilidade de sua casa e o abraço seguro de sua mãe. Imaginou-a na sacada pondo música para as plantas, falando com as pedras redondas e dançando com os tentáculos vegetais. Imaginou-a abraçada aos troncos das árvores e, por um instante, pareceu-lhe que começava a entendê-la. Abraçar-se ao conhecido torna-se necessário quando reina a incerteza. Teria feito o que fosse para estar junto dela em vez de encarar Facundo. Desde pedir carona até pôr à prova a resistência de suas pernas para desandar o andado. Se apertasse o passo, quando

Facundo chegasse, ela poderia estar desfazendo o caminho enquanto ele ficaria arrancando até o último fio de seu cabelo. Certamente olharia para seu carro e não poderia reconhecê-lo e então sairia correndo para fechar-se no primeiro banheiro que encontrasse, mas também não reconheceria sua própria imagem no espelho. Negar-se ao caos e às mudanças era um inconveniente que só sabia enfrentar com comprimidos. Necessitava esquecer o passado para inserir-se nas novidades do presente, ignorando que muito em breve ele também seria passado. E esse era o problema de Facundo, que era um homem sem pontos de referência fixos.

Vários caminhões passaram reto lançando bafo quente com cheiro a combustível em seu rosto. Ali parada ao lado da rodovia sentiu-se tão insignificante quanto um inseto, incapaz sequer de manter-se nos próprios pés que continuavam apertados dentro dos sapatos. Foi ao chão pelo desleixo do motorista de um caminhão que passou veloz, embora o peso de sua carga sugerisse que deveria andar devagar. Tocou a buzina quando a viu, mais para exaltar a superioridade da máquina do que para alertá-la de um possível atropelamento. A mulher atrás do balcão, que estava observando-a pela vitrine, saiu para ajudá-la. Tinha os joelhos arranhados e os olhos cheios de lágrimas. Nem sequer teve tempo de começar a contar. A vendedora presumiu que era pelos arranhões e isso era algo bom porque evitaria explicações que não estava em condições de dar.

Só ela soube que as lágrimas eram por causa da própria incapacidade de encontrar o caminho que andava procurando. Por fim havia empreendido algo grande, havia tomado sua primeira decisão importante e, claramente, não estava funcionando. Engoliu a saliva espessa que tinha na boca e o gosto era de fracasso. Jamais esqueceria esse sabor porque a vida se encarregaria de fazê-la lembrar dele a cada instante.

— Esses caminhoneiros dirigem como loucos, não se pode confiar em nenhum — disse a vendedora ao levá-la de volta para a loja e dar-lhe um copo de água. — Não saia daqui, tenho algo que certamente você vai gostar.

Candelaria pressentiu que estava revirando a loja. Abria e fechava caixas, procurava aqui e ali. Xingava e ficava em silêncio apenas para continuar retirando a mercadoria que, pelo visto, armazenava nesse lugar. Depois de algum tempo viu-a sair com cara de paisagem. Entre seus braços magricelas levava algo que Candelaria não pôde identificar, mas supôs que era importante pela forma como o abraçava. Ou talvez não fosse importante, mas fosse muito pesado e não houve outra maneira de transportá-lo sem que caísse no chão. Conforme a vendedora foi se aproximando, com passos lentos e cuidadosos, o objeto tomou uma forma arredondada que lhe pareceu familiar. Secou as lágrimas que ainda embaçavam a vista e abriu bem os olhos para analisar por que esse objeto redondo e pesado a havia posto em alerta. A próxima coisa que percebeu foi a textura e a cor original do granito. Depois viu um rabo de baleia e um corpo de baleia como aqueles que tanto conhecia.

— Já que parece se interessar por baleias, imaginei que você poderia gostar desta escultura. Sinto muito não saber onde cantam, mas é que não sou daqui e sim de...

— Onde você a conseguiu? — interrompeu-a Candelaria com a voz trêmula e o coração a mil.

— Quem as faz é um dos artistas da comunidade. Costumam deixar suas obras aqui para vender.

— Onde fica essa comunidade? — perguntou enquanto acariciava o granito. Ao fazê-lo fechou os olhos e, pela memória tátil armazenada nas pontas dos dedos, teve a certeza de que era uma escultura de seu pai.

— Pois na verdade eu não sei. Eles sempre trazer suas obras até aqui. Esses artistas são muito estranhos, não gostam que as pessoas apareçam por lá.

Candelaria ficou de pé e começou a dar voltas pela loja toda. Despendurou os cascos de tartaruga e alguns móbiles de conchas furta-cor para examiná-los de perto. Olhou atrás das peles dissecadas de iguanas e de serpentes. Empurrou os móveis de madeira e notou que atrás de alguns havia uma assinatura com o nome do artista, outros com iniciais ou datas. Levantou as esculturas de coral e as partes de alguns barcos, mas também não viu nada significativo. No canto inferior direito das pinturas de paisagens marinhas havia o mesmo garrancho ininteligível.

Havia averiguado muito, mas ao mesmo tempo não havia averiguado nada. Sentia-se perto e longe do que estava procurando. Não sabia se ria ou se chorava; se ia ou se ficava. Deu um golpe na parede e um dos óleos foi ao chão. Ali, na parte de trás, a mesma mão que havia assinado o quadro com uma letra impossível de decifrar havia escrito algo que Candelaria tentou ler em voz alta:

— Puerto o quê? Aqui diz Puerto-não-sei-o-quê? Soa familiar?

— Não, não soa — disse a vendedora que, para variar, não sabia de nada.

— Será Puerto Futuro? Deve haver um lugar que se chame assim — disse Candelaria.

— Não será Puerto Arturo? — perguntou a vendedora.

— Existe um lugar chamado Puerto Arturo? — perguntou Candelaria.

— Sim, claro, já ouvi falar, mas não sei onde fica.

Facundo apareceu da mesma forma que havia desaparecido. As bordas de sua silhueta, antes difusas, voltaram a se delimitar em contornos conhecidos. Havia deixado de ser um espectro dissolvido pelo calor do pavimento para converter-se, de novo, em um homem. Trazia um tambor cheio de gasolina numa mão e na outra uma gaiola tão grande que de longe dava a sensação de que ele que a habitava. De fato, ele mesmo parecia uma arara, todo cabeçudo, pelo capacete que ainda protegia sua cabeça.

— A bifurcação não está muito longe, meu cardeal, — disse — creio que mereço saber para onde nos dirigimos exatamente.

— Vamos a Puerto Arturo — disse Candelaria com uma voz firme e segura. Até para ela essas palavras soaram estranhas quando foram pronunciadas por seus próprios lábios.

De uma das malas, Facundo tirou um mapa e começou a desdobrá-lo. Era tão grande que precisou estendê-lo no estacionamento da loja para conseguir procurar onde ficava o destino que o estava esperando. Candelaria viu como deslizava os dedos pela linha costeira enquanto tentava ler os nomes dos povoados. Viu vários marcados com um xis e soube que esses eram os lugares em que já havia procurado por araras. Algumas gotas de suor caíram no meio do Oceano Pacífico. Ninguém se apressou em limpá-las. Facundo não conseguia encontrar Puerto Arturo e Candelaria, com medo de que não existisse, fez um machucado na unha do qual saiu uma gota de sangue que foi parar no mesmo mar. Acalmou-se, dizendo mentalmente que não podia perder a compostura, já sabia que na maioria das vezes as coisas que parecem estar mais ocultas se encontram bem na frente dos olhos. Como o manuscrito sobre a mesinha de cabeceira ou a serpente na viga do teto. Também se lembrou da mancha de Gabi em forma de mapa que vai a "algum lugar" e desejou com todas as forças que Puerto Arturo fosse um lugar mais real que esse.

— Puerto Arturo não existe — disse Facundo a ponto de começar a berrar.

E Candelaria se perguntou se, além do suor e do sangue que já haviam se espalhado sobre suas águas, o oceano Pacífico também poderia abrigar lágrimas.

— Uma coisa é que não exista e outra que não apareça no mapa — disse ela.

— Não — insistiu ele. — O que não está nos mapas não existe.

— O problema é que não sabemos olhar. Vamos avançar até o pedágio e lá a gente verifica.

— Está me dizendo que não sei ler um mapa?

— Pode ser o mapa que não sabe ler você.

— Nem que eu fosse um livro — disse Facundo, indignado. — Melhor perguntar a quem sabe de verdade.

Efetivamente, no pedágio da bifurcação lhes indicaram exatamente qual caminho deveriam tomar para chegar a Puerto Arturo. Não aparecia no mapa porque, tecnicamente, não era um povoado, mas o nome que um punhado de esquisitos deu ao lugar em que haviam decidido se juntar para "criar", explicou o funcionário enquanto recebia o dinheiro. Candelaria notou um risinho malicioso quando o homem mencionou a palavra *criar*, mas não disse nada porque estava suspirando de alívio pelo fato de que Puerto Arturo realmente existir.

A explicação relaxou os ânimos e voltou a encher o carro de entusiasmo. Cada um acreditava ter justo o que necessitava. Embora os objetivos fossem diferentes, o destino era real. Nesse momento, isso era o que mais importava. Quando menos imaginaram, estavam cantando em dupla e procurando restos de guloseimas e maçãs para comer. Combinaram de não parar para não perder nem um segundo. De repente, o vento nos ouvidos deixou de incomodar, bem como os pedaços de vidro enterrados na pele. Tampouco os amassados, as sujeiras dos pássaros ou os restos de comida incrustados no carro. Surpreendentemente, Facundo não mencionou a necessidade de tirar do corpo todo o suor e o pó acumulados, e da mesma maneira Candelaria nem se lembrou do muito que os sapatos apertavam seus pés.

Pegaram a rota que o funcionário do pedágio lhes indicou com o mesmo fervor com que tomariam o caminho para o paraíso. Dirigiam-se para o mesmo lugar com expectativas completamente diferentes sobre o que encontrariam nele. Mas havia expectativas e isso era o que importava para continuar avançando. Candelaria refletiu sobre o muito que pode variar a ideia de paraíso de uma pessoa para outra. Pode ser inclusive que o paraíso de um seja o inferno do outro e se perguntou se seria seu caso, embora não conseguisse adivinhar quem sairia perdendo. Supôs que Facundo, afinal de contas, ficaria sem arara, sem reconhecimento e sem ver seu nome publicado nas revistas científicas.

A bifurcação que levava a Puerto Arturo era um caminho secundário e, de repente, o pó foi outra vez passageiro nessa viagem incerta em que tinham embarcado. À medida que avançavam, o caminho foi se estreitando até converter-se em uma trilha de pedras soltas que acrescentavam cada vez mais complexidade ao percurso. O carro frequentemente batia por baixo em pedras e os pneus tropeçavam no cascalho, fazendo coro a Facundo, que grunhia como ele mesmo e não o carro estivesse recebendo o impacto das batidas.

Várias vezes encalharam e tiveram que pedir ajuda aos nativos que passavam montados em burros para que dessem um empurrão. A última encalhada requereu a força de seis negros com braços de ferro de tanto usar a picareta em seus cultivos e carregar tambores de água para amenizar as constantes secas. Um dos negros lhes disse que o caminho tendia a piorar e que nesse carro não chegariam a nenhum destino. Estendeu-lhes a possibilidade de deixá-lo em seu rancho, ao lado do pátio. Disse que por ali os caminhos deveriam ser percorridos a passos lentos e que era impossível calcular quanto demoram em ir de um lado a outro. Sugeriu que o conceito de tempo só existia na cabeça de quem usava relógio e que consultá-lo era um costume que ninguém tinha por ali.

— Tempo, o que chamam de tempo, nós temos — disse Candelaria. Facundo olhou para ela com os olhos abertos em sinal de desacordo, olhando o relógio de grife que usava no pulso esquerdo.

— Não tenha tanta certeza, mocinha — disse o negro. — Não se pode ter algo que não existe.

Ofereceu-lhes alugar um par de burros velhos. Assegurou que eles os levariam até onde eles quisessem: "O bom dos anos é que se conhece melhor os caminhos", disse quando notou a decepção de ambos diante dos burros velhos e maltratados. Trocar de meio de transporte não estava nos planos; mas, tendo em vista os últimos trechos do caminho, parecia ser o mais sensato. Quando menos esperavam o carro ficou estacionado ao lado do pátio e eles dentro de um rancho com teto de palha e chão de terra pelo qual perambulavam galinhas que davam bicadas em seus pés. Ainda não haviam assimilado a presença das galinhas quando um porco enorme atravessou o que poderia se considerar a sala da casa. Um gato mais preto que o dono do lugar dormia num canto. Nem a curiosidade de duas caras desconhecidas o fez abrir os olhos. Em cima, sobre as vigas do teto, um par de periquitos amarelos resmungava.

— Não vão embora nunca? — perguntou Candelaria.

— Às vezes, — disse o negro — mas sempre voltam.

— Por que voltam?

— A liberdade é muito incerta e muito arriscada. Aqui, pelo menos, eles têm a segurança de uma bananeira.

Disse se chamar Sigifredo, como seu pai, seu avô, seu bisavô e todos os homens da família. Não tinha o dente esquerdo da frente, mas havia compensado sua falta revestindo o da direita com ouro. Estava tão magro que suas mãos pareciam imensas e as extremidades se assemelhavam aos galhos das árvores. Quase não piscava e isso dava a sensação de atravessar a gente com o olhar. Quando soube que se dirigiam a Puerto Arturo, garantiu que o mais sensato era ir de burro até a praia e ali contratar uma lancha. Ambos assentiram com o olhar porque Sigifredo era o tipo de homem com quem não se podia estar em desacordo. E muito menos em um território tão indômito e desconhecido como esse em que se encontravam.

— Não entendo, por que tem que ir de lancha? — perguntou Candelaria. — Puerto Arturo é uma ilha?

— É um lugar sem via de acesso, como seus habitantes. Poderíamos ir com o burro, mas demoraríamos o dobro.

— Então vamos de lancha — disse Facundo.

— Então vamos de burro — disse Candelaria quase em uníssono, aterrorizada com a possibilidade de que um naufrágio a obrigasse a entrar em contato com a água.

Discutiram até que Facundo começou a arrancar o cabelo e Candelaria as unhas. Quando as galinhas se apropriaram do teto do carro e o gato dormiu na carroceria, ainda estavam discutindo. Sigifredo se deitou na rede para não se meter nesse tipo de discussões e bebeu três copos de rum puro em um instante. Os periquitos da viga conseguiram cantar o hino nacional e duas canções típicas.

Candelaria se empoleirou em uma árvore quando se esgotaram os argumentos pelos quais não estava disposta a entrar em uma lancha, e Facundo, por sua vez, não teve outra opção senão tomar um comprimido para esquecer rapidamente as razões da discussão. Precisou tomar dois porque um só não lhe fez nem cócegas. Candelaria achou-o tão alterado e viu tantos fios de cabelo entre seus dedos que decidiu descer da árvore e concordar em irem até a praia para contratar uma lancha que haveria de levá-los a Puerto Arturo.

Primeiro ouviu o murmúrio incansável. Depois o respirou. Mais tarde passou a língua pelos lábios e pôde saboreá-lo. Por fim viu o mar e entendeu por que um dia Facundo havia dito que a beleza não precisa de explicações. Pela primeira vez estava diante de algo extraordinário e desejava utilizar todos os sentidos em sua contemplação, sem ocupar a cabeça tentando entendê-lo. O mar era isso que seu pai tantas vezes tentou descrever, como se alguém pudesse fazer semelhante coisa e não ficar bem abaixo do esperado. Agora o via com seus próprios olhos: infinito, incansável, imenso. Bastava perder-se um segundo na repetição de seu vai e vem para se lembrar do quão efêmeros são nossos passos. Não era possível observá-lo sem chegar a se sentir insignificante. O mar abarcava até aqueles lugares fora do alcance dos olhos. Ela, por sua vez, era tão diminuta quanto qualquer um dos grãos de areia em que estava pisando com esses sapatos que, embora apertados, a haviam levado até ali.

Ao vê-lo, desceu do burro e correu até a beirada. Os sapatos se encheram de areia, mas estava muito excitada para perceber isso. Parou no ponto exato em que as ondas se acumulam, uma em cima da outra, antes de finalmente morrerem. Viu restos de espuma e algas. Viu conchas e caracóis rasgando a areia. Abaixou-se para tocar a água com os dedos, estava morna e, ao prová-la, pareceu mais salgada do que havia imaginado. Quis afogar seus medos, adentrar em suas profundezas, permitir que a tepidez da água invadisse todos os cantinhos de seu corpo. Entregar-se ao vai e vem das ondas e se balançar nelas para repousar o cansaço. Quis muitas coisas, mas suas pernas pareciam colunas de aço, firmes e fincadas na areia.

Facundo ultrapassou-a e se perdeu em uma onda. Despareceu sob a água por um instante e quando finalmente tirou a cabeça para fora, Candelaria notou um gesto infantil em seu rosto. Suas gargalhadas eram tão altas que se podia ouvi-las por cima do barulho da arrebentação. Ficou olhando-o pular na água e pensou que a felicidade tinha que ser algo parecido com isso. Desejou ser capaz de também se submergir, mas as pernas não lhe obedeceram e não pôde avançar nem um passo. Pensou em Tobias e em seu corpo sem vida flutuando sobre a água turva do tanque.

Por estar distraída não viu a onda que molhou seus pés e mandou-a para o chão antes que pudesse retroceder. Ficou estendida sobre a areia e uma sucessão de ondas foi ao encontro de seu rosto. Entraram em seus olhos, na boca e tudo foi ardor e desagrado. Uma coisa é entrar no mar e outra muito diferente é que o mar entre na gente sem consentimento. Quando Sigifredo tentou ajudá-la a ficar de pé, notou que sua mão era tão calejada e escura que parecia o tronco de uma árvore. Foi essa mão imensa segurando a sua que a levou a pensar que fazia muito tempo que ninguém lhe estendia a mão.

— Cuidado, o mar é traiçoeiro — disse Sigifredo.

— Quem não? — disse Candelaria sem soltá-lo. O rosto estava ardendo e era difícil respirar. Tinha outra vez a saliva espessa.

— Está tremendo, mocinha.

— Não quero subir em nenhuma lancha.

— Mas, Candelaria, por Deus! — disse Facundo levantando a voz.

Essa foi a primeira vez que Facundo a chamou pelo seu nome. E essas quatro sílabas que ela havia ouvido tantas vezes soaram estranhas, como se fosse a primeira vez que as ouvia. Can-de-la-ria. Sentiu todos os olhares sobre ela e as bochechas ficaram vermelhas. Pôde sentir a velocidade com que o sangue circulou por todo seu corpo. Engoliu a saliva com dificuldade. Temeu que o vestido molhado se tornasse transparente e mostrasse a roupa íntima e que esses quatro olhos direcionados para ela o notassem. Pensou em seu traseiro. Tentou descolar as partes do vestido que estavam aderidas à pele. Havia corrido com vontade para esconder-se em algum lugar, mas a praia, de repente, não era do mais que uma faixa de areia clara. Era um espaço vazio. Ao longe se erguiam palmeiras magras, altas e elegantes; sentiu inveja porque eram tudo o que ela não era. À frente estava o mar, impedindo sua fuga, aterrorizando com seus rugidos. Nesse mesmo dia em que viu o mar pela primeira vez, começou a odiá-lo. E odiava a si mesma por sentir-se assim. Estava certa de que em outras circunstâncias haveria sido diferente.

— Não foi nada, mocinha — disse Sigifredo lhe acariciando o cabelo úmido. — Em Puerto Arturo também chegam burros e a paisagem é mais bonita. Se a gente se apressar, aposto que chegamos antes do sol se pôr.

Facundo tomou ar para dizer alguma coisa, mas se arrependeu no último momento. Coçou a cabeça com os dedos e depois começou a arranhá-la com tanta força que todos conseguiram ouvir. Fios de cabelo se incrustaram nas unhas, talvez porque não as lixasse há muitos dias. Depois escondeu o rosto com as mãos e ficou assim durante alguns segundos que pareceram eternos. Parecia a ponto explodir, todos notaram que seu corpo tremia e não precisamente de frio. Candelaria achou que agora entendia melhor as razões pelas quais, às vezes, era necessário pôr uma máscara. Pelo menos era mais prático que andar cobrindo o rosto com as mãos.

O caminho pelo qual começaram a andar havia sido feito pelos nativos pela necessidade de percorrê-lo a pé. As árvores, em ambos os lados, formavam uma espécie de túnel, e escondidos em sua folhagem espreitavam camuflados toda sorte de animais que desapareciam diante de um simples olhar. A única evidência de sua fuga era a ondulação dos galhos ou o chiado do tapete de folhas secas sob suas patas invisíveis. Lá de cima das sumaúmas se despenduravam bichos-preguiça, que, agrupados, mastigavam flores com uma lentidão desesperadora.

Todos iam calados. Facundo levava nas costas a gaiola e uma mala maior do que desejaria; ainda assim, a cada momento levantava a vista para identificar os pássaros que atravessavam o caminho. Já nem sequer assobiava para eles. Candelaria estava nervosa e os sapatos apertavam seus pés mais do que nunca. O mesmo vazio que havia visto na praia agora levava por dentro. Sentiu um buraco tão grande no estômago que achou que jamais poderia preenchê-lo. Pensou em seu pai e a simples ideia de tê-lo por perto acelerou o pulso. Ia dizer algo ou somente se jogar em seus braços? Não pôde encontrar uma resposta e decidiu que o melhor era permitir que o acaso decidisse. Talvez fizesse primeiro um e depois o outro. Talvez ambas as coisas ao mesmo tempo. Estava certa de que ao vê-lo saberia o que fazer. No momento o que a preocupava era que seu vestido estava amassado e úmido. E o cabelo, esse que seu pai costumava adorar, estava cheio de areia, áspero como um escovão. Pelo menos havia suportado a vontade de tirar os sapatos e não soube se isso era um triunfo de sua determinação ou um fracasso de seus pés. Apertou-o com os dedos e sentiu partículas de areia arranhando sua pele.

Em alguns momentos a vegetação ficava tão fechada que formava túneis nos quais a escuridão se impunha como dona do caminho. Candelaria pensou que pareciam estar percorrendo uma trilha sagrada, e isso a fez lembrar de que seu pai tinha razão quando dizia que a única coisa digna de se adorar eram as plantas. Teria se ajoelhado, com prazer, ali mesmo, para elevar orações. Eram tão bonitas dentro de sua estonteante diversidade que não necessitavam explicações. Como o mar. A beleza, à primeira vista, parecia ser um poder suficiente, e isso a deixou triste porque ela não se sentia dessa maneira. Não cometeria o erro de voltar a perguntar a alguém se ela era bonita porque se lembrou das palavras de Gabi: "Se você permitir que a definam, depois não poderá tirar uma conclusão própria". Talvez seja melhor se conformar com poder apreciar as coisas bonitas, é possível que quem ostenta uma grande beleza não seja capaz de encontrá-la fora de si mesmo por andar enlevado com sua própria imagem; talvez a graça esteja no apreciar e não no possuir, pensou. Pelo menos ela havia aprendido a valorizá-la e isso já era alguma coisa. Intuiu que em alguns anos mudaria sua forma de ver as coisas e talvez encontrasse beleza dentro de si mesma. Já sabia que as coisas mudam, mas que a maneira como as vemos muda muito mais. Tudo era questão de paciência e tempo. Tudo era questão de refinar o olhar para poder ver o que é realmente importante.

Outras vezes o túnel desaparecia e ficavam em campo aberto. A sensação de imensidão era tal que chegava a tomar conta deles. Os burros andavam em fila sem se queixarem; para eles a vida não era mais que andar pelos mesmos caminhos. Acontecesse o que acontecesse, sempre havia uma rédea que lhes indicaria por onde andar. Seus cascos davam golpes secos nas partes pedregosas e rangiam sobre as folhas infinitamente acumuladas desde que o mundo é mundo. Uma família de micos brincou sobre suas cabeças em uma parte do trajeto e um casal de tucanos mostrou seus bicos imensos e amarelos entre os galhos de um carvalho. Foram eles os únicos que arrancaram uma exclamação de Facundo:

— Não posso acreditar que por aqui haja tucanos!

— Não restam muitos — disse Sigifredo. — As pessoas adoram prendê-los e matá-los de tédio nas gaiolas. Arrasamos com tudo que consideramos bonito e, ao fazê-lo, estamos arrasando conosco mesmos. Como se pudéssemos possuir a beleza...

Nesse exato momento Candelaria entendeu que a beleza também tinha desvantagens.

— Minha gaiola não é para o que o senhor pensa — disse Facundo envergonhado quando viu os olhos fixos de Sigifredo sobre ela. — Viu araras por aqui?

Candelaria tossiu para limpar a garganta. O sangue começou a circular tão rápido pelas veias que podia senti-lo. Intuiu que suas bochechas já haviam ficado vermelhas. Conteve a respiração e esperou a resposta, cruzando os dedos para que Facundo reagisse de forma adequada.

— Muitas.

— De qual espécie? — perguntou Facundo, ansioso.

— Eu dessas coisas não sei nada. Para mim esses pássaros parecem todos iguais.

Aliviada, deixou sair o ar que estava preso na boca e reparou no sorriso de Facundo. Era o homem mais feliz do mundo. Sentiu pena, porque sabia que essa felicidade não duraria muito. Já sabia que um instante é a única coisa que separa a felicidade da tristeza. Num instante se fecha uma porta para sempre, se dá o passo que deverá nos levar a uma viagem sem retorno, se abre uma carta sem mensagem. Num instante o sangue escapa do corpo, se deixa de respirar, uma casa se inclina. E tanto as pessoas como os sapos e as borboletas azuis também precisam de um único instante para desparecer na folhagem. Num instante uma pessoa se dá conta de que o que está procurando não existe, não é o que esperava ou não pode ser encontrado no lugar em que foi procurá-lo.

O som do mar indicava que a viagem estava chegando ao seu final. Ou, pelo menos, isso é o que acreditavam, como se alguém pudesse saber com certeza qual é o final. Como se alguém pudesse assinalar, por exemplo, o ponto exato em que as ondas acabam ou compreender onde a esperança morre quando ela morre ou onde o voo das aves acaba quando termina. Como se fosse possível traçar uma linha no lugar exato onde os finais coincidem com os novos começos.

"Puerto Arturo é ali", disse Sigifredo e apontou para frente com seu dedo comprido como uma flecha. "Ali", disse outra vez, apontando o que, para ele, era o começo de um povoado diferente do seu. No entanto, para Facundo e Candelaria, Puerto Arturo não era um começo, mas um final: o final da viagem, o final da procura, o final de muitas outras coisas que só chegariam a entender com a distância dos anos e é possível que até nunca. O final é um lugar ao qual, às vezes, se chega de improviso.

"Ali", repetiu o negro ao vê-los imóveis e assustados, como as baleias que encalham na praia e se cansam de lutar para voltar para a água. Ou como as espécies em cativeiro quando são libertadas e tomam o tempo necessário para entender onde acabam as grades e onde começa a recém-adquirida liberdade.

A praia estava despovoada. Parecia um pedaço de natureza intacta, ou um mundo anterior aos homens. Dava a sensação de que estava há milhões de anos com o mesmo aspecto. E que passaria outros tantos assim inalterável, assim alheia aos assuntos humanos. O sol descia devagar pelo caminho de sempre, deixando arrebóis rosados como registro de seu deslocamento. Os pelicanos voavam em V no céu antes de pousar nos penhascos onde passariam a noite. Candelaria deu o primeiro passo: temeroso, inseguro, seguido de outro e de outro mais. Desejava avançar e, ao mesmo tempo, desejava não chegar ao que ela acreditava ser o final. Facundo a seguiu com a gaiola nas mãos e a cabeça cheia de incertezas. "Eu deixo vocês por aqui, as pessoas de lá são muito estranhas", disse Sigifredo. E ao dizer "lá" voltou a apontar para esse ponto onde, para ele, começava o desconhecido.

Uma lufada de vento fez soar os móbiles de conchas e conchas furta-cor pendurados nas palmeiras e nas amendoeiras. Candelaria lembrou de tê-los visto na loja da estrada. Talvez fossem a canção de boas-vindas a Puerto Arturo, assim como uma vez em Parruca foi o tilintar dos guizos dos coelhos. Continuou avançando um pouco mais atenta e começou a ver casas construídas de maneira que se camuflassem entre a folhagem. Casas cujas pilastras eram troncos de madeira maiores e mais fortes que o aço. Casas altas e abertas com telhado de folhas de palmeira e muros de pedras coralíneas. Casas que abrigavam em seu interior todo tipo de plantas e animais. Era preciso olhar duas vezes para saber onde terminava a natureza e onde começava a moradia. E, em algumas ocasiões, nem assim era possível determinar a frágil linha que separa uma da outra.

Com um pouco mais de atenção, pôde ver nas varandas dessas casas cavaletes com pinturas pela metade e esculturas em processo de modelagem. Viu peles de iguana secando ao sol sobre corrimões e tapetes trançados com fibras vegetais. Havia caracóis gigantes que algum dia seriam obras de arte e teares com fios coloridos suspensos no ar. Viu troncos a ponto de se converterem em móveis e móveis que em algum momento foram troncos.

— Veja só que casualidade, meu cardeal! — disse Facundo. — No jardim dessa casa também há baleias como as de Parruca.

A expressão do rosto de Candelaria a delatou: rosto sobressaltado, rosto ansioso, rosto que ainda não se decidia se explodia em pranto ou em alegria. Só de vê-la Facundo adivinhou que ali não havia nenhuma casualidade e que se algo havia impulsionado a viagem eram as baleias e não as araras.

— Há algo que eu deva saber, meu cardeal?

Silêncio. Silêncio puro que não necessita respostas. Silêncio que grita a todo pulmão e o grito fica suspenso como se nunca fosse se cansar.

— Há algo que eu deva saber, meu cardeal? — voltou a perguntar dando grande ênfase a cada palavra, a cada sílaba, como quando se fala com crianças, com estrangeiros ou com os de pouca compreensão.

Candelaria teria que haver respondido a uma pergunta formulada com tanta clareza, mas não o fez. Para fugir dela caminhou em silêncio e saltou a linha de madeiras desiguais que cercavam o jardim das baleias para protegê-las de estranhos, de intrusos, de qualquer pessoa que não fosse ela. O jardim de seu pai seria sempre o seu próprio e as esculturas que ele criasse com suas mãos seriam sempre as dela. Passou a mão por uma das baleias, estava cheia de musgo verde, esse mesmo que tentou combater por anos jogando baldes de água salgada. "Água sanitária", pensou, porque vai lá saber as coisas que se pensam em momentos como esses.

Perambulou entre baleias de todos os tamanhos, as maiores a observavam de cima impassíveis, altivas, como quem acredita poder esmagar alguém com o mais leve movimento. Perguntava a si mesma se não cantavam ou se ela não podia ouvi-las. Perguntava a si mesma muitas coisas porque estava ansiosa, e a melhor maneira de combater esse estado é ocupar a cabeça com qualquer assunto e as pernas com qualquer atividade. Deu várias voltas ao redor procurando sinais de vida. Talvez o que desejava era fugir da pergunta de Facundo ou, ao menos, ganhar tempo para pensar na melhor maneira de dizer-lhe a verdade. Ele pulou a cerca e ficou na frente dela desafiando-a com o olhar. Poderia ter acabado o mundo só para se criar de novo que ela continuaria ali, imóvel como as baleias do jardim de seu pai, com a pose quieta e o olhar de pedra, esperando a reprimenda que ele tinha na ponta da língua.

— Há algo que eu deva saber, meu cardeal? — Diante do silêncio, sua estratégia foi mudar a pergunta: — É verdade que aqui não tem *Aras ambiguus*? — disse com uma mecha de cabelo recém-arrancado entre as mãos.

Candelaria engoliu a saliva espessa e com um fiozinho de voz quase imperceptível disse:

— Facundo, acho que já é hora de você abrir os olhos.

— Quê? — disse Facundo, talvez porque não ouviu a resposta, não a entendeu ou, simplesmente, porque se negou a aceitá-la e esperava ouvir algo mais conveniente para seus interesses.

Candelaria pensou que se ele houvesse conhecido Gabi saberia o significado de "abrir os olhos".

— Abra os olhos, a verdade salta à vista.

E ali, com os olhos muito abertos e não precisamente para ver, ouviu. Ambos ouviram. Nesse minúsculo instante transcorrido entre a pergunta de Facundo e a resposta de Candelaria ouviram um grito igual aos de Dona Perpétua. Olharam para o céu e uma arara ambígua sobrevoava suas cabeças dando esses gritos característicos com os que costumam despedir-se do dia. Nervoso, abriu sua mala e procurou o aparelho em que havia gravado Dona Perpétua para chamar a atenção desse novo exemplar e não o perder de vista. Tentou acioná-lo, mas pela pressa ou pelo nervosismo não conseguiu fazê-lo funcionar. Talvez por essa mania que os aparelhos elétricos têm de não funcionar quando são mais necessários. Jogou-o furioso na areia e saiu correndo pela beira do mar atrás do pássaro, imitando ele mesmo os gritos que sabia de cor de tanto ensaiá-los. Candelaria sorriu, porque lhe pareceu que Facundo gritava até melhor que as araras verdadeiras. Depois se pôs a pensar que a sorte é outra das coisas que mudam num instante. Talvez a aparição inesperada da ave fosse um bom presságio; um anúncio de que aquilo que alguém se esmera em procurar termina aparecendo quando já se dá por perdido. Talvez Rumi tivesse razão, talvez o que ela estava procurando também estivesse procurando por ela.

Seguiu-os com o olhar até que fossem ficando muito, muito pequenos. Pôde vê-los até que se tornaram dois pontos insignificantes cada vez mais difíceis de localizar na imensidão da praia. Já nem conseguia ouvir os gritos que emitiam quando sentiu um renovado alvoroço se aproximando dela. Cada vez mais forte, cada vez mais próximo. Virou a cabeça, assustada, porque não entendia o que estava acontecendo. A estridência a obrigou a tapar os ouvidos com os dedos. Quando menos esperava, uma sombra a cobriu por completo. Uma sombra que sobrevoava a mesma rota que Facundo havia percorrido atrás do pássaro. Uma sombra esverdeada composta de dezenas, talvez centenas de araras ambíguas que voavam atrás da líder da revoada. Espantada, ficou olhando-as com um sorriso nos lábios até que despareceram no horizonte e tudo voltou a ficar em silêncio. Tentou tapar a boca com uma mão, mas seu sorriso era tão amplo que teve que usar ambas para conseguir.

Depois de tudo, as *Aras ambiguus* estavam longe de entrar em extinção. Ficou claro para ela que não se podia confiar nos fatos que os demais afirmam ser à prova de dúvidas, que era preciso averiguar, que as pessoas, muitas vezes, repetem notícias como papagaios porque é mais fácil repeti-las que confirmá-las. Concluiu que nos mapas não estava o mundo inteiro, que ainda havia lugares inexplorados que aqueles que confiam cegamente nos mapas não chegariam a conhecer jamais. Por andar distraída tropeçou na gaiola e pensou que no fim das contas ficaria vazia, mas por razões completamente distintas às que considerou a princípio.

Depois da euforia do momento reparou no fato de que havia ficado sozinha, mas agora sabia que todos nós estamos sós, embora a maioria não perceba. Era um ensinamento de Gabi, era algo que já havia tido que enfrentar antes, poderia fazê-lo novamente, uma e outra vez. Um turbilhão de pensamentos dava voltas em sua cabeça. E se Facundo não voltar? E se seu pai não estivesse por ali? Engoliu em seco quando percebeu que logo anoiteceria e não tinha onde dormir, mordeu as unhas até aparecer a primeira gota de sangue.

Ouviu ao longe os acordes de um violão, mas não pôde ver quem o tocava. Na ponta de uma saliência viu um homem pescando, paciente e imóvel como as rochas sobre as quais assentava os pés. Alguém tinha estado recolhendo os pedaços de madeira que o mar devolve à beira e os dispôs para acender uma fogueira que agora estava a uma fagulha de arder. Um cachorro faminto apareceu do nada e lambeu o sangue que saía de suas cutículas. Sua mãe a teria obrigado a lavar o dedo com bicarbonato para que não infeccionasse, e então se perguntou se o mar, com toda a sua salinidade, seria um bom substituto para limpar a ferida. O cachorro a seguiu quando se levantou para colocar os dedos na água salgada, mas à medida que ia se aproximando da beira, o pânico se apoderou dela e a fez mudar de ideia. E isso que a água estava calma, ainda que em pouco tempo faria uma dessas noites sem lua em que o mar exibe sua fúria.

Estava a uma distância prudente da beira quando viu um ponto negro ao longe, o que era pouco ou menos do que nada, pois um ponto distante na praia poderia significar qualquer coisa. Poderia até mesmo ser Facundo voltando sem nenhuma arara na mão e não precisamente pela escassez de exemplares. Mas descartou essa ideia porque algo lhe dizia que não voltaria a vê-lo, ao menos até que processasse como os últimos acontecimentos afetariam suas aspirações científicas. Avançou mais e o ponto deixou de ser um simples ponto suspenso ao longe, agora tinha movimento. Andava devagar e é possível que também um pouco distraído. Então ganhou braços e pernas que avançavam de maneira sincrônica, revelando uma silhueta humana.

O cachorro, que rondava a seu lado, também deve ter visto o ponto porque parou de se mexer, abriu as narinas e levantou as orelhas em sinal de alerta. Candelaria ficou observando-o e não soube se tinha dono. Tinha a pelagem descuidada e estava tão magro que poderia apontar com o dedo o lugar exato de cada uma de suas costelas. Tentou acariciá-lo, mas ele se distanciou nervosamente, com o rabo entre as patas, até aquele ponto distante que, por alguma razão, havia chamado a atenção de ambos.

Seguiu o cachorro com o olhar e, ao fazê-lo, voltou a encontrar o ponto que era já uma silhueta masculina. Soube pela cadência dos passos: bruscos e despreocupados ao mesmo tempo. Quando a silhueta estava mais perto, notou algo familiar em sua maneira de caminhar, mas ainda não conseguia ver o rosto com detalhes. Então era um homem que vinha até ela, talvez fosse ao contrário: ela, Candelaria, indo ao encontro de um homem sem rosto. Talvez fosse uma dessa raras ocasiões em que duas pessoas coincidem pela simples razão de procurarem uma à outra. Se tivesse um relógio marcaria a hora imprecisa na qual a claridade se apaga para que a penumbra se acenda. Havia luz e havia escuridão, mas não o suficiente de um nem de outro.

De repente, o homem assobiou e o cachorro acelerou o passo sacudindo o rabo com violência. Voltou a assobiar e desta vez o assobio fez Candelaria estremecer e deixou sua pele com a textura dos ouriços. Assobiava como seu pai quando chamava Dona Perpétua, embora ela nunca desse atenção a seu chamado. Assobiava como seu pai quando tocava o tambor e os demais o acompanhavam com palmas. Assobiava como seu pai, porque esse homem que estava prestes a encontrar era seu pai.

Candelaria diminui o passo dando tempo aos nervos para que se acalmassem. Sua vida inteira, de repente, estava concentrada nesse momento. Desapareceram o mar e as palmeiras. O cachorro e o som distante do violão também desapareceram. E os grãos de areia sob seus pés e o vento e o cheiro de salitre. O fogo que logo haveria de arder nos pedaços de madeira amontoados desapareceu sem nem sequer haver começado.

Despareceu o mundo inteiro. Estavam os dois sós e logo se encontrariam. Frente a frente se veriam os rostos e se tocariam os cabelos com os dedos e também as feições para descobrir as marcas da espera. Pensou em tudo que ia lhe dizer. Ou talvez não dissesse nada, haveria tempo para pôr os últimos acontecimentos em dia. Não sabia se ia pronunciar seu nome ou chamá-lo de "papai"; se ia estender os braços ou esperar que ele estendesse os seus. Passou as mãos pela saia para eliminar possíveis rugas. Tirou o cabelo da testa e o colocou atrás das orelhas. Ensaiou um sorriso porque sabia que seu pai costumava se derreter cada vez que a via sorrir.

De repente estiveram a tão poucos passos um do outro que por fim pôde ver os detalhes do rosto de seu pai. Tinha o cabelo desarrumado e bem mais comprido. Há dias seu rosto não sentia o toque de uma lâmina de barbear. Como estava sem camisa pôde reparar na forma de seu corpo. Estava magro e a pele tinha um tom mais escuro que contrastava com o brilho de seus olhos. Esses olhos cor de café, doces e ferozes ao mesmo tempo. Andava descalço e pisava com tal força que suas pegadas se imprimiam fundas na areia. Percebeu essa atitude despreocupada que ela tanto conhecia: o corpo na terra, por força de não poder andar de outra maneira, mas a mente nesse mundo próprio e impenetrável em que vivia seu pai. Arrependeu-se de estar com sapatos tão apertados, tão ridículos e, ao pensar nisso, sentiu os dedos latejarem em sinal de protesto. Também sentiu ardor nas solas dos pés porque estavam há muito tempo aprisionadas.

A um passo dele puxou o ar e o reteve no peito, como se segurando a respiração pudesse se concentrar melhor. Deu esse último passo com a lentidão de quem está convencido de se está prestes a parar. Quando viu os olhos de seu pai, não se atreveu a piscar para não perder nem um só instante. Logo os olhos dele se tocaram profundamente com os dela. E esse olhar felino e confuso tentou focalizá-la sem esconder a estranheza que lhe causava ver a filha, essa raiz que ele havia deixado bem plantada nas montanhas e que agora, por alguma razão, se encontrava diante dele.

Esse olhar foi o que penetrou a pele de Candelaria como uma faísca que se torna um incêndio. Sentiu que ardia por dentro, que estava vermelha de verdade, como o carvão quando se cansa de alimentar a fogueira. Fixou-se nesse passo, no que ela acreditava ser o último. Ainda segurava o ar na altura do peito. Trocaram olhares durante um instante. Ela o lembraria como eterno, o lembraria como infinito, mas foi tão somente um instante. O instante em que olhou para seu pai e seu pai olhou para ela. Necessitava respirar e dar descanso aos olhos através de uma piscada. Foi só uma, nada mais que uma: espontânea, precisa, necessária. Talvez o tenha prolongado um pouco, é verdade, mas não muito, apenas o que seus olhos demandavam, o descanso necessário para poder continuar olhando. Uma só piscada: fechar os olhos, abri-los. Apenas isso. Nada mais.

Abriu-os ao mesmo tempo que tomou fôlego. Abriu-os grandes, imensos, desejosos. Não viu ninguém. Abriu-os e voltou a fechá-los, outra vez, muitas vezes, esfregou as pálpebras com os dedos. Ninguém. Seu pai havia estado ali há tão somente uma piscada e agora não estava. Dirigiu o olhar para a faixa de areia para comprovar a existência de pegadas. Ali estavam, comprovando os passos de seu pai. Não soube quanto tempo esteve ali de pé, imóvel, com o olhar quieto como as esculturas de granito. Quanto tempo olhando com obsessão para essas pegadas que agora não representavam mais que ausência.

Virou a cabeça com a lentidão de quem não tem certeza de querer olhar. Ao fazê-lo, viu as costas de seu pai e os fios de cabelo longos e curtidos pelo sol agitados pelo vento. O cachorro andava junto dele e continuava balançando o rabo animadamente. Candelaria baixou os olhos e reparou na maneira como os passos firmes de seu pai deixavam novas pegadas que continuariam impressas na areia até que o mar as levasse. Também viu as pegadas do cachorro e, embora parecessem insignificantes, sentiu inveja delas. Desejou que seu pai se virasse e retrocedesse até ela. De verdade desejou isso com a força que se deseja o que está prestes a desaparecer. Abriu a boca para chamá-lo, mas a fechou antes, muito antes de poder emitir algum som. Selou-a com força, um lábio contra o outro. Quis pronunciar seu nome, mas não o fez. Quis gritar, mas não gritou. Quis dizer muitas coisas, mas as palavras ficaram presas em algum lugar da garganta.

Olhou para o mar. Estava tão quieto e silencioso que pôde ver sobre a superfície o reflexo das estrelas brilhando, remotas, num lugar inalcançável. A intermitência da luz lhe lembrou os besouros de fogo. E pensando nos besouros de fogo ou talvez nas estrelas distantes, soube que seu pai não olharia para trás. Quando voltou a olhar para ele, já era um ponto negro e distante. Um ponto negro que logo não seria nem isso. Suas pegadas continuavam na areia. Voltou a olhar para o mar, decidida a não virar novamente a cabeça. Desta vez não. Já não mais.

Tirou um sapato e depois o outro, sem sequer desamarrar os cadarços. Tirou-os com vontade, quase com fúria. E com essa mesma fúria jogou-os no mar. Flutuaram um pouco, balançando-se suavemente até que por fim afundaram. Depois levou as mãos às costas e abaixou devagar o zíper do vestido até que ficou suficientemente solto para que o tecido escorregasse até a areia. Depois tirou a roupa de baixo e a jogou por cima dos ombros sem sequer olhar onde foi parar. Durante algum tempo ficou nua, de frente para o mar imenso, sentindo como o vento refrescava sua pele. Começou a caminhar com passos titubeantes como quando não se quer chegar a lugar nenhum. Lentos são os passos que antecedem o abismo.

Tinha vontade de chorar, então começou a contar mentalmente enquanto esticava os dedos dos pés: um, dois, três, quatro... Retrocedeu um passo quando a primeira onda bateu nela e outro mais com a seguinte. Dez, onze, doze, treze... Pequenas gotas de água conseguiram salpicá-la e arrepiaram sua pele. Assustada, concedeu-se um instante para acalmar sua respiração. Dezessete, dezoito, dezenove... Sentiu o ar morno saindo e entrando pelas narinas. Fechou os olhos e ao fazê-lo não caiu uma só lágrima. Vinte e três, vinte e quatro, vinte e cinco... Seu coração ainda batia furiosamente, mas já não era o tipo de batida que paralisa. Quando chegou a trinta, aspirou todo o ar que coube em seus pulmões e correu ao encontro do mar. Ainda tinha os olhos fechados e nenhuma lágrima.

Correu até que a água lhe cobriu os tornozelos e depois as coxas e ultrapassou a altura do umbigo. Correu até que a maior parte de seu corpo estivesse submergida e não lhe restasse outra opção a não ser mergulhar até o fundo. Deu algumas braçadas contra a correnteza, contra os medos, contra todas aquelas coisas que a incomodavam. E ao fazê-lo ia deixando para trás uma mescla de espumas e borbulhas. Enredaram-se em seu cabelo e nas sobrancelhas. Fizeram cócegas em suas pálpebras e então, pela primeira vez na vida, atreveu-se a abrir os olhos embaixo da água. Arderam muito, depois um pouco menos e tão somente alguns segundos depois o ardor havia desparecido. Agora nunca voltaria a fechá-los.

O céu estava repleto de estrelas. Profundo, em algum ponto impreciso do mar, cantavam as baleias.

Sobre a autora

Sara Jaramillo Klinkert (Medelín, 1979) é jornalista e trabalhou em vários dos principais veículos de comunicação da Colômbia. Em 2020, publicou sua novela autobiográfica *Cómo maté a mi padre,* finalista do Prêmio Nacional de Novela na Colômbia, e teve uma extraordinária acolhida pela crítica. Em 2021, *Onde Cantam as Baleias,* seu segundo romance, ganha o XXVI Premio San Clemente. Atualmente vive em Medelín, é professora de narrativa, tem uma coluna mensal e escreve sempre. Lançou seu terceiro romance *Escrito en la piel del jaguar* em 2023.